那年那月，
我在乡村的日子

NANIAN NAYUE,WO ZAI XIANGCUN DE RIZI

张兰兰◎著

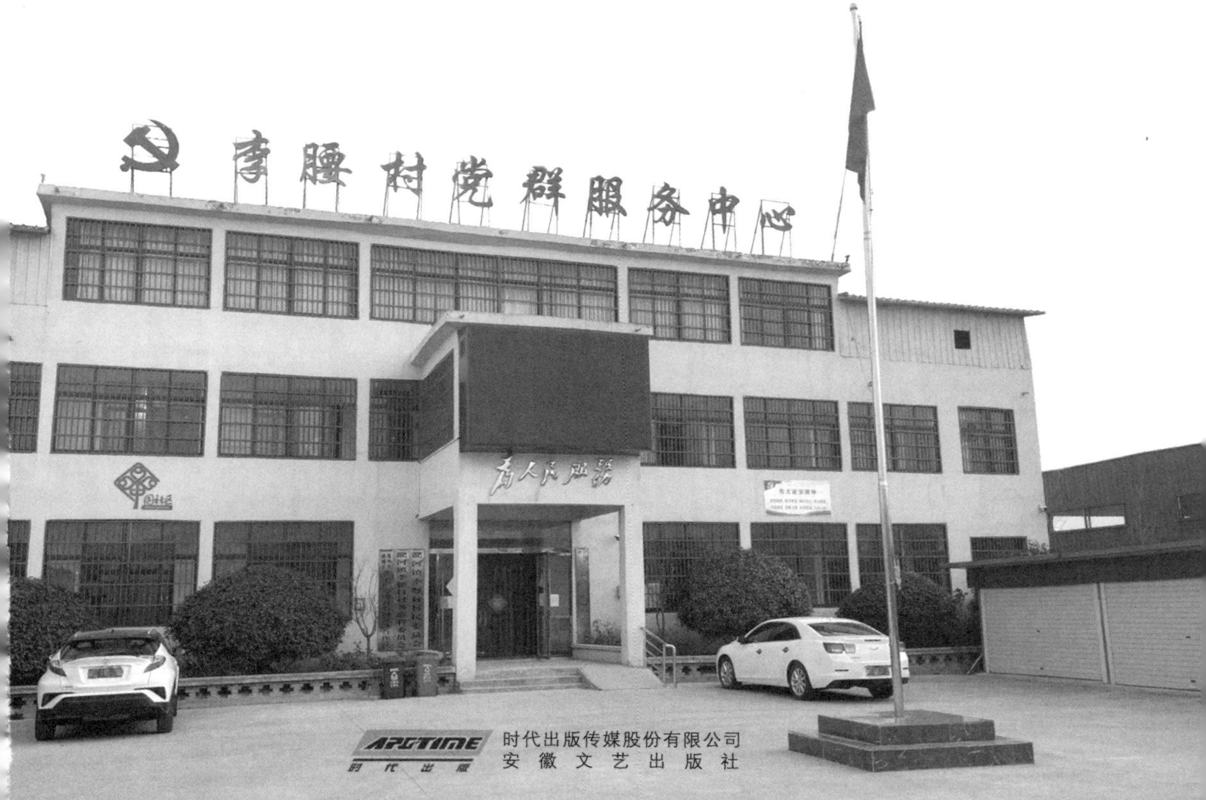

时代出版传媒股份有限公司
安徽文艺出版社

图书在版编目（CIP）数据

那年那月，我在乡村的日子/张兰兰著.—合肥：安徽文艺出版社，2024.5
ISBN 978-7-5396-7977-8

Ⅰ．①那… Ⅱ．①张… Ⅲ．①纪实文学－中国－当代 Ⅳ．①I25

中国国家版本馆 CIP 数据核字(2024)第 026119 号

出 版 人：姚 巍　　　　统　筹：韩 露
责任编辑：周 丽　张心怡　装帧设计：王 旭　徐 睿

出版发行：安徽文艺出版社　　www.awpub.com
地　　址：合肥市翡翠路 1118 号　邮政编码：230071
营 销 部：(0551)63533889
印　　制：安徽联众印刷有限公司　(0551)65661327

开本：700×1000　1/16　印张：21.5　字数：260 千字
版次：2024 年 5 月第 1 版
印次：2024 年 5 月第 1 次印刷
定价：68.00 元

（如发现印装质量问题，影响阅读，请与出版社联系调换）
版权所有，侵权必究

——亳州市谯城区淝河镇李腰村党总支第一书记、驻村工作队队长张兰兰的驻村侧记

目 录

序

她被李腰村"撞"了一下腰　常　河／001

我读到李腰村的三种力量　徐　丽／006

第一章　入乡即景

1. 你好,李腰村／003

2. 乡村的夜／006

3. 七月的绿毡／009

第二章　念兹在兹

1. 李腰村的气质／015

2. 李腰之水／020

3. 广播站／024

4. 筑巢引凤／027

5. 治愈系／029

6. 不一样的元宵节 / 032

7. 在村里过"三八"节 / 035

8. "沉浸式"驻村 / 040

第三章　乡里乡亲

1. 悄悄话 / 047

2. 老党员周士田 / 050

3. 退役军人张廷芳 / 054

4. 三访蛟龙记 / 058

5. 家有四千金 / 061

6. 村医"发展" / 065

7. 巧遇巧云 / 069

8. 张园村的这家人 / 072

9. 高庄的"一对胖胖" / 076

10. 周思银的人间清醒 / 080

11. 李兰峰的合作社 / 084

12. 李兰明家的"幸福"房 / 088

第四章　细针密缕

1. 新农合收缴忙 / 093

2. 说说农村低保 / 097

3. 俺村儿的土地流转 / 101

4. 守护平安，我们在 / 105

5. 光伏发电未来可期 / 108

6. 新识别的监测户 / 111

7. 与爱"童"行 / 114

8. 村里来了"娘家人" / 118

第五章　袅袅炊烟

1. 变迁 / 123

2. 老屋 / 126

3. 王桥 / 130

4. 羊羊羊 / 133

5. 乡村小厨 / 137

6. "月亮"门廊 / 141

7. 美丽庭院看我家 / 145

8. 从一棵秧苗说起 / 149

9. 千丝万缕绕乡愁 / 152

10. 老年食堂"开张"了 / 156

第六章　如切如磋

1. 有朋自远方来 / 161

2. 三人行 / 164

3. 写在 2021 年的最后一天 / 168

4. "小考" / 172

5. 充电 / 176

6. 打擂台 / 182

7. 大排查 / 186

8. 迎"大考" / 189

9. "娘家人"又送义诊来 / 193

10. 我的战友们 / 196

第七章　春华秋实

1. 学种麦子 / 203

2. 开镰 / 205

3. 禁烧 / 208

4. 及时雨 / 214

5. 抢种 / 217

6. 抗旱 / 221

7. 又见秋收 / 225

8. 高粱红了 / 228

9. 药食同源桑葚子 / 231

第八章　振兴底色

1. 守民心 / 237

2. 人民民主在基层 / 241

3. "娘子军" / 244

4. "天空来信" / 248

5. 重温《共产党宣言》/ 251

6. 传播党的"好声音" / 255

7. "整村授信" 助力振兴 / 259

8. 提升人居环境 助力乡村振兴 / 262

9. 一条路 / 267

第九章 岁月如歌

1. 李腰村,为啥叫李腰? / 273

2. 小名儿与外号 / 276

3. 我们的暑假 / 280

4. 泡桐树的瞭望 / 285

5. 丰腴总在风雨后 / 288

6. 墨兰 / 291

7. 青苗 / 294

8. 晚秋 / 297

9. 冬藏 / 300

10. 一个人的走河 / 303

11. 我的精神家园 / 307

书评

且行且歌稼穑事 李 亚 / 313

李腰村的兰 孙志保 / 316

千淘万漉虽辛苦,吹尽狂沙始到金 王国进 / 321

序

她被李腰村"撞"了一下腰

常 河

"李腰村如同一名隐者,遗世而独立,闪烁着低调而丰盈的光芒。"

有了这样的文字,"李腰村"一定会勾起人的好奇,至于是否真的要去这个村庄探访,反而值得商榷了。一则,淮北平原上的村庄大同小异,同的是村庄的布局、建筑、物产,异的是风俗、人物、气质。二则,作者说了,李腰村如同隐者,对于隐士,是不便打扰的。风月无边,各自安好。

事实上,当我看到张兰兰在《李腰村的气质》一文中如此形容这个位于安徽省亳州市西南的小村子时,作为在淮北平原土生土长的人,我当然明白,这是一种饱含深情的倾诉,就像一个少女一遍遍在心里对倾慕对象呢喃。

我这样说,想必张兰兰不会反驳,因为,如果把"李腰村"比作一个膀大腰圆的淮北汉子,对他仰慕,是无须理由的。何况,从 2021 年 6 月,她曾经担任这个村的第一书记三年时间,尽管只是下派帮扶,但三年 1000 多个日子一次次在这个村里穿行,也会打磨出非同一般的"包浆"。

这"包浆",对张兰兰来说,就是包括《李腰村的气质》在内的100多篇随笔(其实视为下派笔记更为合适)。现在,她把这些文章结集出版,书名叫作《那年那月,我在乡村的日子》。真好,未曾走远的年月,一遍遍亲手触摸过的点点滴滴,还有在驻村岁月里用"吃了吗"寒暄的人,记录在纸上,定格在时光隧道中,每一次回望,都会有不一样的感觉在心头。

一切,都透着水灵灵的新鲜。

应该是2019年5月,亳州到处盛开着朝霞一样芍药花的时候,当地组织了一场"木兰故里春风行"——知名作家亳州采访活动。那次,作为不知名的"伪作家",我稀里糊涂地位列其中,也在活动中认识了亳州本土作家张兰兰,一个清爽干练的女子。

那年初,我的散文集《一脚乡村一脚城》刚出版,亳州的文友们便借着我此次回乡的机会,在一个叫之意书社的实体书店张罗了一场分享会。主持活动的,恰好又是张兰兰。她的穿针引线,让我领略了她做事的认真、备课的细致和台风的智慧。

本质上,我是有些社恐的,也不擅在公众场合高谈阔论。幸亏有她,有故乡亲友们的站台,总算把一个多小时撑了下来。也因此,在那次活动上结识了许多乡党作家,之后的联系,却少之又少。

2021年6月,张兰兰通过微信发给我一个文档,打开一看,《你好,李腰村》。这才知道,她作为亳州市第八批下派帮扶干部,已经担任谯城区涡河镇李腰村第一书记。

凭着第一感觉,我觉得这是一次深入乡村肌理的机遇,我对她说:

"坚持写日记,把这三年的一切都记下来,以后未必再有如此沉潜的机会。"

在此之前,我的两位好友——安徽省委统战部的二级巡视员李传玺和安徽司法厅的处长焦凤军在脱贫攻坚中分别在潜山县和萧县担任驻村工作队队长。他们一个是文史专家,一个本身就是诗人,他们在驻村结束后,分别以日记形式出版了两本随笔集,而且影响不小。

我也知道,相比脱贫攻坚,乡村振兴的驻村工作要枯燥平淡一些,因为脱贫攻坚是有时限的战役,在规定时间内必须完成任务,因此刀光剑影、波澜壮阔,自然精彩许多。而乡村振兴战线无限延展,硬骨头已经在之前的脱贫攻坚中被啃得差不多,所以跌宕起伏会少了许多。

但张兰兰没有让人失望,她在穿行于李腰村的时候,目光所及之处,是满目的庄稼、性格迥异的人,还有数百年来不变的生活方式与当下碰撞的微变,甚至,还有乡野里长出的美食。更多的是她对内心涟漪的捕捉。

《三访蛟龙记》中,她一次次去探视周寨村民周彩侠,准确地说是探视周彩侠从乡下考入中国科学技术大学的儿子信蛟龙。第一次去,周彩侠母子都没见到,只看到家徒四壁的"寒门";第二次去,依然没见到信蛟龙,但遇到了周彩侠,"周彩侠和我想象中的差不多,她个头不高,五十上下,花白的齐耳短发,显得有些衰老,可是她眼睛里闪烁的光彩又让人觉得苦难并没有摧折了她"。你看,岁月可以催人老,艰难也会使人衰,但是,只要有希望,有光,蓬莱自会生辉。第三次去,张兰兰终于见到了信蛟龙,"蛟龙听见人来,站起身来,有些腼腆地笑着。他穿着一件白色 T 恤,戴着一个黑框儿眼镜,未脱稚气的脸庞萦绕着浓浓的书卷气,和照片里的相比,眉宇间更多了些自信与飞扬的神采"。

看到这里,读者定会心中一暖。

这篇笔记,没有任何炫技,也没有华丽的辞藻,一路写来,全用白描,却有着"三顾茅庐"的曲折和让人会心的温情。我一直主张文字是有温度的,包括新闻作品,无论把《三访蛟龙记》看作随笔,还是视为通讯,都能感受到字里行间的人性光芒。

这样的事情,诞生于淮北平原,用最朴实的文字记录下来,文字也有了淮北平原土壤的味道。这种味道,在盛夏有,在初春喧嚷的田野里有,在丰收的麦场上有,在大雪封门时一室灯光下也有。

三年的日子里,张兰兰第一次在村里开广播会,第一次主持全村的土地流转,第一次学种麦子,第一次经历村民委员会换届选举和收缴新农合……一个一直生活在城市、从市妇联下放到农村的女子,有了那么多第一次,这是工作、生活、写作的"三向奔赴",交汇点就在李腰村。

由此,不难理解李腰村对作者的意义。

诚如作者所说,"下派李腰村以来,我已经历过春华秋实的四季轮转。在宽敞明亮的乡村党建大礼堂内为党员们上党课,带领村党总支为群众开土地流转动员大会,协调市人民医院、亳州兴华医院为李腰村群众义诊,跟乡亲们学着栽种红薯,挎着马篮子为乡亲们摘辣椒,带着村里的留守儿童去西淝河畔畅聊……当下,李腰村的一草一木、一人一事,仿佛过电影般地在我脑海中缓缓播放着。即使有一天,我完成工作任务离开了,李腰村也仍是我心中认定的第二故乡"。

也由此,《那年那月,我在乡村的日子》就不仅是一本书,而是一本关于一段特别时光的封存,是历久弥新的回忆。

有这样的经历,真好;有这样的文字,更好。

作者简介:常河,《光明日报》安徽记者站站长,高级编辑,北京师范大学、安徽大学、安徽师范大学兼职教授、硕士生导师,出版有《一脚乡村一脚城》等五部著作。曾获中国新闻奖和第七届全国"好记者讲好故事"最佳选手,并参与录制央视2020年记者节特别节目。

我读到李腰村的三种力量

徐　丽

张兰兰是我们市妇联的干部,她2021年6月参加全省第八批巩固拓展脱贫攻坚与乡村振兴相衔接的工作,来到了淝河镇李腰村。

从下派的第一天起,兰兰就坚持用她手中的笔记录工作与生活的点滴,有自己的情感和努力,也描绘了"乡村振兴"的群像。每周一篇文章是她的自律,持之以恒、聚沙成塔,居然写到了令人惊喜的百篇之多。这些文章是很有价值的,向读者展示了伟大时代的小小切面。她的文章里,每个事件都是真实的,是党的政策和党员同志们在乡村的作为;每个人物又都是生动的,让我们清晰地看到人民的笑脸和汗水。李腰村在皖北大地也许只是一个普通的村庄,但因为兰兰的笔而变得有所不同。我曾通过自己的眼睛认识了李腰村,现在,又通过作者的笔更深入地理解了我们的乡村。

作为兰兰的娘家,我们市妇联也和李腰村结了支部党建共建对子,三年来我去了数次,所以我对李腰村并不陌生。在阅读兰兰的文章时,我的所见所思又浮现在眼前,我曾被一些人和事所感动,现在我更被文字背后的一些力量感动。

一种力量是对未来的相信。相信本来就是力量,只有相信才能坚定信念、凝聚人心,才会激发人们奋力的追求。文章中的周彩侠一家就是这样的例子。周彩侠是不幸的,她因突然的变故失去了丈夫,儿女失去了父亲。但她和她的孩子们又是坚强的,经过多年奋斗,大女儿已是安徽中医药大学的研究生,儿子考入中国科学技术大学,小女儿成绩依然优秀。兰兰在《寒门出蛟龙》一文中写道:"自古寒门出学子,逆境出人才,周彩侠带着几个儿女把十余年的苦日子挺过来了,不日便会苦尽甘来。"这不正是对未来充满希望才给了他们力量吗?"大户"李兰峰又贷款30多万元接了一台新的拖拉机。他高兴地说,加上以前的旋地机和收割机,从种到收在他这里齐活了。还款压力大吗?借得起,还得上。对未来的相信不仅仅是希望,更是对美好希望的确认。党和政府在脱贫攻坚事业胜利的基础上,擘画了乡村振兴的宏伟蓝图。有了明确的目标,正需要迎着未来撸起袖子加油干的一群人。

文化也是有力量的。文化是一种审美,来自对美好生活的向往和追求。我有时也在思考,乡村振兴的内在动力是什么?我的答案是,文化自信。文化的振兴不但是乡村振兴的重要内容,也是乡村振兴的内在推动力。我们的农民虽然在物质获取上已逐渐拉近了与城里人的距离,但在精神生活上,还是稍显匮乏的。空闲里坐在房檐下刷抖音,难道就和城里人一样了?这绝不应该是村民"全部"的精神生活。兰兰的视角无疑更关注在这个方面上,在她的主导下,大力推进"最美家庭"成员以及乡村美丽庭院的评选,唤醒人们对美好生活的追求。在兰兰的推动下,李腰村建起了农耕馆,有了《李腰赋》,让乡愁有所寄托,心灵有所依归。她在文章中兴致勃勃地谈起周纪才大爷家的"月亮门廊"。周大爷回忆说,年轻时在大西南当兵时,每当想家想亲人时,就一个人看天上的月亮。那时就梦想在自己家里也搭起一轮"月亮"。后来生活慢慢地好起来,他一砖一瓦亲手建起了"月亮门廊"。周大爷说,这是送给老伴王大娘的礼物。唯有文化可以浸润人心。当村民们打开发现美的眼睛,奔向未来的脚步才会更为笃定。兰兰还组织了谯城作家看李腰村的采风创研活动,当中国当代著名小说家李亚回到家乡,站在王桥的桥头望向西淝河时,不由得发出了"沧海桑田从来疾"的感叹。时光改变的是人,是物,从未改变的是生于斯长于斯的人们对故土的热爱。留住了这份热爱,我们才真正留住了我们的乡村。

最后必须要提到的,是女性的力量。我来李腰村感触最深的是,这里有一群非常优秀的女性干部。下派工作队的三个人里,有两个女性;七名村两委里,有三个女性。在兰兰的笔下,村两委张杰敏在村部服务大厅办理业务,接待前来办事的乡亲们,每天忙得像个连轴转的陀螺。村两委王莉"性格直爽、憨厚亲和,一笑就露出一嘴整齐的白牙"。村妇联主席李培花凭踏实的干劲儿,多次取得镇单项工作考评先进……李腰有这样一支娘子军,她们"风吹日晒地穿梭于村部、镇政府及群众家中,她们尝尽基层工作的酸甜苦辣,苦口婆心地为群众讲政策、解问题。她们默默无闻又细致入微,她们又是群众眼中的好媳妇与最美家庭成员"。兰兰曾问她们,外出打工挣钱不好吗?这样奉献是为了啥?她们回答,我是一名党员。

作为一名妇女干部,我有一个认知:女性强则国强,女性进步则未来有希望。一名优秀的男性或许只代表自己的成功,但一名优秀的女性则可以感染更多人,影响更多人。女性的柔软,如春风化雨、滋润心灵,具有无法取代的力量。在李腰村,同样存在一批留守儿童,我曾和妇联的同志在六一节给他们送去关爱。那次,我认识了一名可爱的小女孩叫思悦,她开朗、热情,很有灵气,我很喜欢她。后来我在兰兰的笔记里又看到了她。兰兰也很爱这个乖巧的孩子,她常在工作之余给她辅导功课,教她生活技能,就像自己女儿一样疼爱她、照顾她。这样的事情应该很多。一名女性来到乡村,为乡村种下春天,也是种下了希望。

"问渠那得清如许?为有源头活水来。"

做学问如此,干事业也是如此。在这里,我很欣喜地看到兰兰的这些文章能结集成册。我在她的文章里感受到了力量,我想,这也是兰兰努力工作、坚持写作的源头活水吧。令人欣喜的是兰兰的文字功力日益精进,她投身广阔天地后也有了成长。一篇序文很短,但这本书的内容无疑是丰富的,里面有熠熠生辉的红色,有勃勃生机的绿色,也有真挚饱满的金色。这些色彩就是李腰村振兴的底色,也是兰兰驻村工作答卷的成色,更是李腰村民用奋斗描绘出的最美春色。

作者简介:徐丽,安徽省亳州市妇联党组书记、主席。

第一章

入乡即景

1. 你好，李腰村

开弓没有回头箭。知道我参加全市第八批下派帮扶工作的亲友们，无一例外地说出这样一句话：农村工作苦啊！工作起来没个周六周日，忙起来一天三顿饭都没正点吃。现在正值酷暑，乡下蚊虫还多，有你受罪的！我一一回应他们的关切：既然决定了，于公于私、于情于理，都不能退缩，只能大步向前走。有困难可以克服，只要动脑筋，办法总比困难多。

公车自市政府大院出发，一路向南，疾驰在105国道上。车窗外骄阳似火，田野里只剩下了麦茬，打好捆的麦秸像圆乎乎、肉墩墩的金色石磙，三三两两地堆放在田间地头。往日到县区工作调研时，最喜欢欣赏车窗外的风景。吁口气，打开车窗，热浪扑面而来，我才知道，自己内心还是慌慌的。虽然痛下了决心，但面对未知的未来，我真的准备好了吗？

我真的准备好了吗？早在接到下派通知之前，我就数次想象到驻村的工作状态。早早地把衣柜里的裙子挂到了角落处，翻出了轻便的

T恤衫与牛仔裤;高跟鞋也擦得干干净净放到了鞋柜里,拿出几双舒服的平底鞋与轻便的运动鞋放在门口,随时待命,一蹬就走。从现在开始,一切装束要以朴素、干净为主,既要得体舒适,又要方便随时走村入户……但这些准备似乎又远远不够。从未在基层工作过的我,将要面对与机关工作不同的节奏,面对各种各样的基层群众,面对巩固脱贫攻坚成果与乡村振兴有效衔接这一项新的工作任务,我该以什么样的状态适应与往日不同的节奏?该怎么着手开展工作呢?

一个小时之后,车子拐进了泚河镇政府大院内。早就在办公室等候的镇党委书记冯新热情地介绍了泚河镇与李腰村的基本情况。与另外两名队员会合后,我们马不停蹄地赶往李腰村。出泚河镇政府,车子一路向东行驶,转弯到向南的乡村公路没多久,过了一个小桥,便看到一幢三层的黄楼矗立在那片黄色与绿色相间的田野上,小楼的顶部赫然显示着"李腰村党群服务中心"9个鲜红的大字。"这里就是你今后工作、生活的地方了,好好补上基层这一课。我们妇联的干部到哪里都能干好工作。'单位娘家'是你坚强的后盾!"下了车,送我过来的市妇联主席徐丽微笑着给我打气。站在村部宽敞的院子里,抬头看着村部楼上的那几个鲜艳的红字,我沉甸甸的心似乎忽然放松下来了。

既来之,则安之。这总是一种新生活的开始!除了从心理上已经做好了吃苦的准备之外,我在物质上更是没有过多奢求。几个村干部七手八脚地把我的物品搬上了二楼,大家一起擦桌子、拖地……看到他们脸上的汗珠与真诚的微笑,我于心不忍。这就是我今后一起工作的战友啊!他们那么朴实,又如此真诚。剩下的细碎活儿,我自己来就好了。真的谢谢他们啊！我不忍他们再劳累。他们拎着水桶和拖把一边下楼一边说："你别客气,张书记,今后我们都是一家人,有啥手底下缺的生活用品,你尽管说。"村书记张勇接过话说："你抛家舍院地从城里来支援我们村的工作,应该是我们感谢你才对。"

一番收拾后,我看着宿舍内干净的白墙、素雅的家具,感觉一种"极简"主义生活方式逐渐打开。铺开台布装饰好书桌之后,环顾自己未来工作、生活的这间小屋,我忽然有一种回归单身生活的窃喜。没有想到,踏出校门20多年之后,我再次住进了单身宿舍。这种感觉仿佛是经历了漫长梅雨季节的阴冷潮湿之后,忽然抬头看到天空中乌云散去,阳光从云团中直射下来,照耀到脸上,让人不禁嘴角上扬。把纸箱里的书籍摆到靠墙的书桌上之后,我拿出一个新的笔记本,写下第一行字：

6月10日,晴,李腰村。

2. 乡村的夜

来到李腰村已经一周,感觉自己已经慢慢融入这如诗如画的乡村田园之中。

喜欢在晚饭后、入夜前,捧上一本大部头,或坐于书桌前,或立于北窗下,在一页一页地翻阅中,聆听着风声与蛙鸣。从宿舍的北窗下极目远眺,远处田野间隐约可见点点灯光,像漆黑夜晚中的繁星。忽然,我就想起了城里不一样的夜晚。

城里的夜晚,高楼林立中,灯火通明间,那是万家灯火的生生不息;乡村的夜晚,于寂静中可以听得到自己的心跳声,那心跳来源于心中的那份安定与踏实。

李腰村虽然是溯河镇最偏远的一个村,但是这里的"两委"班子人心齐、干劲儿足,尤其是张勇任村党支部书记以来,带领班子成员务实团结、奋力拼搏,各项工作在镇里均名列前茅。

驻村之后,村干部们都拿我当一家人一样对待。上周刚到村部报到时,村"两委"周三锋委员看到我宿舍的书桌台面老旧,便亲自安排给桌面划了一块玻璃板,本周一上午回到村部后,"两委"干部都下村了,值班的周文委员把我的东西一件一件地搬上二楼,不忘叮嘱我说:"天儿热,你一个人中午别做饭了,来我家尝尝我媳妇儿做的农家饭吧。"今早,村计生专干王莉拎着半袋子绿豆说:"这是张书记家打的绿豆,给你拿点儿熬绿豆汤解暑……"这就是土生土长于乡村的村干部们朴实无华的缩影,更是千百万名共产党员的真实本色。我对他们说,来到咱村儿,给大家添麻烦了!他们说,你是来给我们村儿帮扶做贡献的,我们感激都来不及呢!

躺在床上,闭目难眠。回想着与村干部们的聊天儿,我开始思索起"乡村振兴"这个新时代中国农村建设的宏大命题。自党的十九大做出实施乡村振兴战略的重大决策部署以来,特别是2017年中央农村工作会议明确了实施乡村振兴战略的目标任务之后,各级新农村建设工作有了目标与抓手:按照产业兴旺、生态宜居、乡风文明、治理有效、生活富裕的总要求,建立健全城乡融合发展体制机制和政策体系,加快推进农业农村现代化。这就是乡村振兴的总布局总规划。

在接茬做好巩固拓展脱贫攻坚成果与乡村振兴有效衔接的工作后,我们第八批选派干部工作任务明确、重任在肩。在乡村振兴战略的七大块内容中,市妇联实施的"美丽家园行动"项目,创评"美丽庭院",评选"最美家庭"及"最美家庭成员"等工作,刚好可以与"继续改善农村人居环境"这一大块内容相契合。想着想着,我忽然有了精神,脑海中构思着下一步如何召集镇、村妇联干部及村"两委"班子进行座谈,把妇联的工作融入政府工作中来,待市里统一进行培训之后,尽快把工作思路变成工作方案。

一阵儿脑力劳动之后,我顿觉困乏起来。偶尔听到北窗下的小河里传来阵阵蛙鸣,开始是一声声,后来是一串串……半睡半醒间,我忆起王维的那首《鸟鸣涧》:人闲桂花落,夜静春山空。月出惊山鸟,时鸣春涧中。月出、花落、鸟鸣,一幅幅社会安定、国泰民安的"开元盛世"图。如今的乡村,正如诗中描绘的那般,有月出、花落、鸟鸣,我们赶上了在这幅和谐安定的乡村图景之中增添"振兴"这样浓墨重彩一笔的大好机会,有责任把乡村生态建设得更宜居,推进乡村产业更兴旺,教育医疗更健全,脱贫后的农民过上更加富裕的生活。

想想,就觉得我们的工作如此美好。不知不觉间,我睡着了……

3. 七月的绿毡

不经意间,已经是浓郁的夏天了。

7月里的乡村,风吹蝉鸣,瓜果丰饶,万物清朗。尤其是田野里那一望无际的翠绿,哪怕只望一眼,仿佛就会染得你双眼迷醉、满怀希望。

这个时节,"翠绿"成了炎夏的代名词。

自6月份的第二场雨以来,李腰村的8000多亩良田无一例外地孕育上了翠绿的希望。田野中的绿苗儿喝饱了雨水,比赛似的噌噌向上蹿,一天一个样儿。如今,玉米和高粱的绿苗儿们已经长到成人的膝盖处那么高了。

回顾入夏以来的一个月左右,田野里的变化如同变戏法儿一样,让人目不暇接。

5月底6月初,我们李腰村开镰收割。当金色的麦穗被乡亲们妥妥地收集完毕之后,平躺在炙热大地上的秸秆就被陆续压成了或圆或方的秸秆捆。清理完秸秆后的田野看起来有些伤感,光秃秃的褐色土地上只留下半拃高的麦茬与它做伴。在我们心有余悸地巡逻着禁烧时,6月中旬的一场及时雨彻底浇灭了禁烧的隐患。趁着及时的甘霖,乡亲们接茬种上了夏季作物。此时,刚种上的玉米、高粱种子还没有落地生根,田野里依然可以看到被雨水浇灌、被机器碾压后的麦茬。为了保护刚刚种下的青苗,我们集全村的河流、沟渠、机井之水全力抗旱浇灌。这时的田野在水的喷洒之下汩汩地冒着繁衍生息的热气,看起来逐渐焕发出生机。直到7月初的那场大雨之后,田野里的绿色才逐渐覆盖了金黄的麦茬。那绿色生长得越来越繁盛,一个月左右的时间,就把全村的田野染成了翠绿的毛毡。

村庄在夕阳的怀抱中逐渐安静下来,乡间的和风吹拂着田野里生机勃勃的青苗。远处的庄稼地里,有人正在喷药。看到我走过来,他停下手中的活计打招呼:"张书记,吃过饭了吗?"我看着面前这个背着农药桶的人有些面熟,却叫不响他的名字,只好接着他的话说:"吃过了。你这是给玉米喷农药吗?"眼前的这位年轻人笑答:"张书记,这一片是高粱,路对面那一片是玉米。我在喷除草剂。"

这位乡亲倒是直言快语,一句话纠正了我的两个错误。

我蹲下来,开始仔细辨别起"幼年时期"玉米和高粱的区别。玉米和高粱都是禾本科植物。玉米的别名叫玉蜀黍、大蜀黍;在咱们皖北地区,高粱倒是也有一个脍炙人口的别名叫"小蜀黍"。单从这两个别名来看,玉米和高粱就像一脉祖先、开枝散叶的堂兄弟。从外观来看,它们的秆子都是挺直而且粗壮,阔叶生长,叶形底部宽大,叶尖细长,叶子中间有一条白色的实线把宽宽的叶子一分为二。如果硬要找出它们的细微区别,就是玉米自上而下通身都是翠绿色的,高粱的叶子在翠绿中夹杂着一条嫩黄色。假如单说一株高粱,乍一看,倒是有些像一种叫作"金边龙舌兰"的热带绿植呢。成年之后,玉米和高粱的区别就显而易见了。玉米结出的果实是一层层淡黄色外衣包裹下的鹅黄色玉米棒子;高粱的顶部结出的是一穗穗红棕色的紧密果实,也就是"小蜀黍"的籽粒。

"俺叫信同伟,是王桥村人,2018年和亲友共同注册了翔宇家庭农场。"面前的这位乡亲自我介绍起来。今年冬小麦的"神收"场景,极大地激发了信同伟的创业愿望,便积极响应村党总支土地流转的号召。在今年4月份村党总支召开"淝河镇李腰村土地流转动员大会"之后,他就联合亲友与租地农户、村党总支共同签订了土地流转协议,同时与安徽古井贡酒集团有限公司签订了种植协议,在张小庄、张老庄流转土地1000多亩进行连片种植。待午季的玉米和高粱大丰收,秋收之后再种上小麦,一年两季,源源不断地为古井集团输送酿酒的原材料。

我问信同伟:"流转了这么多土地,你成了咱们村的种植大户,还出去打工吗?"他把药桶从后背上卸下来,一边搬上三轮车一边说:"今年是我们的家庭农场第一年跟古井集团合作,俺想就精心伺候着,好好种地吧。该除草时除草,该喷药时喷药,要得让庄稼长得壮实,让收购方满意。再说,俺家的两个儿子都在城里上学,大的上高三,小的也要上初中了,都是在关键的时候,我和媳妇商量就不出去打工了。媳妇在咱们村里的博艾玩具厂上班,我在城里、村里两边跑。侍弄好这千把亩地,也不比在外面打工挣得少,还可以陪着家人,一举几得。"

告别了能干又顾家的信同伟,我转身上桥走上通往村部的水泥路,迎面碰上退役老军人周纪才与老伴儿。周纪才开着三轮车,老伴儿坐在后面的小马扎上。看到他俩打招呼要下车,我连忙走上前。大娘拉着我的手说:"书记闺女,上次你们市妇联和市女企业家们来义诊、慰问时,采访你周大爷的视频俺看了,把他拍得可精神了!谢谢!"我微笑着说:"周大爷是优秀的老共产党员,党和政府啥时候都不会忘记他们这些老军人。"

　　我站在夕阳中的丁字路口,左边是信同伟骑着三轮车朝着正西的小路疾驰而去,右边是周纪才拉着老伴儿有说有笑远去的背影。一左一右,便是人生的青年与晚年。是啊,该奋斗的青年时代就不要选择安逸。正如这流光的7月,乡村的田野里,一派生机盎然的翠绿,更预示着丰收的喜悦与岁月的更迭轮回。

第二章

念兹在兹

1. 李腰村的气质

李腰村如同一名隐者，遗世而独立，闪烁着低调而丰盈的光芒。村子坐落于亳州市的西南角，东靠龙扬镇，西邻罗集村，南接阜阳市太和县，北邻大康村。全村地处平原地带，地势平坦低洼，共有耕地 8000 亩，盛产小麦、玉米、大豆等农作物及白芍、桑苗等中药材。村党总支共有党员 89 名，下辖 3 个党支部，村"两委"成员 7 名，2019 年获评亳州市"五星基层党组织"荣誉称号。

如果说，一个人的美，美在气质，那么，一个村庄亦如此。美丽的村庄可能会千篇一律，但气质能使一个村庄"木秀于林"。这种独特的气质，离不开村党总支的引领。在我看来，李腰村的独特气质有三：一曰坚韧，二曰暖心，三曰团结。

坚韧、牢固、强有力，指面对身体及精神遭遇困难与压力时，有坚如磐石、不屈不挠的耐受力与勇气。在李腰村，拥有这个魄力与气度的，当数村党总支书记张勇。1986 年服役北京总参谋部的张勇，由于表现优秀，1988 年加入中国共产党，服役 6 年间，数次获得表彰，并荣立个人三等功一次。因眷恋家庭,张勇服役期满回到家乡泗河镇,在司法所工作,后来还担任过村计生专干、会计、副书记等职务。在家乡工作也很好,可以赡养父母,还能照顾家庭,但是,有一股不甘平凡的力量在推动着他时常回忆起在北京服役的日子,总想闯出自己的一片天地。1999年,他果断辞职,毅然北上,在原服役部队领导的帮助下,于2000年成立了挂靠于北京建工集团的建筑装饰工程公司。创业真难啊!但是,困难吓不倒有理想之人,困难更打不败坚如磐石的勇者。在京城开创出一方天地,终于立足扎根之后,张勇带领老家的几十位乡亲赴京共同创业,完成了一个又一个楼盘与工程,事业如日中天。

2011年前后,在泗河镇党委政府的数次力邀下,张勇再次回到家乡,以感恩与奉献反哺养育自己的这一片热土。通过2012年的村"两委"换届选举,张勇担任了李腰村党总支书记。接手一个软弱涣散的村党总支"烂摊子"之后,张勇开始主动谋划,化解消化遗留的历史问题:亲手拉起一支"想干事、能干事"的村"两委"班子,众筹资金(自掏腰包一部分)盖起李腰村党群服务中心三层办公楼,挖沟打塘养殖鱼苗,带领村民与大户流转土地种植小麦、白芍……那股干事业的拼劲儿犹如当年孤注一掷、辞职北上,在未知中探索光明的决心,在荒漠中找寻到清泉的信心,守得云开见月明的初心。

如今,这种坚韧的品质已经成为李腰村全体村"两委"的榜样,张勇书记带领李腰村"两委"班子披荆斩棘、艰苦奋斗的9年多来,李腰村从之前在泗河镇不参加考核的"被忽略"村,一跃成为各项考核名列前茅、村集体经济突飞猛进的先进村。"坚韧"已然成为李腰村的一张名片。

"心若没有栖息的地方,到哪里都是流浪。"这句话虽然说得有些矫情,细品下来却是言之有理。下派到李腰村5个多月以来,我深深感受到了这股暖心的力量。每周一早晨,开车从城里出发回村的路上,我都有一种迎着晨曦、带着美好出发的向往之感。一边开车一边在想,这周准备做哪些事情?要重点走访哪些脱贫户?或者利用走访的机会,征求一下村民群众对乡村振兴的想法?车子进村后,看到村民在晾晒粮食或拉家常,我会下车与他们唠几句……到了村部,看到为民服务大厅里,村"两委"同志们忙碌的身影、与我打招呼时亲切的笑容,一股暖心的感觉不由得蔓延全身。受命下派驻村,做好群众工作是基础。群众是我们的服务对象,让群众满意就是我们的工作宗旨。

怎么做好群众工作呢?盛夏时节也是老年人慢性病的多发时期。一天早晨,张勇书记刚刚打开家门,就看到两位老太太坐在自己家门口的台阶上。这大清早的上门来找,肯定是有急事。张勇书记赶忙将老人们请进屋,详细问道:"这大热天儿的,您二位老嫂子咋来了?有啥事儿啊?"两位大娘也不跟他客气,直接就说天气太热,头晕胸闷,治疗心脏病的药吃完了,孩子们都在外地打工,一时半会儿回不来,手上没有钱拿药了。张勇书记二话没说,伸手从裤子口袋中掏出800元,给每个老太太400元,叮嘱她们赶紧去拿药:"拿了药,回家安心休息吧!天热,尽量别外出,当心中暑!"

"衙斋卧听萧萧竹,疑是民间疾苦声。些小吾曹州县吏,一枝一叶总关情。"这是郑板桥的一首诗,也是习近平总书记特别喜欢、经常引用的一首诗。如今,这首诗也被张勇书记作为自己任职履新的座右铭。自张勇书记任职以来,李腰村逐渐变成了口碑良好的"无信访村"。这并不是因为李腰村没有群众反映问题,也不是日常工作不存在问题,而是因为这个村有一位与群众心贴心的,不知疲倦、乐善好施"带头人"。张勇自从担任党总支书记以来,像这样的奉献与付出不胜枚举,已经难以计算。

张勇书记总是说:"人生来平等。现在虽说扶贫户都脱贫了,但群众是我们的衣食父母,我们仍要落实好巩固拓展脱贫攻坚的各项政策,坚决防止脱贫户返贫。要尽我们的最大努力,将群众反映的问题化解于萌芽之中。"这些暖心的话语道出了基层干部的责任与担当。村里选出了好的"带头人",是上级党组织对张勇的信任,更是李腰村群众的福气。

团结就是力量。谚语有云:人心齐、泰山移;单丝不成线、独木不成林。雷锋同志说过:"一朵鲜花打扮不出美丽的春天,一个人先进总是单枪匹马,众人先进才能移山填海。"互相拆台都会垮台,互相补台才能好戏连台,一个家庭、一个团队、一个单位,莫不如此。只有团结,才能人心所向,集体才会增光添彩。2021年,恰逢基层村(社区)"两委"换届。在上级党委的正确领导下,在驻村工作队的监督指导下,李腰村党总支有条不紊地进行及早谋划、安排部署,利用全体村"两委"会议等契机,认真学习市委组织部、区委组织部编发的村(社区)"两委"换届纪律警示案例、漫画案例,让你"秒懂"换届纪律、村(社区)"两委"换届微视频及文件,了解掌握本届村"两委"换届的各项要求,严格按照"两推一选"的程序,确保把年轻有为的党员选到村党总支中来。根据本村"两委"中有年龄到龄,需要更换替补"新鲜血液"的问题,村党总支及时向上级党委汇报,寻求指导与支持,酝酿解决方案,优中选优,安排了最符合条件的人才进入村党总支。有上级党委的坚强领导,有驻村工作队的督促推进,有李腰村团结向善的"好家风"支撑,我们终于迎来了换届工作的尘埃落定。

经过几个月的精心筹备与人选确定,李腰村党总支于2021年10月18日召开了党员和村民代表推荐党组织候选人初步人选会议,选举出村党总支的初步人选上报镇党委,镇党委将初步人选推荐上报至区委组织部,呈16家单位区级联审。公示期满后,11月2日上午,李腰村党总支成功召开换届大会,选举出了新一届村党总支班子。换届后的村党总支有5位成员,其中书记1名、副书记1名、村委会委员3名(女性2名)。这次会议的召开是李腰村历史上的一件大事、喜事!今后的五年,李腰村将在上级党委、政府的正确领导下,继续以张勇书记为脱贫致富与乡村振兴的"带头人",发扬坚韧不拔、团结向善、开拓进取的精神,在巩固拓展脱贫攻坚成果与乡村振兴的道路上开拔前进。

2. 李腰之水

听雨一夜,半宿无眠。半梦半醒间,伴得阵阵蛙鸣。

进入7月份的这场大雨,下得认真又执着,从白天一直延续到夜晚。大雨时而如同发脾气的家长,在轰轰隆隆的雷鸣之后倾盆而降,时而如同温婉可亲的小姑娘,雨丝淅淅沥沥、清清凉凉。

6月里的三场雨都未曾填满的河流、沟渠,在这一场大雨之后呢,村子里的水域是否已变了模样?

我像一个旅行者,从村部出发,在各自然村里逐步穿行。

刚出村部大院儿,我的脚步便定格在村部南边的这条小河边。前天还是干涸的看得见河床的它,经过这场大雨恩赐,已蓄满一河清水。在蓝天白云的映衬下,河水虽然不是那么碧绿,但丰盈润泽。它,又恢复成了一条真正的河。

我欣喜这一变化,心中充满对村里所有水域变化的想象。张老家村东边有一条河流,有一个很和谐的名字,叫"团结沟"。河水自北向南经过张老家的水闸之后,再向南就接着西泇河了。团结沟水量充足,即使是两个月之前的干旱天气,也始终保持着没过河床一半水的高度。河流两边的法梧、钻天杨等树木,像两列站姿挺拔的士兵,静静地守护着李腰村这条古老的河流。河水虽不算清澈,但是倒映着绿植的水面显得很平静悠扬。

顺着团结沟一路向南,就到了张老家水闸。记得2021年这时正值炎夏,台风"烟花"席卷了谯城境内的大部分乡镇,我们李腰村也未能幸免。暴风雨过后,一部分地势低洼处种植的玉米苗便被泡在了积水中。我们工作队队员与张勇书记一起来到张老家水闸,为驾驶着挖掘机挖出水道、引水入河的乡亲们加油打气。可不要小看这样一个水闸,它可以调节河水的流量与水位:在枯水期截断河流,使水位升高;在洪水期控制河流下游的泄水量。半个月之前,村子里进行抗旱保苗。就是依靠了像团结沟水闸、王桥水闸的蓄水以及田里机井抽的水,才得以灌溉了全村的良田。

掉转方向回头,我顺着团结沟自南向北,来到了李腰新村。河边的树荫下,有悠闲的村民正在钓鱼。看到我拿着手机站在桥上拍照,其中一位眼尖,收着小板凳说:"是张书记啊,上家去喝茶。"我笑答:"不去了。昨天这大雨下的,沟里河里都满了,我来看看庄稼。"另一位村民说:"昨天这场雨下得确实够用了,也不能再下了。咱们村地势低洼,再持续下大雨,就要内涝了。"昨天的大雨过后,我们李腰村之所以暂时没有发生大规模内涝,就是得益于村内的这些大大小小的沟渠、河流以及鱼塘强大的蓄水能力。

事情往往就是这样,优势与劣势之间有时也要辩证地去看。地势低洼的李腰村,劣势在于不利于搞大棚种植等项目,优势在于河流沟渠鱼塘多,蓄水能力强。村党总支采用"党总支+集体经济+脱贫户"的运营方式,通过土地复垦项目,利用废弃水塘新增集体水面20亩,加上之前团结沟的30亩水面,发展成鱼、鸭、鹅养殖两两结合、相得益彰的集体经济发展模式,每年可为村里带来近10万元的收益。

创建文明城市及人居环境整治工作常态化开展以来,村容村貌确实整洁了很多,尤其是随着村民素质的不断提高,整个村子逐渐焕发出文明的新风。进入夏季,特别是暑期以来,全市各级党委政府把防溺水工作作为重中之重,进行层层安排部署,我们李腰村当然是不折不扣地落实。

村"两委"会议部署之后,包括张老庄、张小寨、李腰村、李老家、王桥、周寨等全村境内的河流、沟渠、鱼塘边的显眼处均设置了防溺水"三件套":在原有地"禁止游泳"标识牌的基础上,增设了救生圈和拴了长绳子的长竹竿。我在"村村通"广播里向全体村民宣传了《严防溺水,珍爱生命——致李腰村广大村民的一封信》,告知了严禁孩子私自下河游泳等"六个严禁"以及如何正确自救、如何正确施救等内容,要求广大村民教育监护好自家的孩子,增强他们的安全意识和自我保护意识,提高避险防灾自救能力。

昨天大雨过后,镇党委、政府做出了防汛工作部署。村党总支迅速安排"两委"干部排查各村田间地头的地势低洼处,及时安排人员进行挖掘疏通,使雨水得以汇流入河。

水,从天而降,滴落到人间便幻化成江河与湖泊。那么,我们李腰村的水呢?它不仅为村里带来蓄水、灌溉、养殖等收益,更为村子平添了一份份惬意的"诗与远方"。你看,微风起时,水面波光粼粼、光影如幻;风平浪静时,水面平滑如镜、深邃神秘。

  此时,我微闭双眼,耳边又传来了一阵蛙鸣……

3. 广播站

在村里开广播会，对于我来说还是大年初一吃饺子——头一回。自己拟写的广播稿，开讲总会顺利一些吧！我战战兢兢地坐在了村部二楼的广播室里。村"两委"兼村广播员周三锋给我打开了播音台，工作队的两位队友在广播室外同时给我比画了一个"没问题"的手势。

有了队友与同志们的鼓励，我也不那么紧张了。喝了一口水，稳定了一下情绪，我开始了自己在李腰村的首场广播：李腰村的广大群众，大家下午好！我是全市第八批派驻李腰村工作队队长张兰兰。我们工作队是6月10日来到咱们李腰村帮助工作的，到现在已经快两个月了。在这期间，有的群众在我们工作队进村入户走访时见过我，认识我，当然，还有一些自然村，我们工作队目前还没有走访到，今后会有机会与大家见面的。今天开这个广播会，主要有几项工作要和大家说说。一是想跟大家说说咱们村儿开展"最美家庭（好媳妇、好婆婆）"的评选活动，把孝顺长辈、教子有方、邻里和睦等类型的最美家庭成员评选出来，引导全村群众学习榜样、见贤思齐，促进全村群众整体素质的提升。二是推荐评选"最美庭院"。把咱们村家里院内清洁卫生、整体环境绿化美化的家庭和庭院评选出来,让大家都来参观学习,这也是配合做好人居环境整治工作的一项措施,请乡亲们都积极配合参与……

说起来开广播会,我感觉从另外一个方面理解,应该是用群众能听得懂的语言跟乡亲们叙叙话。所以,我用了地道的亳州话,也没有即兴发挥,想着如果临场发挥不妥,反而没有"按部就班"更让群众能接受。出了广播室,我擦了擦额头上的汗珠,如释重负地吁了一口气。

很早以前,我与广播站有过"一面之缘"。20世纪80年代,我正在读小学。一次偶然的机会,我被班主任选中,成为学校的"红领巾广播站"的小播音员。当我和另外一个年级的女孩子一起来到学校二楼的广播站排练时,我感觉自己拿着稿纸的手是颤抖的,腿肚子好像也在转筋儿,朗读的时候声音小得像蚊子嗡嗡……那窘样儿可乐坏了负责"红领巾广播站"的那位女老师。她微笑着走过来,给我俩一人倒了一杯温水,指导我们先喝一口水,再深呼吸,平静情绪后再拿起稿纸试播(当然,她并没有打开广播,只是训练我们面对那只麦克风要具有的心理素质)。经过一番训练,我与同伴相对流畅地完成了那次播报任务。我俩配合默契,当我们深情地诵读完那首赞美祖国的诗歌之后,指导老师投来了赞许的目光。从那以后,特别是在参加工作之后,每当需要发言或朗诵等场合,我都会备一只装了温水的水杯。

如今,"村村通"广播成了农村工作的一个重要宣传窗口。当广播响起的时候,乡亲们无论是在做饭、带孩子、拉家常,或者是在干农活,都可以听到广播的内容。从某种角度来说,广播可能比现场开会的宣传效果还要好。

4. 筑巢引凤

李腰村有一个村集体经济产业：2019年村党总支带领村"两委"招商引资引进的博艾玩具厂。村里负责提供工人、厂房及配套设施，投资方负责提供生产技术、管理及销售。玩具厂采取订单式生产经营模式，生产的各类卡通毛绒玩具既实用，又美观。招收的50余名工人都是本村、周边各村的脱贫户及留守妇女，全部是女工，月平均工资可达3000元。目前，玩具厂每年可为村带来集体经济收入近20万元，与水产养殖、光伏发电站一样，是村集体经济的强有力支柱。

你若盛开，蝴蝶自来。我们第八批下派驻村工作队进驻李腰村时，恰逢博艾玩具厂渴望发展壮大。2021年下半年，驻村工作队配合村党总支，找准党建工作与村集体经济的最佳切合点，以"党建+"为工作引领，在镇党委、政府的大力支持下，通过谯城区乡村振兴局申请上级乡村振兴项目资金150万元，建设了玩具厂二期工程。二期工程的选址就在村部东侧，与村部一墙之隔，既方便我们工作队密切关注工程进展，也方便遇到问题时随时沟通商量。

在二期工程顺利施工的过程中,看着施工队有条不紊地修路、打地基、盖厂房、浇顶、粉刷墙壁……我为自己一直陪伴着玩具厂二期工程"从无到有"而感到自豪,感到骄傲。一路走来,我在拍摄它"成长经历"的同时,一直祈祷它能避开雨雪天气,顺利竣工,稳妥接纳新上马的生产线,并憧憬着近 1000 平方米的工厂内人头攒动、忙碌有序的热闹场景。

家住张园村的薛小莉,今年刚 30 出头,已经有数年在上海、苏州等地制衣厂的打工经历。李腰村博艾玩具厂投入运营之后,她就从外地返乡回到村里工作了。看着熟练操作平车进行玩具加工的薛小莉,我微笑着问她:"小莉,像你这样有技术有经验的女工返乡就业,是真正的凤还巢啊!你觉得是在外地打工挣钱多还是在家门口工作好?"小莉莞尔一笑,说:"在大城市打工挣钱多一些,但是,那毕竟不是我的家,也不能和家人生活在一起。现在,玩具厂开在俺家门口,工资是少了一点儿,但是,我可以接送孩子,可以照顾双方老人,这种天伦之乐,是挣再多钱都换不来的。"

如今,玩具厂二期厂房早已竣工,道路已经修好,路灯安装到位,配套的职工宿舍与食堂也已建好,电路及消防等后续配套设施正在筹措安装中。梧桐树长得越来越壮,一定会吸引更多的"凤凰"回到家乡。

付出就有回报。驻村工作虽然艰苦,且要在一定程度上牺牲家庭,但是,看着李腰村的发展变化,我感到自己的辛苦是值得的。

5. 治愈系

"要好好珍惜这段下派锻炼的时光。"李腰村的上一任扶贫队长张光辉同志这样和我说。一年多的时光匆匆过去了,我翻起每周一篇的《下派笔记》,眼前立即浮现出一个个质朴、善良的身影,想起结下的友谊,心里满是温馨和感动。

记得走访退役军人、脱贫户周纪才家时,我对他家印象较深的有两个:一个是李腰村"美丽庭院",另一个是"月亮门廊"。看着这个干净整洁的农家小院儿,我还即兴应景了一首"打油诗":人间四月遍地花,绿荫冉冉满农家。正当陶醉沉吟时,但观青藤绕枝丫。听周大爷说,在部队服役期间,看到天上圆圆的月亮,他就思念起定了亲的王大娘。退役之后回到家乡,周纪才和王大娘白手起家、苦心经营,攒钱盖了四间新房,拉了一个院子,还独具匠心地为大娘建了这个"月亮门廊"。那天,大娘亲切地拉着我的手说长道短,她说:"书记闺女,你来乡下,虽然条件不比城里,但是俺们李腰的风水好,庄稼都长得旺,你也会慢慢长胖的。今天刚好到饭点儿,大娘早上就剁好了肉馅,咱们包饺子吃!"看着大娘那笑容如核桃壳一般生动又刻满皱纹的面颊,我说:"好啊!我来给您打下手。"群众感知干部与他们的鱼水情,我们也要真诚对待他们。那一刻,我的心被治愈了。

去年8月份的一天,我们在刘天庙村扶贫小组长的引领下,逐户走访脱贫户。接近尾声时,我们来到靠近路边的一座二层楼房前。铺了水泥地的院子被打扫得很干净,大门东侧放着一张网床,床上侧躺着一位老太太。在小组长的招呼下,老太太右手支撑着身体,慢慢地坐了起来。看到我们工作队之后,她大声招呼道:"哎哟!书记闺女,你们来得早呀!可吃饭吗?"然后,她踮着小脚,笑呵呵地迎着我们走来。小组长向我们介绍,老太太名叫南秀英,今年88岁了,年轻时很能干,儿子女儿都操持出来,她也老了。虽然年纪不小了,但是她至今耳不聋眼不花,闲时还可以给已经花眼的儿媳妇穿针引线,帮着做针线活儿。南奶奶笑得很灿烂的嘴巴里只剩下几颗牙齿,她的古铜色的皮肤在阳光下呈现出健康的光泽。我看到了顽强的生命力在她的血液里流淌,看到了她脸上洋溢着对幸福生活的满足。有了党的扶贫政策,有了基层干部不辞辛苦的帮扶,南奶奶才能够祖孙四代同堂,才有了其乐融融的欢聚,才能够尽享天伦之乐。她的带着自然笑容的脸,你只需看一眼,就会觉得无比平静,觉得心情舒畅、精神放松,仿佛冰雪全都被阳光融化,一年四季都是春暖花开。

今年5月中旬,我们走访来到周寨村的周青锋家,看到他的脸色比我们上一次走访时差很多。询问之下才了解到,他刚被市人民医院查出患有糖尿病和肝腹水。住院治疗一段时间后,因为承担不起高昂的医疗费用而被迫返回家。因为没有按时缴纳新农保,现在得了大病,后悔至极的周青锋低头不语,那神情沮丧而无奈。这时,他的哑巴媳妇双手捧着碗走过来,把熬好的中药端到他面前。不会说话的媳妇,用那双透着坚定而又爱怜的目光,温柔地看着周青锋。透过药碗里袅袅升起的几丝白烟,我看到周青锋像做错事的孩子一样傻笑着看着媳妇,转而接过药碗一饮而尽。俗语说,夫妻本是同林鸟,大难临头各自飞,谁说一定都是这样呢?眼前这对相依为命的夫妻,却能在生活的不幸与病痛中不离不弃、相互扶持,这样的场景真的是太温馨了!工作队与村党总支商量之后,6月中旬将周青锋纳入了李腰村2022年新识别的"监测户",随后又为他申请办理了低保,为他的哑巴媳妇办理了残疾证及补贴。

驻村还在继续,我的《下派笔记》仍在记录。在与村民们用心交往的过程,也是我不断被感动、被治愈的过程。工作队急村民之所急,想村民之所想,村民们也将最好的心意回馈给了我们。今天你送来几条鱼塘里钓的鱼,明天她送来一袋刚采摘的玉米,朴实无华的村民们已经与我们工作队亲如一家。我的心也已经在李腰村生根发芽,落地开花了。

6. 不一样的元宵节

天上一轮满,人间万里明。又到一年元宵节。

正月十五的夜晚是一年中的第一个月圆之夜,也是一元复始、大地回春的夜晚。家长们会带着孩子,提着花灯来到室外,仰望着天空一起话月亮、讲故事,延续着贺新春的民俗。

古风幽韵的元宵佳节,怎么少得了历代文人雅士的古诗词助兴呢?张祜在《正月十五夜灯》中写道:"千门开锁万灯明,正月中旬动帝京。"苏轼在《蝶恋花·密州上元》中言道:"灯火钱塘三五夜。明月如霜,照见人如画。"符曾在《上元竹枝词》中说道:"见说马家滴粉好,试灯风里卖元宵。"欧阳修在《生查子·元夕》中有曰:"去年元夜时,花市灯如昼……"

品读着这些古诗词,我们仿佛穿越到了古代,在字里行间欣赏着古人在灯火通明的元宵节之夜趁着晚风吃元宵、赏花灯、猜灯谜、耍龙灯、舞狮子、点灯盏、放烟花的热闹场景。

今年的元宵节恰逢北京冬奥会,"更团结"的奥林匹克新格言与祝福天下团圆的元宵节不期而遇。看冬奥、吃汤圆,这是专属于全国人民在虎年元宵节中收获的一份浪漫。

今年的元宵节,对于基层干部及驻村工作队来说,也是不一样的元宵节。

2月15日上午,泇河镇周工作例会上,冯新书记、黄晓涛镇长分别就当前的环保节能、人居环境整治、春季招工、安全生产等工作进行了统一安排。元宵节当天,又对烟花爆竹的禁燃禁放工作作了详细部署。

下午2点,李腰村召开全体村"两委"工作会议,传达上午镇工作例会精神,要求全体村"两委"各司其职、各负其责,宣传到位、管理到位,并重点安排了烟花、爆竹禁燃禁放工作。散会后,村广播员周三锋打开"村村通"广播,向全村11个自然村进行了烟花、爆竹禁燃禁放的政策宣传。下午5:30,张勇书记就开始带领7名村"两委",分别开车在各个自然村之间来回巡逻、宣传。

驻村工作队主动融入其中,从村部出发,沿街走访到户。自张园庄步行到张小庄、张小寨、张老庄,向群众宣传烟花爆竹禁燃禁放政策。

晚上6:00,黄晓涛镇长拨通了我的电话。

"张书记,你们村情况怎么样?"

"黄镇长,我们村基本正常。张勇书记和我带着全体村"两委"都在各村巡逻。镇里的包村干部赵镇长、曹主任现在也都在李腰村,我们会一直巡逻坚守到晚上8:30。"我回答。

时节虽然已经立春,但是乡村夜晚的风还是很凉。裹了裹身上的大衣,伸出已经冻僵的手,我拍到了元宵夜李腰村的安静之美。画面中,在路灯的照射下,经初雪滋润后的麦苗儿泛出青绿的色泽,像极了一大块绿茸茸的地毯;远处的房屋隐蔽在一片树林之中,显得神秘而宁静。

收起手机,我和队员们返回村部。在谯城区第八批选派干部微信群中,我看到战友们都在群中发送了各村宣传巡逻的图片及视频,还有一个工作队在 10:10 发出了在厨房下汤圆的图片……

在这样一个万家团圆的夜晚,为保护蓝天绿水,保障千家万户平安,我们心甘情愿地驻守在村,度过了一个不一样的元宵节。

7. 在村里过"三八"节

桃红点点柳芽冒,又是一年春来到。

每年初春,我们都会迎来一个美丽优雅的节日,这就是"三八"国际劳动妇女节。这是一个妇联人欣喜而又忙碌的节日,也是女性同胞们欢聚庆祝、姹紫嫣红竞芳菲的时节。

2022年的"三八"节,全市妇联宣传表扬了一批"三八"红旗手、巾帼建功标兵等优秀女性,引领各界女性坚定理想信念,崇德向善、见贤思齐;开展了"强国复兴有我"文艺展演、"三八"红旗手进社区"四进"示范宣讲、春风行动女性专场招聘会、娘家送岗跨域网络招聘会等活动,号召妇女群众听党话、跟党走,当好妇女姐妹创业就业的"娘家人",为全面建设现代化美好亳州贡献巾帼力量;联合市直各单位妇委会举办党建共建考察调研、关爱女性专题宣讲、徒步普法宣传、插花竞技等各类庆祝活动,关爱女性身心健康,陶冶高雅情操,当好广大妇女的"贴心娘家"……

浏览到市妇联"木兰之声"微信公众号中这些熟悉的"三八"节庆

祝活动,脑海中仿佛放电影般"回放"着历年来参与筹备"三八"节各项活动的镜头与片段,不禁嘴角上扬起来。

今天上午参加镇周工作例会,几位镇分管领导部署了当前的几项重点工作。黄晓涛镇长重点安排了当下全国"两会"期间淝河镇的信访及安全工作。最后,他为全镇妇女同胞们送上了"三八"节的美好祝福。

中午回村召开村"两委"会议。对上午的镇例会精神进行传达贯彻,对本村的信访工作及新农保收缴等工作进行了重点安排。张勇书记也在最后的讲话中祝女性村"两委"委员及全村所有妇女群众节日快乐。

原来,"三八"妇女节在大家的心目中还是分量满满的!在习近平总书记发表关于妇女和妇女工作的重要论述之后,各级党委政府对妇女群众及妇女工作越来越重视了。

"今年的'三八'节,咱们就在李腰村过了。"我对随行而来参加村"两委"会议的李腰村党总支书记助理、省委组织部选调生胡淑琦妹妹说。

"好啊!我在镇里是负责宣传工作的。咱们村里和镇里的工作应该不一样吧?是不是要到群众家里去走访?"淑琦是个对皖北农村工作生活充满好奇的黄山姑娘。

"是啊,咱们李腰村虽然地理位置较为偏远,但是地方大着呢!每个村子里都有故事。咱们先上楼吃饭,我再慢慢和你说。"我拉着淑琦上楼。

工作队队友王振远同志早已做好了四菜一汤。他一边招呼淑琦一边说:"今天是'三八'妇女节!又是你第一次在我们村工作队吃饭,来,尝尝我的手艺。"

"托'三八'节的福,振远哥今天烧了这么多菜,看起来闻起来色香味俱全,很不错嘛。这个节日值得纪念!"淑琦甜甜地笑着,嘴角泛出浅浅的酒窝。

我盛了一碗米饭递给淑琦:"这也是姐在李腰村过的一个值得纪念的'三八'节。你们南方人喜欢吃米饭,姐给你盛的,够不够?"

春日的暖阳洒在李腰村村部的大院中,村部对面的大礼堂正在紧锣密鼓地建设中。地基与框架已经扎根,现浇的房顶已经成型,目前正在砌砖,时而会听到混凝土搅拌机轰隆隆的工作声。

吃完饭,进入工地,我看到两名女工在熟练地传递空心砖,其中一名女工接过砖,抬头看向脚手架上的男瓦工,把手中的砖轻松地抛向上空,男瓦工默契地伸出手来,精准地接住了那块空心砖。我一边拍下这项"绝活儿",一边想起了欧阳修先生的《卖油翁》。心想,那位男瓦工会自信又自豪地说出那句《卖油翁》中的经典语句"无他,唯手熟尔"吗?

带着淑琦在村部周边的两个村庄转了一圈,察看了一下环境卫生的打扫情况后,我们回到村部。

刚一进村部大院儿,就看到工地上的工友们三三两两地端着碗,坐在砖头堆上或者蹲在墙根处,一起边聊天边吃午饭。这样的场面,令我不由得回忆起儿时在外婆家过暑假的情景。

那时的村庄,绿树环抱、河流清澈。家家户户之间没有围墙,榆树、枣树、杨树等各种树木把邻居之间自然地隔开。凉风习习的傍晚,乡亲们便端着碗,主动聚集起来吃晚饭。他们也像这样蹲在墙根处,或者坐在树下有说有笑。你尝尝我家的红芋叶豆杂面,我尝尝你家包的韭菜馅儿饺子。那是一幅多么温馨和谐的乡村市井图啊!

从回忆中牵回思绪,我走过去问道:"老远就闻到你们的饭菜香了,做的啥好吃的?"

这个工程队的大姐边给他们盛饭边说:"家常便饭,肉丝糊汤面。来尝尝吧,呵呵!"

"我吃过了,谢谢大姐!你们是哪儿的工程队啊?有多少人呢?"

"我们是古城镇的,一共有20个人,与咱们澥河镇是邻居。"

"嗯嗯。工地上虽然辛苦,但是工钱不少吧?一个月能挣多少?"

接空心砖的那个男瓦工接过我的话说:"一天200多,一个月能挣5000多吧!"

"那真不错!在家门口打工,挣的工钱都是净得的,还能照顾家庭,多好!我看咱们这里有五六位女工呢!大家知道今天是'三八'妇女节吗?"

那几位女工听后笑了起来:"我们整天在工地搅拌混凝土、拎泥兜子,哪有时间、心情过啥节?倒是听说过'三八'节,只是没过过这个节啊……"

听了几位大姐朴实憨厚的话语,我笑着说:"今天是3月8日,是'三八'国际劳动妇女节第112周年的纪念日。'三八'节是为了庆祝各行业的妇女在政治、经济和社会等领域做出的贡献和取得的成就而设立的一个女性专属的节日。'三八'节不像春节、元宵节等传统节日那样有隆重的习俗,但是女士们在'三八'节当天可以休半天假,家庭中也可以有不一样的过法。例如,男士们可以为你的母亲、岳母、妻子、女儿做一顿可口的饭菜,送上一句祝福的话语,或者送一个纪念品小礼物,都可以啊!大家辛辛苦苦挣钱是为了啥?还不是要提高生活质量吗?生活不仅有工作挣钱,也可以偶尔享受这种过节的仪式感。这样,家庭肯定会更和谐。家庭和谐了,社会就安定了啊。"

工友们面面相觑,随后几位男瓦工笑着互相调侃起来:"哎!老弟,今天早点儿收工,回去时,走古城给弟妹买件新衣裳再回家。"几位工友大姐纷纷接着说:"那咱们都早点儿收工。看回家可能等着吃一顿现成的。呵呵!"

看着他们开心地相互打趣,我和淑琦回到村部。张勇书记迎面走过来说:"上午会上想着通知大家呢,今天过'三八'节,晚上村里给你们和女性村"两委"干部们安排一个工作餐,我们陪着一起聚聚,给大家加加油、打打气,今后好好干工作。"

8. "沉浸式"驻村

2023年全国两会召开在即,结合谯城区委、区政府部署的"四季菜单·暖心走访"行动,工作队开启"沉浸式"驻村模式,挨家挨户走访成为工作日常。

为统筹推进10项"暖民心行动"和19项民生实事,区委区政府自年初开始,就创新启动了"区、乡、村"直到基层的问题收集反馈处置机制——"四季菜单·暖心走访"行动。在1月29日召开的谯城区2023年集中表彰、环境推介、政策发布、项目签阅、招商揭榜、老乡恳谈会上,区委常委、区委组织部部长张建影宣读了区委办印发的《关于开展"四季菜单·暖心走访"行动实施方案》(以下简称《方案》)。

学习研读《方案》之后,我发现《方案》内容体现了坚持党建引领、服务为民、注重实效的原则,突出了"四个转变":一是服务模式从"坐等上门"向"主动入户"转变;二是问题收集从"随即摸排"向"定期抄底"转变;三是调处矛盾纠纷化解从"一方百治"向"对症下药"转变;四是效果评价从"点到为止"向"求真务实"转变。《方案》要求通过汇集区直、乡镇、村等各方面的力量,开展全覆盖的上门服务,为群众提供扎实精准的服务,用心用情解决群众的"急难愁盼"问题。

在李腰村,落实《方案》要求以及上级工作部署,入农户、听民情、暖民心,配合落实综治维稳、预防化解矛盾纠纷等,是我们近期最重要的工作。驻村工作队结合日常走访,带领包村"两委"在所辖的11个自然村里走村串巷,携带"四季菜单·暖心走访"行动登记表、宣传册、联系服务卡以及村户籍名单(所有农户名单)等,开展政策宣传、信息摸排、问题收集,及时掌握群众家中的人口变化情况、健康状况、就业需求、矛盾纠纷排查问题,同时征集群众对人居环境和乡村基础设施建设、公共服务等方面的意见和建议。

在张老庄,我们来到五星级文明户、"美丽庭院"示范户周娟家。院门口张贴的几块示范牌,无声地昭示着这是一个清洁又文明的家庭。一走进这个三代同堂的家庭,扑面而来的感觉是简朴温馨、干净整洁。从对话中,可以看出周娟家庭的气氛很融洽。儿子与媳妇王瑞在同一个城市打工,周娟和丈夫在家看护孙女和不到2岁的小孙子。虽然要接送孙女上学放学,还要一刻不停地监护着刚刚学会走路的小孙子,但是年富力强的周娟反而觉得日子过得很充实,丝毫没有对儿子、媳妇的埋怨。看得出来,脸上始终挂着浅笑的周娟,日子过得舒心而惬意。年轻人外出挣钱,公婆发挥余热在家带娃。这样的家庭,在如今乡村里是绝大多数家庭的代表。比起夫妻一方外出,另外一个在家带娃的家庭,这样的家庭要相对稳定、和谐很多。我看了看手上的"四季菜单·暖心走访"登记表,又问她:"看到你们家日子过得这么好,我们也感觉生活更美好了。你俩要好好保养身体,等儿子、媳妇挣钱回来,再给家里添上一辆轿车,每天开车拉着孙女、孙子去上学多好。家里可还有什么难处?对咱们村儿里的公共设施建设可有什么建议?"周娟打趣着回答:"谢谢张书记!俺俩一个打外围接送孙女、打扫卫生,一个做饭、带小孙子,每天忙得团团转,都顾不得生病呢!是要保护好身体,更享福的日子还在后头呢!村部的篮球场、健身器材一应俱全。马上天气暖和了,俺们都到村部大院参加健身活动去。国家的政策好,还给俺家颁发了这么多荣誉,俺们更应该好好地保持荣誉,做好表率!"

村"两委"也分别在工作间隙向群众征集"四季菜单·暖心走访"问题。这不,今年的改厕工作又接续开始了。家住张小寨的见治贵,思想就是不转弯。他用了一辈子旱厕,习惯了就不想再改。改厕工作是本着"农户自愿"原则进行的,所以做好思想工作是关键。"大爷,今年您可准备把家里的旱厕改成水冲式的卫生厕所啊?镇里给的改厕指标不多,村里好不容易给你争取一个,又不用你出钱。盖好了你只管用,干净卫生,还没有异味,多好!"工作队和包村干部你一句我一句地劝着他。见治贵思索了一会儿,看看我们,说:"好吧,你们也来过不止一回了,我这个老头子也要配合村里的工作。感谢国家,感谢党!啥都给咱群众想着改善,政策真好!"

自"四季菜单·暖心走访"工作开展以来,我们把服务送到群众家门口,同时向群众宣传讲解10项"暖民心行动"、平安建设、安全生产、招工用工、反电诈知识等各项惠民政策和法律法规,及时将征集到的诸如群众"家门口路灯损坏""要求办理低保""对养老保险政策不了解"等25条问题进行汇总归纳,形成走访问题台账,按时上报,立行立改。

　　这一阶段的"沉浸式"驻村走访,让我们在当好社情民意的"宣传员""办事员"的同时,也拉近了群众与干部之间的亲密关系。在昨天的走访中,面对张园的两家邻里关系纠纷,我和工作队成员、负责综治的村党总支副书记、包村"两委"李后军一起前去调解。先安抚这家群众,再去说和对方的那家。一家一家跑下来,说话说得口干舌燥,但是看到群众理解支持的眼神,我们感到特别欣慰。群众也是讲道理的,村部"一碗水端平",调解问题公平公正、以理服人,大家都会拥护的。

第三章

乡里乡亲

1. 悄悄话

第一次见到张建国大爷,是在 2021 年 7 月份的"主题党日"活动现场。当时,他是拄着拐杖去参会的。

阅历与眼力让张建国大爷确认了我的身份。这位腿脚不便却眼神犀利的老人,也让我感觉到,他是个有故事的人。

初春的农家小院,非常舒适惬意。我再次来到家住张小庄的张建国大爷家走访,他和老伴郭大娘恰好都在家。张大爷的耳朵有些背,与人说话时习惯拿手挡着耳朵,仿佛要把手变成一个扩音器。他拄着拐杖迎接我,说他们老两口要和我好好说说悄悄话。

1941 年出生的张建国大爷是个孤儿。他还在襁褓中时,父亲就被国民党抓去当了壮丁,从此没了音讯。母亲一个人带着 10 个月大的张建国,开始了颠沛流离的生活。用张大爷的话说,那段时间,是"流浪者"的勉强续命。

一个年轻的寡妇,带着一个嗷嗷待哺的婴儿,这样的家庭,生活注定是凄惨的。张大爷 9 岁时,母亲把他托付给家族的妯娌(张建国的婶子），然后就改嫁了。

张大爷回忆说："其实俺娘改嫁并没有走太远。迫于压力，我和娘的见面总是背着婶子。娘为我做了一双新鞋。我在婶子家旁边找到一个隐秘的地方，挖了一个土洞，把新鞋放进去，再覆盖上树叶等杂物。每天去上学时，我从洞中取出鞋，穿着去上学；放学回来，把鞋包在雨布里，藏在洞中，再光脚回到婶子家。有一次，我把鞋放回土洞里，在赤脚走回婶子家的路上，一不小心踩到一颗洋钉，鲜血直流。我强忍着钻心的疼痛，一瘸一拐地回到婶子家，也没敢透露新鞋的事。

"后来，住在泹河镇焦庄的俺舅舅伸出援手，把我接到他家，还安排我在古城就读初中。我还陆续得到了当时的大队书记以及村里好心邻居们的资助与关爱，维持到读完中学。1961年，我考取了阜阳技校。由于录取通知书下来得晚，我也不知道被录取了，所以就先在泹河公社店集小公社任了会计，犹豫之下便没有去读阜阳技校。那是我错过的一次好机会。"张大爷说到这里，神情黯然地低下头。

郭大娘为张大爷圆话："你张大爷是个没有主心骨的人，他不舍得他舅舅一家人，所以放弃了去阜阳读书的机会。"

我听得入了神，问道："那后来呢？"

郭大娘接着说："那时你张大爷已经20出头。婶子脸对脸与自己的表姊妹（也就是俺娘）说了这门亲事，俺就嫁到了你张大爷家。家里穷得东旮旯到西旮旯，没有一件像样的家具，屋顶还漏了一大块。俺是听说了你张大爷小时候受的苦，很同情他，才来到他家。得亏他人好，加上政府给俺家送的这些好政策，日子慢慢地越熬越好。唉！年轻时候的日子太苦了，现在的生活太甜了。"

我拉着郭大娘的手说："能娶到您这样善解人意的贤内助,是张大爷前世修来的福气。"张大爷在旁边乐了："少年夫妻老来伴。自从你大娘来到俺家,为俺生了三个儿子、三个女儿,现在也都成家立业了。还有两个孙子、三个外孙,一大家子人了。把儿孙都拉扯大了,俺们老两口也干不动了,国家照顾我们,让我们享受低保待遇,孙子上大学,党和政府还给了政策扶持。我一辈子都念共产党的恩情。"

看着张大爷摩挲着自己的那枚"光荣"勋章,我说："恁俩20岁结婚,张大爷入党也有50多年了。如今您二老都已经81岁了,按洋气一点儿的说法,二老现在属于钻石婚。我给二老在这个老屋前拍一张照片,保存真实的生活场景吧!"

看着张大爷轻轻地为郭大娘整理头发时流露出的温情眼神,我在心里为他们祝福。世上的夫妻千千万,能先苦后甜、携手走过50年钻石婚的实属恩爱夫妻的楷模。小家和则国家安,希望张大爷和郭大娘这样的模范夫妻越来越多。

临行前,郭大娘在自家菜园里为我割了半袋韭菜。虽说共产党员不拿群众一针一线,但是群众的真心真情实在不能辜负。中国人讲究礼尚往来,大爷大娘,就像走亲戚一样,我会常来看望你们的。

2. 老党员周士田

到李腰村工作一个多月以来,我走访了数家脱贫户。在走访过程中,认识了不少村民。其中,周士田大爷给我留下了颇为深刻的印象:一是大爷家户外环境美化绿化;二是家里收拾得干净利索;三是我体会到了周大爷在党50年的荣誉感、归属感以及使命感。

周士田大爷家门西旁有一棵枝繁叶茂的核桃树,刚好在家门口搭成了一大片阴凉地。农村人都非常"惜地",周大爷也不例外。门西旁开辟了一小片菜园儿,豆角、辣椒、大葱等时令蔬菜有序排列。从门前的东西路至自家东墙的空地上,整整齐齐地种植了一大片玉米。这样,一走到周大爷家附近就可以远远感受到浓郁的绿色田园气息。

记得7月1日,我们驻村工作队第一次来走访周大爷时,看到这棵绿荫茂盛的树上挂满了绿色的圆圆的果实,我便转头问村主任周可臣:"这是什么果树啊?"周主任回答:"核桃树啊!等到了7月份,就可以来周大爷家吃核桃了。""核桃?"我诧异,在我的想象中,核桃应该是在山区才有,谁知竟在这里遇到。工作队的程大姐打趣说:"城里的姑娘,哪里见过核桃树呢?"

与家外的环境相呼应,周大爷家里也收拾得干净利索。大爷家虽然只是两间平房,但是几件简单的家具便将堂屋与厨房、卧室等区域明显地分割开来,水泥地被扫得一尘不染。尤其是堂屋里的几处亮点,充分表明了房屋主人的身份与情怀。靠北墙的条几上,除放置了几个嵌着家人照片、大合影的镜框之外,最显眼的就是周大爷的"优秀共产党员"荣誉证书、党员政治生日证书,还有就是周大爷在今年"七一"前夕获得的"光荣在党50年"纪念章。

来周大爷家已经两次了,每一次都见他的左胸前佩戴着鲜红耀眼的党徽。在党徽的映衬下,已是耄耋老人的周大爷面色红润、精神矍铄。经历一生的沧桑磨难,那张刻满了皱纹的脸庞看起来淡然又亲和,这让我心头一热。一个平日里把党徽始终别在胸前的老党员,对中国共产党有多么深厚的感情啊!那是属于他的荣耀!第一次走访之后,我便对周大爷久久难忘。

1940年出生的周士田大爷,今年已经81岁了。年轻时的周士田虽然不识几个字,但是动手能力强,用"心灵手巧"来形容应该不为过。1958年,18岁的周士田响应党和国家的号召,开始读夜校扫盲班。大爷绘声绘色地向我们描述读夜校的情景,戏言自己是个"又笨又聪明"的学生。怎么笨呢?老师当天教了三个汉字,他比画比画感觉已经学会了。第二天老师提问时,他在黑板上却怎么都写不出来。大爷又是怎么聪明呢?他硬是强逼着自己花一个月的时间学透背熟了拼音字母,掌握了拼读窍门儿,然后学会了查字典,不会读的汉字就查字典。这样,在参军服役期间,周士田给家人的信都是自己写的。这一点让他很是自豪。大爷笑着说,到现在他仍然能清晰地背出老师当年一开始教给大家的顺口溜:簸箩、簸箕、筐、柜、箱,锅碗瓢勺厨房放……是啊!教书就是要绘声绘色、因人而异啊!那个年代的扫盲对象是广大的农家人,对于他们来说,先学会手底下使用的厨房用具、家具、农具等常用汉字的读法、写法,确实很重要,也更实用。

由于表现优秀,1959年,周士田光荣入党,并作为能工巧匠参加了全省的"红勤巧群英会"。1960年5月,他应征入伍,成为一名炮兵,辗转服役于滁州、蚌埠、南京等地。1964年,他转业回到家乡,先后在张小庄大队、李腰大队(如今李腰行政村的前身)、周寨大队担任过民兵营长、党支部组织委员等,在党的基层组织任职17年。

听党话、感党恩、跟党走,不给党和政府添麻烦,党叫干啥就干啥……这是一位共产党员的灵魂所在,也是周士田大爷的心里话。他是一位退役老军人,又是一名在党50年的老党员。一朝戎装穿在身,一颗红心永向党。老有所为淡名利,不忘初心永向前。平时闲来无事时,周大爷会骑着三轮车带着大娘到村里逛逛,再看看自家地里的庄稼。回到家后,他便拿起今年初党史学习教育开始时村党总支发给每位党员的必读书进行学习。周大爷问我:"张书记,7月15日,市妇联机关党支部与咱们李腰村党总支联合开展主题党日活动,你给党员同志们上党课时,问有没有党员能回答出'四个意识''四个自信''两个维护'的内容,我当时没有回答,但是我能回答出来。"周大爷说这些话的时候,我看到他眼中闪耀着笃定自豪的光芒。

一直以来,周大爷总是积极参加李腰村党总支的各项党员活动,对村"两委"的工作相当拥护、支持。用周大爷自己的话说:人总是会退休的，但是共产党员思想不能退休，党员要一辈子为人民服务。现在我们都脱贫了，下一步就是要做好乡村振兴工作，把咱们农村建设得像画儿里的田园居一样美好。我们党员要带头支持配合村里的工作。如今，周大爷已经四世同堂，三个女儿、一个儿子都已成家立业，孙子、重孙满堂，各安其好，大爷与大娘过着"有人与你共黄昏，有人问你粥可温"的平淡日子。

一位老人最美好的归宿是老来有陪伴，守着两间小屋，一碗野菜，就着晨曦或余晖，有人陪他一起吃一碗冒着热气的粥……一位老党员最美好的归属感就是坚守初心、永葆共产党员本色，在平凡的生活中践行对党的承诺。

这，应该就是一位老党员幸福晚年的味道吧。

3. 退役军人张廷芳

有句俗语说:有钱难买老来瘦。这句话说的就是张廷芳大爷吗? 今天就来说说张老家村儿的这位在党50年的退役老军人。

古铜色的脸庞、花白的短发、瘦高的个子、微微的驼背,见到张廷芳大爷,我联想起一句话:"被岁月磨平了棱角,压弯了腰……"

张廷芳今年72岁,老伴儿李景英与他同岁。家有一儿一女,均已成家立业。儿子、儿媳在上海打工,留下孙子、孙女由二老照顾。女儿嫁到了我们李腰村的刘天庙庄,时常可以回来看看老父亲老母亲。

到了这个年纪,他们本该像张小庄的退役军人周纪才一样,在夕阳下散步聊天儿,颐养天年。可张廷芳不行,家里还有两个留守孩子(孙子、孙女)要照看,老伴儿高血糖多年,不能干活,还需要人照顾。这一家四口的饮食起居等都落在了张廷芳一个人身上。

"也好,每天忙得连轴转不停歇,省得得空生病。"听到这么幽默的回答,我觉得张廷芳大爷倒是个乐天派。

每个人都是天生的乐天派吗? 也不尽然吧。岁月不仅是把杀猪刀,还能把棱角分明的硬石头磨成晶莹圆润的鹅卵石。

"活到了这把年纪,什么事儿没经历过?什么样的日子没过过?"张廷芳大爷为我和工作队程队长搬来小马扎,李景英大娘带着手上的活计,我们在他们家的葡萄架下开始了那天的访谈。

"我和周纪才都是1971年入伍的,我们是54师8040部队的特种兵,当时在四川涪陵山区开山建军工厂、挖地道。我挖过山洞、扳过铁路道岔,还当过排除安全隐患的安全员。那时候年轻,干活儿不知道惜力,除了本职工作,累活儿脏活儿都抢着干。不怕你笑话,我一顿饭吃六七个馒头还感觉没吃饱。部队里也安排学文化,上政治课,晚上一起学习《毛泽东选集》、背诵毛主席语录等。我们那时候心里的想法很简单:好好干活儿、认真学习,党叫干啥就干啥!咱不能给家乡人丢人、不能给安徽人丢人!有些事往往就是这样,你越不想啥就越来啥。我感觉自己平平凡凡,没有轰轰烈烈地干过大事,也没想过要当先进、入党,但是组织上看到了。我和周纪才都在1972年光荣入党。1973年,我被调到天津东郊区的张桂庄修建机场。1975年退伍。"张廷芳思路清晰,侃侃而谈。

入伍之前,张廷芳在亲友的介绍下,认识了家住龙扬镇李寨庄的李景英。看着穿上军装后的张廷芳那挺拔的身姿、坚毅的眼神,李景英害羞之后肃然起敬。目送着张廷芳远去的背影,李景英在心中默默地说:"你安心去服役,为国家做贡献去吧!我会像照顾俺爹娘一样侍奉你的双亲。"

服役归来,张廷芳与李景英择日完婚。没有八抬大轿,更没有十几甚至几十桌排场的酒席。平凡、平淡的日子如流水一样,在两位老人的指尖细细流淌着。回乡之后的张廷芳在当时的双沟区泥河公社任过民兵营长、村党支部副书记等职务,前后任职累计23年。党和政府没有忘记这些老党员、退役军人。2021年"八一"前夕,市妇联主席徐丽慰问了退役军人代表张廷芳;2022年"七一"前夕,镇长黄晓涛在村党总支与驻村工作队的陪同下,前来慰问老党员代表张廷芳;6月30日上午,市妇联机关党支部、李腰村党总支举办"迎七一、促帮扶"巾帼送温暖活动,在重温入党誓词之后,村党总支书记张勇为张廷芳颁发了"光荣在党50年"纪念章。

如今,儿女双全的他们也从当年的青壮年熬成了古稀老人。张廷芳不嫌弃景英大娘如今血糖高不能干活儿,靠他伺候着;景英大娘也不嫌弃当年穿军装的帅小伙儿如今变成了白发驼背的老头儿。你见证过我的年轻,我便携手陪你度过晚年。这就是生活。

环顾这个靠近广袤田野的农家小院儿,我感到这个小院儿与退役军人周纪才家的小院儿竟有几分相似。难道军人家的院子就是与其他农家不同吗?院子外面的玉米、柿子树与朝天椒铺满了道路与农舍之间的土地。穿过阴凉的葡萄架,院子里的小菜园儿内有足够吃的蔬菜,生态有机又环保。羊圈里有扶贫期间政府扶持资助的波尔山羊,几年来,那4只羊已经繁衍成18只。见到张廷芳大爷来喂草,它们都仰起了脖子争抢着。

张大爷说,如今的日子,他们知足。谯城区为他们8040部队那一批退役军人及家属统一办理了兜底生活保障。"俺响应镇、村土地流转的号召,家里(连同儿子的土地)的6亩土地全部流转出去了。儿子、儿媳打工的钱能保证他俩开支,还稍有剩余。孙子、孙女都在亳州上学,我们老两口的任务就是照看好俩孩子。国家的政策是真好,但国家要顾及的人多不是?俺们不能要求国家一兜到底,俺俩有个头疼脑热的,看病基本花不着啥钱。有大事儿需要时,就通知儿子回来。养儿防老嘛……"

4. 三访蛟龙记

驻村工作队开展脱贫户遍访时,我第一次跨进周寨村周彩侠家的大门时,立刻被屋门旁一个特殊的小橱子吸引了。我从未见过用砖头垒的橱子,橱子里面整齐地堆着一摞摞书。彩侠的儿子信蛟龙考取了中国科学技术大学,英雄不论出处,这就是贫寒"状元"的家吗?

孩子们都不在家,彩侠也下地去了,我见到了彩侠的母亲。

说起彩侠,大娘神色有些暗淡:"我闺女是个苦孩子啊,女婿十几年前在南方打工时就去世了,工地的负责人一口咬定不属于工伤,只给了微薄的丧葬费,净撇下三个孩子。彩侠要强,不愿改嫁,这十多年来就靠到处打零工撑起这个家。孩子倒是都争气,肯读书。你看,家里也没有什么像样的家具,没钱买书柜,彩侠和孩子们一起动手,用废弃的砖头做了一个。"

看着这个最温暖的角落,我仿佛听到小蛟龙琅琅背书的声音,仿佛看见了昏暗的灯光下,彩侠和三个儿女的笑颜。这就是贫寒中的幸福吗?我擦了擦眼角,拉着大娘的手安慰她:"彩侠吃苦耐劳、坚韧如丝,成功教育出了三个优秀的子女,她是咱们当代新农村女性的榜样啊!您看,您的大外孙女信娇在安徽医科大学读研究生,外孙信蛟龙更不用说了,小外孙女成绩和哥哥姐姐一样优秀。大娘,您要好好保重身体,赶明儿还要去为蛟龙带娃儿呢……"

回村的路上,一个瘦弱的女性背影和一个戴着眼镜的书生形象定格在我的脑海中。

转眼夏天到了。我猜想蛟龙该回来了,就趁着督导各村人居环境整治工作的机会,再一次来到周彩侠的家,可这一次还是没有见到蛟龙,却见到了彩侠。

周彩侠和我想象中的差不多,她个头不高,50岁上下,花白的齐耳短发,显得有些衰老,可是她眼睛里闪烁的光彩又让人觉得苦难并没有摧折了她。

聊起了信蛟龙,彩侠满眼里都是笑,拿出孩子们的照片指给我看,说起了蛟龙上学的事情:蛟龙现在边学习边打工,兼职一份家教,还获得了学校的助学金和奖学金,他还积极地参加学校的实践活动呢。一件件事儿,彩侠说起来都是骄傲。

我坐了一会儿,没等到蛟龙回来,就告辞了。彩侠送我到大门口。我看出她似乎有话说,就问她有没有什么要帮忙的。她这才幽幽地说:"俺家的低保因为脱审被取消了。"我拉过她的手安慰道:"我来帮你问问情况,回头给你打电话。"

给周彩侠补办低保既合情,又合理。回到村部,我与村"两委"、镇民政办沟通了周彩侠家的情况,根据最新政策,落实了周彩侠与小女儿的低保。我还向市妇联徐丽主席报告了彩侠家的特殊情况。徐主席说,这么励志的母亲,这么优秀的大学生,这不就是咱们工作服务的对象吗?

8月18日上午,受徐丽主席的委托,我再次来到彩侠家,终于见到了那个少年。蛟龙和他的大姐、小妹正在给三间老屋大扫除呢。蛟龙听见人来,站起身来,有些腼腆地笑着。他穿着一件白色T恤,戴着一个黑框儿眼镜,未脱稚气的脸庞上萦绕着浓浓的书卷气,和照片里的他相比,眉宇间更多了些自信与飞扬的神采。

我拉着彩侠的手,大家走进堂屋。我看着比我高出许多的蛟龙,由衷地说道:"彩侠,你的苦日子真的快要熬到头了。"

蛟龙略有拘谨,但言语大方得体。他说:"感谢大家对我的帮助与关怀。咱们国家巩固拓展脱贫攻坚与乡村振兴的政策真好!我们三个上学读书、一家人的生活保障都是靠了党的扶持政策。"

蛟龙说,中国的乡村必须要振兴起来啊,不然的话,怎么能和实现民族复兴的中国梦相匹配呢?改变,在于每一个人的努力。国家的政策好,年轻人呢,就该多念书,努力学习,有了能力才能回馈家乡,才是对培养我们的人、给我们帮助的每一个人最好的回报。

蛟龙讲得多好啊!想起我们村《李腰赋》里就有这么一句:"一人之成,国之有材;一家之兴,国之有楷;一村之盛,国之有基。"看着蛟龙稚气未脱又信心满满的脸,我心里充满着喜悦和希望。

5. 家有四千金

从村部出发,自南向北一条直路来到"丁"字路口,左手方向是李腰自然村,右手方向就是李老家自然村。新宅子的区划内,坐落着许多小楼房。从它们的层数、造型等,可以大体推断出楼房建设的时间。当脚下的水泥路与砖石路相接后,就进入了村庄里的老宅区。老宅区地势低洼,局部地块呈现出丘陵般的地势。这样顺势而为,便形成了一些河沟和鱼塘,绕过一个大 S 弯路向北,就来到了李老家与龙扬镇接壤处的田野间。

在这样一片沃野的背湾中,散落着许多砖瓦房,每家每户的房前屋后都有时令的农作物与小菜园儿。午后的村庄碧空如洗、静谧安详,树叶、庄稼在阳光的照耀下都绿得发亮。

孙恒英是本文的主人公,今年已经 70 岁了。听村里的其他大娘说,孙恒英刚嫁到李老家李兰富家中时,大家来看新媳妇,都被她漂亮容貌镇住了。一个农村姑娘,无论是纺花织布、纳鞋底、做衣服等女红活计,还是地里的活儿,没有她不会的。而且,初来乍到的孙恒英眼睛黑亮亮的,清澈透明,长发飘飘,韵味十足。李家娶了个电影明星似的媳妇儿,这在彼时的李老家一度被传为美谈。

孙大娘是一个有主见和性格坚强的人。大女儿出生之后,她就盘算着要给李家生个儿子。按农村,特别是四十多年前的农村的观念,延续香火、繁衍子嗣是一个媳妇儿的主要责任。二女儿的出生让孙大娘压力倍增,丈夫李兰富是长子,虽然"二女户"有相应的政策,但是在农村,家中无男丁的被称为"绝户头",这相当于一种无形的耻辱。

难得的是,婆婆李薛氏对儿媳仍旧是一如既往地善待,从来不给儿媳增添任何思想负担,反而一再开导儿媳说:"闺女好啊!闺女是娘的贴心小棉袄。你看我这两个孙女儿长得都跟画儿里人似的俊俏,越看越喜人……"

孙大娘说,遇到这样的好婆婆,也算是自己前世修来的福气。所以,自打嫁到李家,她就从来没和婆婆红过脸儿,偶尔遇到小夫妻俩拌两句嘴,李薛氏从来都是站在儿媳的立场上批评儿子。人都是感情动物,俗语说"人敬我一尺,我敬人一丈",婆婆这样处理事情,聪慧的孙大娘哪会"不解风情"呢?只有百倍地善待婆婆、照顾家庭,才能回报公婆的宽容与大度。所以,婆媳俩一直相处得比亲娘儿俩还亲。

婆婆生有三个孩子,丈夫李兰富上面有一个大姐,下面有一个弟弟。公公去世之后,姐弟三人就轮流伺候照顾着90高龄的婆婆。孙大娘说:"摊上一个好家是一个女人的福气。感恩俺婆婆和丈夫对我的好,我就想为老李家生个儿子。没有一个男孩儿,人丁太单薄了,无论如何也得有一个。"

于是,就有了后来的三闺女、四闺女。

望着在缝纫机前忙活的孙大娘,我在她举手投足间仿佛看到了年轻时期坦然爽朗的她。我似乎有些迷惑,应该说,"无后为大""百善孝为先"这些中华传统观念在恒英大娘心目中根深蒂固,大娘也是一心扑在李家上,尽心操持着。在生男孩儿的问题上,似乎没有道理可言。她说,不是因为观念落后,就是感恩李家对她的好,想要给李家延续香火。

子嗣本来是夫妻两人感情的升华与结晶,但是对于一位传统的乡村女性来说,她的生育史则伴随着对内在的自我要求,仿佛不达到这一目的,人生就不完整,任务就没完成。虽说"多子多福",但是回看如今的农村,生活成本、教育孩子的成本那么高,乡亲们也在审时度势了。如果头胎是男孩儿,一般都不急着生二胎。假如二胎又是个男孩儿,大体都会发出"养不起"之类的感叹。一般头胎是女孩儿,百分之九十九的还想要个男孩儿;如果二胎如意了,生三胎的几乎很少。从这个角度来看,不是观念问题,反而是经济问题约束着人们的意识。

人生不如意事十之八九。上天对每个人都是公平的,给你关上一扇门,必会为你打开一扇窗!勤俭持家、孝顺公婆、相夫教子的孙大娘嫁到李家四十多年来,虽然求子不得,但得到了全家上下以及周围邻居的一致认可。

村妇联主席李培花说,孙大娘的婆婆李薛氏就是在她的侍奉下安享晚年,走完最后一程的。

李薛氏轮在孙大娘家住时,恒英大娘自己都没舍得装空调,却为安顿在西屋的婆婆装上了一台空调。空调装好后,冬暖夏凉,陪伴婆婆走完了人生的最后一段旅程。四个女儿说:"妈,你和俺爸都没舍得买空调,俺姊妹们出钱,一定要给恁二老也装上空调。你对俺奶啥样,俺们就对你啥样!"

慈母出孝子,这句老话一点儿也不假。父母的言传身教比任何书本理论教育都来得有效。

我仔细端详着孙大娘家客厅墙壁上的全家福。李兰富与孙大娘坐在前排,四个如花似玉的千金按年龄顺序站在他们身后。四个姑娘继承了夫妻二人的优点,都生得容貌秀丽、楚楚可人。

如今,四千金都已嫁为人妇。大女儿最懂母亲的心思,执意要嫁到本村,说是离父母家近,可以随时照顾伺候父母。二女儿、三女儿都嫁到了城里。四女儿的夫家在江苏,也在城里买了房子,离父母也不算太远。四千金不定期来看望老父亲老母亲,你给带件儿衣裳,她给买些好吃的,家里从来不缺小辈们前来探望。

在这片质朴的乡村大地上,只要你真正做出"真善美"的事情,人们自然会忽略你的其他问题。看着孙大娘那双扯着布条的结实敦厚的双手,听着她如数家珍地说着四个闺女、女婿和外孙、外孙女的生活趣事,我和程队长、培花主席也心领神会地笑了。

孙恒英大娘的言语,被一种温顺的天性衬托着,越发给人一种亲近感。走访结束时,我想过去拥抱她一下,但我忍住了。

6. 村医"发展"

我们村儿的群众人人都有个小名儿或外号,村卫生室的医生马长春也不例外。

第一次听到他的小名儿,是驻村第一年的7月份,那时正好赶上孩子们放暑假。队员王振远的女儿第一次来到爸爸驻村工作的地方,兴奋地跑到楼上楼下都看看,又在村部的院里院外"侦察"了一圈儿,跑得一身汗,接着又吃了冰棒,一夜之间发起了烧。早上起来,没精打采的小丫头不愿意吃早饭,王振远就对女儿说:"王若语,听话啊!咱们先吃点儿早饭,待会儿爸爸带你到发展那儿去拿点儿感冒药和退烧药。"听得晕晕乎乎的小丫头歪着头问爸爸:"发展?发展啥?"王振远刚喝下去的一口粥差点儿笑喷出来:"宝宝,发展是一个叔叔的小名儿,是咱们村儿的村医……"

"发展"就是马长春,马长春的小名儿叫"发展"。

说起发展,他也算是子承父业。父亲马玉龙是村里原来的赤脚医生。那时的赤脚医生有几个特点,一是医术高明,深得民心。马玉龙医生秉承"一根针一把草"的中西医结合治病方法,把中医的神奇疗法与西医的客观诊治相结合,为群众治疗了不少疑难杂症,深受群众的一致好评。二是走南闯北、行"医"仗义。无论阴晴雨雪,谁家有不方便行动的老人或孩子求诊,马玉龙提上药箱子,踩着稀泥路就去给群众看病。在20世纪80年代,打个针就5毛钱,去掉本钱基本不挣钱,还得自己来回步行。有时候,遇上病人穷得暂时拿不出钱,马玉龙看完病就走人。病人家属追上来递上几个鸡蛋、一包烟叶,他也乐呵呵地收下,权当是抵医药费了。这样下来,马玉龙的医术、医德在李腰村、店集村等方圆几百里非常出名,乡亲们基本上都是慕名而来,满意而归。

问起发展:"你的小名儿挺有意思,家里兄弟姐妹几个?都有小名儿吗?"发展笑答:"都有啊!俺家共有五个孩子,老三是女孩,其余都是男孩子。大哥马长青,小名儿叫团结;二哥马长金,小名儿叫魁梧;三哥马长锋,小名儿叫卫星;我排行老四。"团结、魁梧、卫星、发展,弟兄四个这小名儿取得跟放炮似的,真是满满的正能量啊……

父子两辈人都从事医疗行业,而且在乡亲们心目中获得了赞誉,这在农村是非常稀罕的。父亲马玉龙从亳州卫校毕业后,自己攻读了中医疗法。发展继承了父亲的这种"中西医结合"治病的技能,2007年从六安卫校毕业后,2008年至2009年在亳州市人民医院进修学习,后来不间断地前往董氏奇穴针灸疗法培训班、洛阳正骨博众学院腰骶研修班、安徽省区夏天无"通和治养"痔疮专题培训班以及手骨全息疗法培训班等进行深造与提升,对中西医治疗腰椎、颈椎等疾病进行了深入探索与实践。

新型农村合作医疗推行伊始,谯城区卫健委要求全区各村建立"一村一室"。为了支持发展,李腰村党总支无偿提供土地,区政府又投资一部分,几个合伙人集资在周寨村共同建成了李腰村卫生室。2010年下半年,区卫健委颁发了证件。后来老医生们退休了,现在村卫生室剩下发展与妻子李翠翠两名"医生夫妻档"。如今,这个村卫生室既是市医保局医疗保障定点医疗机构,也是李腰村残疾人康复服务站,为周边群众提供了便利的医疗服务。

趁着发展给病人诊治的空当,我在卫生室里外周边转了一下。这里交通非常方便,王桥自西向东到高庄的村村通公路下路,向南一转弯就来到卫生室的大门口。小院子盖得紧凑又实用,诊疗室、输液室、药房等功能室一应俱全。诊疗室内两面墙上的锦旗赫然醒目,群众的口碑自不必多说。

发展说,坚持开办这个村卫生室,一方面是上级卫健部门"每村必配一个卫生室"的要求,另一方面就是医生的使命与责任。老父亲治好了村子周边那么多乡亲,自己又是土生土长的李腰村人,好多病患都是慕名而来,于情于理,自己没有理由放弃。还好老父亲可以来给看个门,打扫打扫卫生,还可以跟儿子交流切磋一下经验。妻子翠翠可以为病人打针、输液、拿药等。一家人每天都是忙忙碌碌的。马玉龙大叔一边端着簸箕里的黄精出来晾晒,一边说:"翠翠,给张书记切西瓜。"翠翠捧着洗好的西瓜出来,脸上始终挂着浅浅的微笑。

如今,凭着扎实的医技与良好的服务,发展的村卫生室在洺河之畔的广阔乡村站稳了脚跟。看看诊疗室内的锦旗,发展讲起了来送锦旗的诸多病患和为他们看病的故事。

阜阳市太和县坟台镇的张明友,被颈椎病折磨6年,站着坐着都头晕,在大医院一直按脑供血不足治疗,却不见效。发展给他按疗程进行颈椎复位按摩,同时注射中成药。一个疗程下来,张明友感觉头可以左右摇晃了,也不晕了。来就诊的时候,是被两个亲友架着进来的;回去时,是他自己走出卫生室的。

2022年7月23日,太和县坟台镇的孙盟林患上了马尾神经炎,这个病听着都觉得稀奇,症状也让人哭笑不得。病人躺在床上想上厕所,下床站起来就没有想如厕的感觉了。如此反复,病人被折磨得痛苦不堪。发展用穴位注射的方式治疗,孙盟林当天即回复身体好转。

谯城区龙扬镇周寨村的张永美,今年63岁,有30年的银屑病患病史。来到村卫生室,发展采用服用中药、肌肉注射两种方式同时给她治疗。一个疗程(一个月)后痊愈,不再复发。2021年9月张永美送来锦旗。

我们李腰村白庄新识别的监测户白正运,去年11月初不慎摔成了脑溢血。从医院拉回家来静养的这半年,都是发展上门去给他更换导尿管,每月换一次,从不间断。

在没有工资、补助,自营自支的情况下,发展坚守李腰村卫生室,一干就是15年。这个小小的村卫生室,每天都迎接着愁眉苦脸来看病的乡亲们,同时也送走了一拨又一拨眉心舒展的病患及家属。

当我和发展的媳妇翠翠在药房说话时,大门口传来一句底气十足的招呼:"发展,你的方子就是管用!我这痔疮一天比一天见轻。哪天咱哥儿俩练练去……"

7. 巧遇巧云

这个世界上,很多人与事之间存在着必然联系,但是发现他们,往往就在偶然之间。

我与巧云的相遇是偶然的,但巧云也是我们工作队在日常走访中必然会走访到的。

包村"两委"刘华伟陪着我们工作队三人一起来到刘天庙村的岔路口。岔路向东不远处的巷道口,一名中年妇女推着一个轮椅,上面坐着一个身体瘦弱的老太太。中年妇女一边微笑着跟老太太说话,一边推着轮椅往巷道里走。老太太显然被中年妇女的话逗乐了,加上太阳的照射,脸色红润润的。中年妇女从轮椅后面的网兜里拿出杯子,递到老太太嘴边:"妈,喝口水……"

在那一刻,我看到这幅和谐的画面,感觉比沐浴正午的阳光更让人温暖、舒畅。

"许巧云,这是村里刚来的驻村工作队张队长,他们正要到你家走访呢。"刘华伟从我们后面紧走几步跟上来。

许巧云的丈夫刘国利应声开门,刘华伟介绍了我们工作队三人的身份后,男人乐呵呵地招呼我们到堂屋。

"我叫刘国利,这是俺媳妇许巧云,这是俺娘。"厚道的刘国利边介绍着家人边搓着手。

"哦,我以为刚才巧云推着的是她母亲呢!是婆婆啊!大娘,您家这儿媳妇真孝顺。"我转头看向巧云。

巧云一边用热水浸湿毛巾为婆婆擦脸擦手,一边说:"娘和婆婆都是亲妈。我对婆婆好,他对我更好。"

一句话说得刘国利红了脸,转身去搬板凳,说:"张书记你们坐。"

交谈中,我了解到巧云今年52岁,丈夫刘国利55岁,两人育有一女,今年大学毕业。聊天中,我就看到巧云面带憔悴,仿佛大病初愈的样子。丈夫刘国利淡淡地说,巧云2021年在蚌埠肿瘤医院做了乳腺摘除手术,花了3万多元。女儿在上海读大学,自己辞了工作,回来照顾巧云,现在感到生活压力很大。

好在巧云的手术非常成功,刘国利一家人都感到非常欣慰。为了便于术后的复查及用药,刘国利与女儿刘小粉一起商量,将巧云的复查医院确定为上海市第一人民医院。这样,女儿毕业后仍在上海实习就业,夫妻二人依靠着女儿租个房子,自己一边打个零工补贴家用,一边照顾在上海三个月进行一次复查的巧云。母亲由兄弟照顾,家里的5亩地全部流转出去,也没有了后顾之忧。

结发为夫妻,恩爱两不疑。自己的身体还没有恢复,就悉心侍奉婆婆,这样的儿媳,谁不夸好?这样的媳妇,谁不满意?"无论你健康还是患病,我都愿意陪你到生命的尽头。"这应该是刘国利最想对妻子表白,但没有说出口的那句话吧……

巧云,你今生遇到刘国利这样的男人,真的是很幸运。今天来到你家走访,我也看到了中华孝道在广阔乡村里生根发芽的最美场景。我可以为这个家庭做些什么呢?嗯,可以申请上级妇联实施的安徽省妇联低收入妇女"两癌"救助项目。如果条件符合,每个患病妇女可以得到1万元的受助资金。

回到村部宿舍,我立刻向单位的徐丽主席进行了汇报,并拨通县办科室负责人黄桂美的电话进行了联系沟通。在收到相关文件后,我开始准备下一个阶段的申报材料。

低收入妇女"两癌"救助项目每年都是放在全市三县一区实施的。按照2023年文件要求,省妇联分配我市"两癌"救助资金总额为134万元。也就是说,全市将有134个符合条件的"两癌"妇女得到资助。按照属地管理,巧云的这个情况,要纳入谯城区妇联的资助范围。我又把巧云的情况与区妇联张燕主席进行了沟通。按照区妇联的回复,我开始准备申报材料。

如果能让我们村其他患有"两癌"的妇女享受到资助政策,不是更好吗?经过村"两委"的摸排,我们尽快整理了刘天庙许巧云、张老庄李井芝两个人的资料,于4月13日推荐上报到区妇联。8月8日,市妇联在"木兰之声"公众号上发布了《关于2023年亳州市实施安徽省城乡困难妇女"两癌"救助项目拟救助人员的公示》,本村申报的两名妇女名单在册。

除此之外,我们根据许巧云和李井芝目前的家庭情况,于8月份为她们申请办理了低保。

8. 张园村的这家人

北大哲学系教授胡军在其著作《哲学是什么》中说,哲学源于我们的好奇与惊讶。正是这发自内心的好奇与惊讶,驱动着我们深入探索周围的世界。

来到李腰村之后,我在走村入户的遍访中发现了许多之前不曾接触过的人与事,也越来越深入地了解了村子的人文风情。在张园村,有这样一户成员构成有些特殊的家庭,户主叫张现同。

今年69岁的张现同,留着一头黑白发参半的板寸,脸色黑里透红,让人很快就能辨识出他是一位长期劳动的"好把式"。

是的,张现同确实是长年累月地参加不止一项劳动。他是李腰村的脱贫户,村党总支看他身板儿硬朗、踏实认真,就把他安排进了村里"六员一岗"队伍,每天负责把张园村公共路面的卫生打扫干净,这是他的第一项劳动。第二项劳动是作为一家之主的劳动。张现同老伴儿腿脚有旧伤,行动不便,两个儿子分门立户,这个家庭里里外外的收拾打理就全落在了他一个人身上。第三项劳动是带动他致富的劳动。

他家对面就是一个家庭养殖场。一年四季,无论雨雪风霜、寒来暑往,他都默默地承担着饲养牛羊、清扫场地、打针防疫等一系列繁重的劳动。

"年纪大了,有没有想过放手不干养殖场了?得闲开着三轮车带着老伴儿上城逛逛多好,您也该享享福了。"我故意试探张现同。

"那哪能呢?别看我这个养殖场不起眼,那可是2014年扶贫期间上级党委、政府和村党总支扶持俺家建起来的。从那时一直到现在,张勇书记和驻村工作队给了俺家多少照顾和帮助啊!政府每年还给养殖补贴。党的政策这么好,俺就要坚持干下去,不能半途而废。照顾这么多牛羊,就俺一个人干活儿,累是真累,但每年不是还可以给俺家挣点儿零花钱吗?"张现同说到这儿,咧开嘴笑着,核桃壳儿一样的脸庞生动起来,眼神中闪烁着自豪的光芒。这样一个养殖场,每年咋说也能挣上两三万块钱补贴家用,谁会舍得放弃呢?

张现同有两个儿子,大儿子名叫张灵,小儿子名叫张省委。两个儿子都住在张现同家隔壁。

大儿子张灵有些先天智力障碍,在别人的帮助引导下,可以跟着打工劳动。由于这个,好心的邻居给他说了一个头脑不太清醒的媳妇儿。这样一来,小两口省得"一个巴掌拍不响——孤掌难鸣"。俩人有家人和亲友们的照顾和帮衬,日子过得倒也平凡、安生。村党总支考虑到这个家庭的现实情况,把张灵纳入了监测户。张灵育有一子一女。儿子隔辈随了爷爷奶奶,聪明勤奋,在外地打工;女儿则继承了父母的基因,现在是一个需要照顾的姑娘,也是张现同家的一个"负担"。

小儿子张省委在亳州承接建筑业务,活儿不忙的时候就在家照顾两个女儿和儿子,或者协助老父亲经营养殖场。小儿媳薛小利生就一身小麦肤色,人虽话语不多,却干练利索。薛小利早些年在上海、江苏等地的服装公司打工。2019年,她得到村里开办了集体经济——博艾玩具厂的消息后,就带着娴熟的平车加工技术,担负着照顾家庭的深重责任,回到了李腰村,担任起玩具厂的带班组长。由于工作认真负责,加之村聘干部位子空缺,村党总支当机立断,把薛小利从博艾玩具厂调到了村部,协助村"两委"张杰敏负责党建工作。薛小利并没有嫌弃夫家的情况,而是孝顺公婆、相夫教子、认真工作,2021年被推评为李腰村的"好媳妇"。

之前,我从未遇到过这样类型的特殊家庭,两个儿子、两个儿媳的层次差距如此之大。或许,一个吃苦耐劳的大家长可以为这个家庭做出榜样,一个孝老爱亲的儿媳也可以为这个家庭增光添彩。

随着工作角色的转变,一切都要重新开始学习,这让初到村部工作的薛小利感到"压力山大"。看着小利紧锁的眉头,我便想为她做点儿什么。我喊上工作队的程队长一起来到张现同家(薛小利和丈夫就住在公婆家隔壁)。看了看养殖场的情况,聊了聊天儿,我俩跟张现同说,想跟他的小儿子张省委说说话。

薛小利的丈夫张省委,人长得精神,言谈举止也随和稳重,我逐渐放下了心中的担忧,便和程队长一唱一和,把他一顿好夸:脾气好,有手艺,会照顾家庭,还懂得理解体贴媳妇儿……张省委被我们夸得有点儿不好意思了,笑着说:"张书记,你们来我家的意思我明白。小利从玩具厂调到村部工作的这段时间,加班加点是常事儿,照顾家庭的时间确实少了。我一开始不理解她,想着还不如在玩具厂上班,时间宽松,能按时下班。可是后来一想,小利的预备党员也快转正了,到村部上班也是村党总支对她的工作能力的肯定。我得理解并支持她!"

听他这样说,我微笑着说:"张省委,你可真有福啊!娶了这样一个知书达理的好媳妇。一个好媳妇可以为夫家带来三辈的福气呢!你看,第一,好媳妇懂得孝顺公婆,把长辈侍奉好了,父母健康长寿,不用负累你,是不是你俩的福气?你哥的情况你是知道的,赡养父母的责任最主要还是你承担啊!第二,你媳妇聪明能干,在家配合你,在外给你撑门面,这样的媳妇是不是很旺夫?第三,她把孩子们教育得这样好,喜欢学习、知老知少,今后孩子们不用你操心,是不是你们的福气?薛小利这么辛苦付出,还不是为了这个家……"

说完,我微笑着看了一眼张现同。张现同笑着说:"谁说不是呢?薛小利是我们家的福星。张书记你放心,我们全家都会支持她的工作。"我和程队长相视一笑,默契地起身告辞。

张园村的这家人是中国万千乡村家庭中的一个缩影,这个家庭的成员也综合了许多普通乡村家庭成员的模样。话说回来,一个家庭过日子,哪有一直没红过脸儿,从来不磕磕绊绊的呢?按说,清官难断家务事。有一句俗语说得好:过日子比树上的树叶儿还稠密。家,是一家人栖息的港湾。既然组成一个家庭,那就是有缘分成为一家人。大事商量着,小事原谅着,相互包容,理解宽容,求同存异,互敬互爱,才是家庭成员的相处之道。

恩则亲养父母,义则上下相怜,让则尊卑和睦。家和万事兴。

9. 高庄的"一对胖胖"

泚河人管"双胞胎"叫"一对胖胖"。这个叫法是我在李亚老师的《电影与自行车》里了解到的。工作队在村里进行脱贫攻坚第二轮大排查时经过高庄,我们遇到了正在自家门前玩耍的"一对胖胖"。

这兄弟俩长相相似,如果用泚河话来说,那叫"一个烧饼模子刻出来的一样"。眼前这俩小子,个子差不多高,都是大眼睛、大脑门儿,虎头虎脑的样子,像极了一对双胞胎。他俩穿着一模一样的校服在门前追赶嬉闹时,一位中年妇女一边拿着作业本追出门来,一边喊着:"俊豪、俊贤,快进屋写作业啊!"她抬头一看见我们,便热情地打起招呼,"张书记,到家来喝口茶。"

我看这位中年妇女面熟得很,却一时想不起她的名字来。旁边的程队长微笑着看了看我,接着她的话说:"周姐在家啊!家里的玉米都收完了吧?小麦种上了吗?"听了程队长与她的对话,我忽然想起来,这不是我们李腰村表彰的"好婆婆"周可兰吗?

周可兰热情地招呼我们进屋,在门口玩耍的那"一对胖胖"也蹦跳着跟着我们回到屋内。这是一幢五间相连的二层楼房,与邻居们的楼房盖成了一排,楼梯都设计在室内。我们进来的三间房与隔壁的两间中间隔了堵山墙。周可兰说,当时是为了留给孙子的。谁知道,儿媳妇第二年又给他们家生了一个孙子。这俩小子虽然年龄相差一岁,但长得实在太像。周可兰说,好多人误认为她家这俩孙子是"一对胖胖"。"哥哥俊豪听话一些,知道主动写作业,让我少操心;弟弟俊贤就像个小泼猴儿,坐不住,写个作业还得我拿着本子满屋追。这不,让你们笑话了。"

说话间,周可兰拿出了几瓶果汁递给我和程队长。我拿起果汁对那俩小子说:"来来来,俊豪、俊贤,你们俩谁先写完作业,这果汁就奖励给谁。"哥哥俊豪立刻搬来一个小板凳,坐到方桌前,打开作业本默默地写起来。弟弟俊贤说:"我的书包忘在校车上了,没有作业本写什么呀?"

这个问题差一点儿难倒我了。我看了看那个绕着小方桌转了一圈儿的小子,发现桌上有看图识字的绘本,第一页就是《弟子规》。我拿起绘本,对俊贤说:"那我们来背《弟子规》吧!能先背诵前20句,就把这瓶果汁先奖励给你。"

俊贤自信地背起手,继续绕着小方桌背起来:"弟子规,圣人训。首孝悌,次谨信……父母教,须敬听。父母责,须顺承……"小家伙摇头晃脑地背诵着,记不清楚的就调皮地看看奶奶周可兰。奶奶偷笑着拿起绘本,把正在背诵的页面朝着俊贤,聪明的俊贤怎能不知道奶奶的"关照"?大眼睛一瞥,然后断断续续地接着背起来……

我和程队长被这个小家伙逗乐了。程队长连忙打开果汁,拿起桌上的两个小碗说:"俊贤背诵得很好,俊豪的字也写得很工整。弟兄俩都棒棒的!程奶奶帮你们分果汁啊,两杯倒一样一样的。"俊豪接过果汁忙说:"谢谢!"俊贤看到哥哥说谢谢,也跟着说:"谢谢程奶奶!"

在哥弟俩开心地分享果汁的时候,我环视着房间,在房檐上发现了两处燕子窝。俗话说得好,燕子不在贫穷的人家做窝。燕子寻了哪户人家做窝,都是一件吉利的事儿。看着满面红光的周可兰,听着两个小家伙的欢声笑语,我们真真切切感受到了这户人家的和谐与温馨。

墙上贴了六七张奖状,是俊豪和俊贤被评为幼儿园"好孩子"的奖状。我转头对周可兰说:"周姐,您把这两个孙子教育得这样棒,真是劳苦功高啊!家里有几亩地?你们这又是种地又是带孙子的,活儿也不轻啊!"周可兰回答:"俺家的10多亩地基本都流转给大户种了。儿子和媳妇都在上海打工,我和老伴儿在家看他俩上学。别看他俩这会儿玩闹着挺开心,晚上睡觉时就会问:'俺爸俺妈啥时候回家?'俺听了也怪心酸的,咱农村人不都是这样吗?年轻力壮的基本上都出去打工挣钱了,老人带着孙子留守在家。带这俩活宝贝虽然操心费神,可这不就是儿子、媳妇留给俺老两口最好的礼物吗?不然俺俩也种不动地了,在家闲着干啥呀!"

周可兰家的情况在乡村并不稀奇,好多家庭都是如此。年轻力壮的劳力外出挣钱,回来盖了房、娶了妻,再出去继续挣钱给儿子盖房。之前,有一些家庭只是男劳力外出,女人在家带孩子、侍奉公婆。这些年,多数年轻夫妻选择了双双外出打工,留下孩子交给公婆,同周可兰家的状况一样。如此一来,夫妻二人互相照应,又保证了家庭关系的稳定,老人在家照看孙子辈也放心。虽然有一些能力很强的打工族在大城市挣钱后安家,但是把孩子接到一处生活的毕竟还是少数。

针对这样一个特殊群体,习近平总书记多次就农村留守儿童关爱保护和困境儿童保障工作作出重要指示批示,国务院也印发了《关于加强农村留守儿童关爱保护工作的意见》。各级党委、政府,各级民政、教育、公安、财政、总工会、共青团、妇联等部门齐抓共管,调研后出台了相关政策,切实采取有效措施加强对留守儿童和困境儿童的关爱服务工作。通过对留守儿童实施动态管理,向监护人宣传儿童发展保护的相关法律、法规及政策,开展各种志愿帮扶、慈善救助、心理咨询、公益项目等服务,极大增强了社会、学校、家庭共同的监护责任。

有各级党委、政府与各部门共同撑起"关爱的蓝天",留守儿童们也会在护佑中健康成长。

10. 周思银的人间清醒

张小庄的周思银,是个地道的庄稼人。他年轻时在上海的建筑工地打工,每天都能挣好几百元。他为人勤快厚道,思维敏捷,眼里有活,深得工地老板的好评。周思银站稳了脚跟,就把家人也带到了上海,家属也跟着他在工地上干活儿,一起供孩子们读书。

大女儿周娜10岁时,周思银因高血压引起心脏病、脑溢血,还做了一个心脏搭桥手术,之后就再也不能出力了。没有了劳动能力,上海是不能再留下去了。那就干脆回老家吧!好在家乡还有几亩地、两间房,只要勤快肯干,总不至于让家人饿着。

心脏手术之后,周思银丧失了劳动能力。媳妇李利也有长期慢性病,儿子周强强又患有先天残疾,家中有三个读书的孩子,所以村党总支2013年将他们家录入了国办系统的脱贫户。

张小庄这一带的乡亲们素来就有磨豆腐的传统手艺。回乡之后的周思银勤快好学,很快就把这个手艺学会了。扶贫期间,村党总支又为他家申请了养羊的项目。有了这两个挣钱的门路,周思银和媳妇每天忙得那叫一个不亦乐乎。头天晚上把黄豆泡上,第二天清晨,夫妻二人就开始烧水,准备磨豆腐。得空还要清理羊圈、喂羊。卖豆腐的生意支起来,李利还得抽空去薅草、伺候床上的残疾儿子。一整天下来,夫妻二人都腰酸背痛。但是,再苦再累,周思银也不忍心让孩子们帮忙。他有一个愿望:让这一双聪明伶俐的女儿不再像父亲一样"挖地球",飞出乡村去寻找梦想。

看着周思银家堂屋的墙面上贴满了奖状,我向周思银竖起了大拇指:"老周,你真是教子有方啊!"说到令他骄傲的两个女儿,周思银的嘴巴乐得都合不拢了。大女儿周娜从小身体就结实健壮,是安徽省队的跨栏运动员,现在淮南师范学院体育学院读大四。二女儿周杰现在亳州读高二,成绩在班里名列前茅。

说到周杰,周思银的眼中满含宠溺。女儿是爹的小棉袄啊!但这个女儿,老周可是当儿子养的,从周杰这个名字中就可见一斑。为二女儿取"女中豪杰""人杰地灵"的"杰"字,足以表达出老周盼女成才之心。这个幽默的庄稼人跟我说了一个他"对付"二女儿周杰玩手机的小妙招。已经读高二的周杰,在暑假期间迷上了姐姐的手机,以至于开学之后学习成绩直线下滑。班主任跟周思银沟通了情况之后,周思银接着班主任的话说:"那你让周杰这周六回家一趟吧……"这可咋办呢?女儿这么大了,还有不到一年即是高考的关键时候,不能批评,更不能打。何况,自己从来没有动手打过任何一个娃儿啊!正赶上玉米收割的时节,周思银徘徊在自家那几亩待收的玉米地前思前想后,终于有了主意。

周杰到家之后,周思银从水桶里捞出冰好的水壶,又提了一桶凉水,带着周杰来到自家田头,说:"娃儿,咱今天就试试你的本事。爸爸给你准备好了凉水和毛巾,来,拎上这个袋子掰玉米去吧。这亩地的收成就是你下学期的学费!"周杰看了看父亲脸上的微笑,又抬头看了看炙热的骄阳,极不情愿地蹚到玉米地里开始掰玉米。

周思银在地头坐了下来,时而拿着草帽扇着风,时而抬起头在比人高的玉米丛中找寻着女儿的身影。大半个小时过去后,女儿步履蹒跚地抱着一袋玉米棒子出现在他面前。女儿的小脸儿被晒得通红,汗珠像珍珠串儿似的从脸上滑落下来,胳膊和脖子上被玉米叶刮出多处细长的红印子。看到女儿这副窘样儿,周思银心疼极了,但依旧绷着脸说:"亲闺女,当农民的滋味儿咋样?要不,你就跟着老爹在家种地吧。刚好还能替我和你妈薅草喂喂羊。""不要!我不要在家种地,我要像姐姐那样上大学。"周杰抹着脸上交织在一起的汗水和眼泪,默默地跟着父亲走出了玉米地……

如今,日子越过越好,周思银的脸上也始终挂着笑容。说到驻村工作队,他的话匣子又打开了:"张队长,咱们李腰村历届的驻村工作队队员都能和群众打成一片,平易近人,一点儿架子都没有。我身上穿的外套是张光辉秘书长送的,里面的T恤是任淑娟局长的爱人送的,李永春局长还约亳州广播电视台报道了俺家女儿上大学前受爱心人士资助的情况。"刚聊到这儿,周寨村的周彩侠迎面走过来,周思银说,"我跟孩子们都说了,咱家的娃儿们甚至咱们村儿的孩子,都应该以周彩侠家的三个孩子为榜样。跟她家的孩子们比起来,我家的娃儿太普通了。"

说话间,我们村党总支书记助理胡淑琦也从镇里过来了。看着村部桥头晾晒的芝麻,淑琦问:"芝麻已经收割了吗？我还没有干过农活儿呢！"周思银接过话茬说:"朝天椒成熟了,你和张书记来帮我们摘些辣椒吧！"在套种了红薯、朝天椒的张小庄南地里,一片翠绿中点缀着点点猩红。李利正在地里采摘辣椒。看到我们过来,她把竹篮子给了我和淑琦,说:"张书记,你看今年俺家的朝天椒长得多喜人！今年2亩不算多,明年再多种一些。"

庄稼人的孩子想要走出乡村,改变命运,读书考大学就是一条光明大道。周思银这个地道的庄稼汉,人穷志不短。他理性地面对自己的家庭状况,清醒地为孩子设想未来,培养他们从容不迫地为之奋斗,这就是人间清醒。人,都是靠一口气支撑着,只要努力,就会迎来春暖花开。

11. 李兰峰的合作社

  9月的清风,像一个神奇的丹青妙手,为李腰村勾勒出一帧帧多彩的图画——农家的葡萄架下,紫红色的葡萄美若玛瑙;黄澄澄的柿子高挂在树梢;赭红色的高粱还在站着那挺拔的军姿;比人高的玉米,腰间结出咧嘴笑的棒子;那一片金黄色的豆叶下,藏着一串串饱满的豆荚……

  沉浸在如画的乡村美景中,我好像忘记了今天的任务。对了,今天我要去李老家自然村,看望村里的老党员、种粮养殖大户李兰峰。

  李兰峰是谯城区李腰农机服务专业合作社的法人。合作社成立于2017年,注册资金100万元,5个股东,常年雇用六七个工人打理日常事务。合作社流转了本村400多亩土地,种植小麦、玉米等农作物及中药材。一年四季,合作社都把地里的农活儿交给了周边100多名脱贫户。春播夏种、秋收冬藏,撒种子、收割、薅草、打药等工作也难不倒村儿里这些地道的庄稼人。李兰峰给前来务工的脱贫户的工资是每人每天100元。在夏秋两季的种收繁忙时节,合作社还及时为社员群众提供农机耕种作业和植保服务。

李兰峰带我们来到屋内一个类似变形金刚的大块头旁边说:"张书记,你看,这是我今年花39万元刚接的一台常发农装耕地拖拉机,旁边的这台是旋地机,院子里还有收割机。从种到收的机器,我这里基本上全乎了。"

我环视着屋内院内的几个大型"变形金刚",看着满头大汗的李兰峰,说:"这些家当置起来相当不容易啊!你是什么时候开始包地(流转土地)的?"

李兰峰搓着手上的泥土,回忆起他的创业时光。从他的父辈开始,家里就有吃苦耐劳的家风。尤其是入党以后,李兰峰在村党总支的大力支持下,萌生了"不仅要把地种好,还要力所能及地帮助周边的脱贫户就业增收"的想法。

当然,能吃苦是创业的首要条件,资金跟得上也是必不可少的。刚好药都银行泗河支行的"金融助理"深入乡村宣传金融易贷等业务。他们用眼睛捕捉群众的需求,用耳朵倾听群众的心声,用脚步察访社情民意。他们的到来,正好解决了李兰峰的"急难愁盼"问题,这"送上门的信贷服务"解了他们家在资金上的燃眉之急。

2015年,李兰峰从养殖起步,当时养了100头牛、500只羊。做事稳妥的李兰峰,只用了药都银行1万元的贷款。干养殖业辛苦,打扫清洁、薅草、拌饲料、打疫苗等等,让一家人全员参与也忙得团团转。而且李兰峰和家人每天都要守在养殖场,时刻关注牛羊的生长情况。一次,父亲在帮忙时不小心压断了几根手指。这个从天而降的灾祸,让李兰峰在心疼老父亲的同时,萌生了回归种植业的想法。

2017年10月,李兰峰在药都银行申请了金融易贷30万元,加上之前养殖场的资金滚动,注册了李腰农机服务专业合作社。他果断流转了包括李腰村以及周边龙扬镇、古城镇的土地,开始种粮。这几年中,合作社在最鼎盛时期,曾经流转过2000多亩土地发展种植业。有资金需求时,李兰峰第一个想到的就是药都银行。药都银行始终是他信得过的银行。

要说药都银行,真的是把工作做到了基层,服务到了每一村每一户。泗河支行的工作人员走遍了泗河镇的10个行政村,落实"金融助理""整村授信"等工作。行长袁媛带领"金融助理"进村入户,让群众了解各项贷款的优惠政策。今年7月份,泗河支行在李腰村召开了政银企金融助企纾困对接会,开展了"整村授信"工作。李兰峰的儿子李越当时就申请了20万元的金融易贷,为自己今年4月份注册成立的谯城区李越种植家庭农场注入了新的资金。

李腰村的合作社、家庭农场主、种植养殖大户、个体工商户等,都使用过药都银行的信贷服务。立等可办的信贷业务让群众感到贴心、安心与暖心,真的是践行了那句广告语:药都银行,咱药都人自己的银行。

在李兰峰的言传身教下,儿子的家庭农场很快成长起来,在种植传统农作物的基础上,又附加了家禽饲养、牲畜饲养业务。说到儿子的家庭农场,李兰峰掩饰不住内心的喜悦。他打开栅栏门,带我们来到家庭农场。穿过满是猪羊的养殖场,来到养殖场南边的桃林下,眼前的景象让我惊呆了。铁丝栅栏旁边的大白鹅看到我们到来,一个个开心地叫了起来。刹那间,2000多只大白鹅齐声欢叫,顺着养殖场的内圈儿撒欢儿地奔跑。尤其是那几百只披着淡黄色绒衣的鹅宝宝更是你挤着我、我挨着你,小短腿笨拙地挪动着,憨态可掬。

  边走边聊,我们返回院子里。玉米已经开始收割了,棒子被堆在院子里圆柱形的铁丝圈笼里,闪耀着一片金黄。看着合作社里忙碌的群众,我与程队长对视着微笑起来。以农村合作社、家庭农场为代表的乡村致富带头人,在村党总支的带领下,正大踏步走在乡村振兴的光明大道上。

12. 李兰明家的"幸福"房

对于我国这样一个以农耕文明为传统的农业大国,耕地是农民赖以生存和发展的基础,用通俗的话来说,耕地就是农民群众的"命根子"。

新时代新阶段,抓"三农"工作主要就是抓乡村振兴。习近平总书记多次对农村乱占耕地现象作出指示批示。2月22日发布的《中共中央、国务院关于做好2022年全面推进乡村振兴重点工作的意见》,是21世纪以来中央连续出台的第十九个指导"三农"工作的中央一号文件。农业农村部要求各级党委、政府采取"长牙齿"的硬措施,落实最严格的耕地保护制度,坚决遏制耕地"非农化"和防止耕地"非粮化",要牢牢守住18亿亩的耕地红线。

我们李腰村共有耕地面积8000亩,人均占有耕地2亩左右。村民的收入来源以传统农作物种植为主,一年四季,村民们收了小麦便种下黄豆、玉米、红薯等杂粮以及白芍、牡丹等中药材,基本是作为传统农业种植的搭配与点缀。所以,在皖北有"麦茬豆、豆茬麦"这样的说法。

村民惜地,我们淝河镇党委政府也把"土地工作"作为合理利用、切实保护的重点工作进行安排部署。每周的工作例会上,镇党委政府主要负责人都要亲自安排土地流转、耕地保护、高标准农田建设及农民建房等工作。对于农民建房工作,淝河镇于3月份下发了农民建房用地责任追究办法,保障农村建房用地合法、规范、有序,对于未批先建、少批多占、批东建西等情况采取"零容忍"态度,严格落实"长牙齿"的硬措施,全力对耕地予以保护。

没有规矩不成方圆。凡事按规矩办,党委政府与群众都方便。这不,李老家村的李鹏、李成两兄弟的自建房就顺利开工了。

当初走访时,包村干部李培花就说李兰明家要建新房子。我当时就提示她,要按照如今的最新政策,建房面积不超标、不能未批先建,一定要先办理准建证,再合法规范建房。李兰明按照包村干部的叮嘱,于2021年8月份办理了准建通知书,按照每户总建筑面积不超过260平方米,建房层数不超过3层的规定,在自家及大儿子家原有的宅基地上建了两栋楼。

李兰明的两个儿子出门在外,也见识了世面,设计的小楼新颖别致,而且两栋楼紧挨着,还节省了一面山墙的用料。从外观看,这处两栋小楼的房顶是尖塔形斜顶,拱门与回廊的搭配清新,不落俗套,整个造型经典又时尚。

前段时间,我们工作队去李老家走访时,碰巧遇到了李兰明与他的老伴儿。站在两个儿子的新房前,他与老伴儿的喜悦感、自豪感溢于言表。他说,兄弟俩感情甚笃,一致委托老父亲代为看管建房,二人仍然在外地务工挣钱。两个儿子都孝顺，说新楼房盖好后，接老两口过来住下，一边看房子一边看孙子、孙女上学。我笑着跟他们打趣，那恁二老要不要抽个签儿或者抓个阄儿，是一三五住大儿子家还是二四六住小儿子家呢？

如今的李腰村，类似李兰明家的这种漂亮小洋楼如雨后春笋般一茬接一茬地"冒"出来。这既是现代乡村一个质的变化，也是乡村人心中的一种情结。在外面辛苦打拼，就是为了回到老家建一处新房，让家人住着幸福又舒心。像李兰明家这样的家庭在乡村中极为普通，他们用体力、能力换取了家人住房环境脱胎换骨的改变。他们的家庭又是值得点赞的，一家人和睦团结又相亲相爱，秉承了中国传统家庭的好家风，体现了那句老话：家和万事兴。

第四章

细针密缕

1. 新农合收缴忙

虽然已经进入 11 月中旬,但是农村 2021 年新农合参保工作还在忙碌进行中。村里的广播几乎是每天都重复播放,村部宣传栏也张贴了缴费办法。农民群众可以选择网上缴费,也可以线下到村委会缴费。为了更方便群众,我们利用走访契机上门收缴。

今天的镇工作例会上,冯新书记调阅了全镇 10 个行政村的收缴进度,我们李腰村目前已完成总任务的 72%,在全镇排名第二。虽然进度尚不尽如人意,但是我知道,我们的"两委"干部都在尽力去做,挨家挨户上门走访,先与群众拉拉家常,再问问他们的身体情况,最后才向群众宣传今年新农合的缴费工作。

我现在还能回忆起,自 9 月份以来,村"两委"广播员周三锋利用我们村儿的广播多次宣传新农合工作的场景。他打开广播室的门,坐到广播台后面的椅子上,调试一下那个我曾经熟悉的麦克风,就开始了他的广播会:咱李腰村的广大群众请注意,今天的广播会,我来讲讲这个新农合缴费的事儿。大家都知道,这个新农合费用年年缴,谁缴谁受益……

广播宣传是一方面,重点还是要亲自上门走访,与群众谈心,了解他们的家庭生活状况,再发动他们持续缴纳。通过走访了解,我大致将今年的新农合收费难的问题分为以下几种情况。一是反映缴费金额持续升高,是家庭一笔不小的经济负担。今年新农合颇受外界关注的便是每人320元的参保费用,如果按照当前一个普通农村五口之家来算的话,一年新农合缴费就要1600元。村里的会计周可军打趣道:"今年,我缴了全家九口人的新农合费用(包含两个儿子的小家庭的费用),共计2880元,这钱都够买一辆新电瓶车了。"他说完,大家都笑着接他的话,骑个新电瓶车能保证你不生病不去医院吗?省下买电瓶车的钱交了新农合,换成步行还锻炼身体。咱有了好身体,医院的八抬大轿也抬不了咱去啊!虽然是一段说笑,但是"缴纳新农合,谁缴谁受益"的道理是一点儿都没毛病。

二是部分群众还抱有"不会生病"的侥幸心理,即使有了小病小灾,花去的医药费还远远达不到报销的门槛。这是一部分农民群众的心理,也是现实存在的情况。我们工作队随李腰村的包村"两委"李后军去走访时,那对儿老夫妻也没说不缴,一直说暂时没有现钱,等等再说。老两口加上两个没有成家的儿子,一家子观念一致,我们貌似丝毫撼动不了他们的固执。一看这阵势,李后军跟他们说起了去年收缴新农合时的一个真实案例:咱村儿的一对中年夫妻加上女儿、儿子,一家共有四口人。缴新农合费用时,他们只给夫妻二人与女儿买了,唯独没有给儿子买,说是儿子身体壮壮的,不会那么巧明年就生病住院。往往是"天有不测风云,人有旦夕祸福",他们的儿子果然意外生病了,夫妻二人后悔得肠子都青了,为啥当初不给儿子也买上啊?这一进医院,没有大几千哪能交差呢?这个例子被我们用来说服那些抱有侥幸心理的村民群众,有的挺见效,磨蹭一下也就缴纳了,有的群众则是一副"你有你的张良计,我有我的过墙梯"的态度,任我们磨破嘴皮子,他们就是不为所动。李腰村的这对老夫妻就属于后者。

三是本村在外地打工人员缴纳比例参差不齐。打工企业给予缴纳职工医保的不再另外缴纳,企业没有给予缴纳的就逐个催缴。疾病是突发的、不可预知的。村"两委"干部拨通在外打工人员的电话之后,说话态度那是极其诚恳的:"你说你们常年在外打工,挣钱本来就不容易,要考虑细致周全一些啊!如果企业没有给你们缴纳职工医保,那请大家配合我们,把今年的新农合款用微信转给我们,我们及时帮你们缴纳。如果大家一年都没生病的话,缴纳的新农合费用就算你们积德行善资助其他人了;如果不缴纳,假如摊上个大病啥的,就等于今年少干了几个月甚至大半年;如果缴纳了,假如大家真的生病住院了,就能享受到新农合保障待遇,对于咱们老百姓来说,那就划算得很了……"

话说,新农合与社保中的医疗保险是相辅相成的,现在改成了城乡居民基本医疗保险,目的是保护农村家庭免受灾难性医疗支出并改善其健康状况。我国新农合收缴工作启动于2003年,以收取群众一定的费用来弥补应对高昂的医疗支出压力。2008年虽然爆发了全球经济危机,但我国对完善农村地区社会保障工作提出了更高的要求,新农合参保率首次突破90%。经过逐步的实施与探索,2010年,新农合参保工作逐步扩大覆盖到全国绝大多数地区。2016年,国务院出台相关政策要求推进城镇居民医保和新农合制度整合,加大统筹力度,规范报销药品目录,逐步在全国范围内建立起统一的城乡居民医保制度。2017年,国家报销政策进一步完善,同时加大了对糖尿病、高血压等常见慢性病的补偿力度。

总的来说,国家为减轻广大农民群众看病难、看病贵的压力而制定了新农合政策,农民们只需一年一次性缴纳新农合参保费用,就能享受看病及买药的优惠。这项政策是令农民满意的,缴纳后等同于买了医疗保险,一旦生病便可享受到政策的福利。

2. 说说农村低保

低保实施的对象是城乡居民。符合条件的农村群众,包括人均收入低于当地城镇居民最低生活保障标准的城镇家庭都可以享受低保。也就是说,低保等于城市居民最低生活保障(城市低保)加农村居民最低生活保障(农村低保)。这些家庭成员因大病、重残等丧失劳动能力的农户,可以享受政府的低保政策兜底,由民政部门发放最低生活保障补助。

李腰村下辖11个自然村,每一个自然村里都有生活相对富裕的人家,当然,还有107户低保户(不含8月份新识别的监测户)。本着"低保是对检测对象的一项兜底保障措施,要应纳尽纳"的原则,我们驻村工作队、包村"两委"、网格员在走访及日常工作中,特别是对"九类人群"进行走访时,发现各村的监测对象,第一时间上报村党总支后,再进行实地查看核实,统一上报至镇民政办。

村里的低保户都是患有各种癌症、精神疾病、智力残疾、肢体残疾等大病,失去劳动能力的农户。因以上种种,他们的家庭生活质量严重下降,与那些可以外出打工挣钱、回家盖房的殷实农户的生活质量相比几乎是天壤之别。政府的低保兜底政策对于他们来说,无疑是雪中送炭!

低保户虽然是家庭经济拮据的农户,但单从就医这个方面来说,低保政策是最能给他们带来实惠的。怎么说呢?假如他们因大病住院了,只要把身份证和低保手续往医院一交,就可以享受低保人员的绿色通道,可以享受基本医保、大病保险及医疗救助的"三重保障"。住院产生的医疗费用,资助参保有一个"195"政策,对于特困人员、五保特困人员的参保资助为100%,对于低保人员的参保资助是95%。低保户享受医疗保险后属于个人负担的费用部分,由医疗救助金支付95%,等于不怎么花钱就可以完成治疗。而且,逢年过节,低保户会有党委政府及各部门、帮扶干部的关照慰问,还有精准补贴等相关政策帮扶。

在7月份的谯城区第八批选派干部乡村振兴能力提升专题培训班上,区民政局授课专家为大家作了社会救助政策解读,把低收入人口的范围扩大到低保人员、特困人员以及低保边缘因病因灾因意外,生活严重困难的人群。目前,谯城区城乡低保的认定条件有五档三类:C类是家庭成员有劳动能力的基本低保户;B类是家中有未成年人、老年人、三级残疾人员的低保家庭;A类是家中成员有重残、重病的家庭。

亳州市民政局、亳州市财政局印发的《亳州市最低生活保障工作操作规程》第二十三条详细规定了不得获得低保的18个条件,为低保的门槛准入与资质审查提供了最新依据。在这18个条件中,我印象较为深刻的有以下几条：法定赡养人、抚养义务人有能力但不履行义务，致使家庭月（年）人均收入低于当地低保标准的；通过离婚、赠予等形式放弃或转让应得财产，或放弃应得赡养费等经济利益的；共同生活的家庭成员拥有一辆或多辆价格在 5 万元以上的机动车辆、船只等；非共同生活的法定赡养（抚养）义务人及其配偶有一辆或多辆 10 万元以上（含 10 万元）的机动车辆等；共同生活的家庭成员合计拥有两套以上住房且人均面积高于统计部门公布的上年度当地人均住房面积的住房、公租房、宅基地住房等；共同生活的家庭成员在享受低保期间新购或新建住房的，2 年内不得获得低保……

包括以上内容在内的 18 个低保审核条件，在物质及道德等层面上，对可享受低保的人群进行了严格、细化的筛选，真正做到了让最需要帮助的人得到政策兜底，实现社会的公平公正。

8 月 24 日、25 日两天之内，谯城区 7 月份城乡低保审核工作如火如荼。这一次低保审核工作，区里采取了乡镇互查的方式。龙扬镇核查淝河镇，我们则去核查古城镇。这种乡镇连环互查的方式，不仅可以让乡镇之间互相了解学习，还可以预防本地审核人员的偏袒与为难。龙扬镇低保核查小组对我们李腰村的 11 个自然村的 107 户低保户进行了逐一入户核查。核查小组认真核对了每一户 2022 年谯城区 7 月份城乡低保入户调查表，详细填写了户主姓名、年龄、婚姻状况、与户主关系、从事职业及收入情况、身体状况等信息。今天下午，核查小组对两天来的工作情况进行了统一汇总，并在淝河镇政府进行了碰头对接。

如今，低保兜底政策让低保户的生活得到了保障，使得他们也可以像平常人一样去生活,去享受普通的日子。家住李老家的 84 岁老人李后功与 85 岁的老伴儿朱秀云老两口,一个肢体二级残疾,一个患了食道癌。两位老人说,他俩摊上这个身体,要不是政府让他们吃上低保,真不知道这日子该咋过。真的感谢党!感谢政府!

3. 俺村儿的土地流转

我国作为农耕文明大国,自古以来男耕女织、自给自足,农民对土地总有着一种特别的情感。在过去,土地就是他们的命;而现在,虽然种地投入不小、产出不大,不怎么赚钱,还要耗费大量的精力财力,但是,到任何时候,在农民的心里,土地仍是他们最后也是最有保证的依靠。

驻村以来,我曾流连于李腰村那一片片、一块块土地。脚下踩着松软的地边儿,手指触摸着快速生长的农作物,鼻尖嗅着阳光播洒在作物上的清香。我不进入田地之中,因为虔诚的庄稼人说,土地是通人性的,不能用鞋踏,如果踏了,土地就喘不动气了,庄稼也就不爱生长了……庄稼人似乎把土地看得比命还要重要。

2021年6月份,我们刚刚驻村时,在这片土地上,各家各户都在忙着收获金黄的麦穗,打好捆的麦秸圆乎乎、肉墩墩的,三两一处,一派丰收的景象。收完麦子后,村民们接茬种上了玉米、大豆、花生、芝麻、棉花等常见的农作物。9月中下旬,玉米的成熟使土地上又呈现出一片片金灿灿来,村民们又是一阵儿的忙碌。待打好捆的玉米秸也被全部送出田间地头之后,土地暂时空了下来。按照往年的惯例,接下来各村的土地种植大致可以分为两种方式:第一种是村民们自行种植冬小麦;第二种是流转给土地承包大户或者是合作社、公司等组织,连片种植冬小麦或者其他经济作物,也就是传说中的"土地流转"。

时光追溯到20世纪90年代,在改革开放政策的引领带动下,我国农民的生活方式在逐渐发生着变化。广大农村中,有80%的中青年劳力纷纷开始出门打工。一开始,大家都遵循着一年两季回来收割庄稼的惯例——并非农民们贪恋土地上那点儿收成,而是庄稼人的一种习惯,一种"一年两次归家"的习惯。随着他们在城市打工的收入越来越多,居住时间越来越长,土地好像逐渐成了他们往返于打工城市与家乡的累赘。种吧,地本不多,不值得回来一趟;不种吧,那片地终究还是自家的土地,总不能让它变成荒地吧。这时候,大家采取的方法就是"望天收",地留给家里的老人侍弄着,撒上麦种、点上玉米,到作物成熟时,能收多少就收多少。

直到改革开放过去三十多年之后,我国进入了以工促农、以城带乡,农业发展由传统农业转向现代化农业的高速发展阶段。农业税免征之前,由于承包土地负担重,收益相对较低,农民承包土地的积极性逐渐降低。加上许多外出务工、经商的农民纷纷将承包经营权流转给亲友或其他农户种植,也有的以自己享有的土地承包经营权投股或参股……这便逐渐形成了"土地流转"的前身。

如今,土地流转成了基层农村的一项重要工作。每年夏季,各级党委政府就开始安排部署秋收后的土地流转工作了。记得今年7月

28日,我参加汜河镇落实第六号台风"烟花"防御工作部署会议,镇党委书记冯新就安排部署全镇各村着手开始今年的土地流转工作,工作进度一周一报。

回村部集中村"两委"进行学习贯彻之后,我们村也在村党总支的领导下进行了具体安排,要求各位包村"两委"分别开始工作:一是结合往年的流转合同进行逐一回访,今年是否续租;二是在全村有意向的种植大户、合作社组织中进行摸排统计;三是广泛宣传,发出土地流转一封信及意向书,确保完成今年的流转任务。通过村"两委"的共同努力,截至目前,李腰村共有刘天庙、白庄等9家种植大户(合作社)与村振兴公司签订了合同,缴纳了土地租金,共流转土地2500亩(超额完成镇里下达的2000亩任务,仍有一些意向大户正在与村对接洽谈中),流转的土地大部分种植冬小麦。下一步,村振兴公司将与村民、流转土地承包大户(合作社)签订三方协议,把李腰村的土地收上去,统一发放租金,把土地租出去,政府负责评估,按照合同一签三年、租金半年一交的方式,有效进行宏观调控。这样,以政府的名义把土地流转出去,既保证了村民的租金收入与合法利益,又方便了对流转土地承包大户(合作社)进行规范管理。

对于土地流转工作,从国家层面的政策制定上,早在2004年,国务院就颁布了《关于深化改革严格土地管理的决定》,其中关于"农民集体所有建设用地使用权可以依法流转"的规定,强调了"在符合规划的前提下,村庄、集镇、建制镇中的农民集体所有建设用地使用权可以依法流转"。2014年,中共中央办公厅、国务院办公厅联合印发了《关于引导农村土地经营权有序流转发展农业适度规模经营的意见》,国家开始大力提倡农村土地集约化管理,要求大力发展土地流转和适度规模经营,鼓励公司介入、政府补贴,并颁布相关政策。2018年,第十三届全国人大常委会第七次会议表决通过了新修改的《农村土地承包法》。这些政策法律确立了农村承包地"三权分置"的框架,规范了农村土地经营权流转,赋予土地经营权融资担保等功能。除了以上中央各项政策的保障外,土地流转还要坚持"四项原则":维护农民权益,坚持"自愿、有偿、依法"的原则,确保所有权、稳定承包权、搞活使用权的原则,坚持土地资源优化配置和土地同其他生产要素优化组合的原则,坚持保护耕地重点保护基本农田的原则。这些政策、法律稳妥地保障了农民保留土地承包权,将承包的土地的使用权流转给专业大户、合作社、家庭农场等组织,发展农业规模经营。

　　想想看,不久之后的初冬,我们将会在李腰村土地流转连片种植后的广阔田野中看到绿油油的麦苗儿!那一片片养眼的绿色啊,是村民们的希望和喜悦,也是土地承包大户们的财富;那绿色见证了在乡村振兴进程中,村党总支带领村民迈向共同富裕的铿锵步伐。

4. 守护平安，我们在

百姓身边无小事，守护平安我们在。

在每一个夜深人静的夜晚，镇村干部、派出所组织的巡逻队总会出现在田间地头、街道小巷；每个自然村安装的"天眼"摄像头，白天黑夜24小时守护着我们的生命和财产安全……

落实谯城区委平安办与泗河镇平安综治工作要求，提升全村群众平安创建工作的知晓率和参与率，预防化解婚姻家庭纠纷，营造李腰村的和谐安定氛围，我们一直在行动。驻村工作队主动参与到"千家万户访平安"活动中，利用走访契机，深入群众家中听民声、访民意，为群众排忧解难。

当前的李腰村正在创建省级美丽乡村。来到李腰村村口，一群身强力壮的劳动力在挖掘机的帮助下，正齐心协力地打理一片刚刚清理过砖头及瓦片的场地；前面的小广场上，公厕旁边的活动室已经封顶；广场周边的农宅墙壁，正在被绘制弘扬"社会主义核心价值观"的各种壁画；村子东边的那片区域，每家每户改好的水冲式厕所都正在进行管道接通；堆砌好的"李腰新村"门楼下面，张大爷和几个留守妇女正忙着栽草坪……在村子里转一圈儿，到处都是群众忙碌的身影，好一片热火朝天的劳动场面。

乐呵呵的张大爷很开朗，这让我一下子就打消了会打扰他们干活儿的顾虑。张大爷说自己虽说身板儿还算硬朗，但上了年纪，现在不便出门打工了。村里、镇里有一些零工来找，自己就跟着干。这不，咱村儿要创建省级美丽乡村，这是多好的事儿啊！政府出钱，把咱们的村庄建设得更美丽。他这把老骨头还能发挥点儿余热，参与村庄改造建设，每天还能挣工钱。看到大爷这么健谈，我打开手机微信里的"亳州平安"小程序，随即就问卷调查中的几个问题和张大爷攀谈起来："大爷，您觉得目前咱们村儿的社会治安状况怎么样？您听说过附近出现过偷盗现象吗？今年您家向公安机关报过案吗？""没有，没有，咱村儿的治安很好啊！现在家里都不放钱了，年轻劳力都外出打工挣钱去了，哪里还有小偷小摸的？俺家就俺老两口在家，生活很简单。"张大爷笑着回答我。

想到镇工作例会布置的宣传安装反电诈 APP 工作，我又问张大爷："那您接到过电信网络的诈骗电话吗？咱们泥河镇这个月又新增了 2 起网络诈骗案。骗子利用微信、微博等网络平台售卖治疗疑难杂症的各种药品及保健品等广告宣传，专门骗老年人。这些先套近乎取得您的信任，再骗您买药或者进行其他非法骗钱的圈套，您要记住，接到这样的陌生电话，千万别接，更不能转款啊！"张大爷边分拣草皮边回答："知道啦！"他掏出老人机说，"我的电话是老人机，只能接打电话，不能转款。放心！不会上当的，呵呵……"张大爷打趣着，还不忘把分好的一簇簇草皮递给旁边的那几个女工。

"现在党的政策这么好,脱贫了还要推动乡村振兴!我们有依靠,有保障,有钱花,这把年纪了还求啥?回头这新村改造好了,每天在小广场上溜达溜达,听听广播,锻炼锻炼身体,今后的日子好着呢!"张大爷笑得更开心了。

结束了与张大爷的谈话,我不由得嘴角上扬起来。党的十八大以来,"平安亳州"建设在各级党委、政府,各级平安建设领导小组办公室及各成员单位的共同努力下,润物无声般地润泽、护佑着亳州大地,切实担负起了促一方发展、保一方平安的政治责任,防范化解了影响平安的四类风险,坚决守住了安全稳定的底线。

具体工作落实到基层的乡镇、行政村,我们便是直接面对群众的"最后一米"。工作队在走访过程中,对群众提出的问题和意见,能够当场解答或办理的当场解决,无法当场解答的就带回村部,与村"两委"商量解决,并认真落实,进行回访反馈,做到件件有落实,事事有回音。我们的基层干部与政法干警、综治中心、派出所、司法所部门配合,无论哪里的群众有矛盾有纠纷,我们总能在和风化雨的劝说中,把即将到来的狂风暴雨化解在萌芽中。

5. 光伏发电未来可期

2021年是"十四五"开局之年,全面建设社会主义现代化国家开启了新征程。为了实现碳达峰、碳中和目标,诸如光伏发电、风能发电等环保能源也进入了新的发展阶段。如今,光伏发电正逐渐走进并深入我们的生活,像柴米油盐一样变得触手可及。

早就听说过太阳能光伏发电系统这项新科技。光伏,就是太阳能光伏发电系统的简称。光伏发电站就是利用太阳能电池板收集太阳能,将太阳能转化为电能。与传统的发电方式相比,光伏发电这种新能源发电方式更环保、更安全、更稳定。

记得最初见到光伏发电,大约是在2016年。在由市区去往县区的高速公路旁边的坑塘上,我看到一排排整齐的银灰色不锈钢架上,支撑矗立着一块块深蓝色的带有网格的电板。远远望去,它们横成排、竖成列,沿着高速公路由北至南绵延成一片,煞是威武。好奇之余问同事,才知道那是市贯彻实施扶贫政策而建设的光伏扶贫工程。利用太阳能发电,真是科技创新又环保啊!那是我与光伏的第一次邂逅。

　　下派来到李腰村之后,工作队在入户走访张园庄时,我看到了我们村的光伏电站。由北向南穿过张园庄,来到村庄的最南部,敞亮的庄稼地便呈现在眼前。这里地势平坦开阔,更没有高楼大厦、树木等的遮挡,可以让光伏电池板充分吸收到太阳光。而且路边有变压器,刚好具备安装光伏电站的有利条件。村党总支按照上级光伏扶贫政策文件的要求,根据当时本村贫困户的需求,遵照申报程序,于2016年建设了两座规模近20亩的光伏电站。这项村集体经济,每年为李腰村带来40万元左右的收益。

　　光伏发电政策真是一项造福贫困地区、贫困群众的民生工程、民心工程。在全国的贫困村全面脱贫之前,政策的实施针对两类对象:第一是没有集体经济收入,或者是集体经济收入薄弱的贫困村;第二是无劳动力、无资源、无稳定收入来源的贫困户。如今,我们全面摘掉了贫困的帽子,进入了巩固脱贫攻坚成果与乡村振兴有效衔接的发展阶段,但光伏发电仍然是一次性投资、永久收益、稳赚不赔的好项目。个人觉得,光伏发电是科技兴国在扶贫领域创新实施的"闪光点"。

　　目前,在咱们广大农村地区实施光伏发电有两种方式。一种是政府主导模式(基本上就是上文叙述的光伏扶贫工程),由基层政府和光伏发电公司签订协议,在农村寻找空旷建设用地或者坑塘来建设光伏发电项目。这种发电模式较为集中、规模较大。另一种是农户主导模式,由农户与光伏发电公司签订合同,在自家屋顶安装光伏发电设备。这种方式最大的好处是比较灵活,且对位置要求较低,但是需要农户先自行购买发电设备。按照院子及屋顶的大小不同,每户投入几万到十几万不等的费用,5—8年即可收回成本。目前,在咱们市,以政府为主导模式的光伏发电项目几乎覆盖所有行政村,而以农户为主导模式的光伏发电项目仍为数不多。

可以说,科学技术的突破在强有力地推动着国家政策的变化。虽然我国的新能源发电产业相对于欧美国家来说起步较晚,但是经过长期发展,我国的新能源发电产业(智能电网技术)已经处在世界先进水平,并且已经覆盖到市、县一级。如今,国家电网已经出台新政策:以前只能自产自销的、分散的小规模发电设备发的电(包括光伏发电等)不仅可以自己使用,而且可以通过与国家的公共电网相连,将用不完的电能卖给国家电网。这就相当于用户建了一个小型发电站,只要提出"并网"申请,通过一个电话或一个窗口递交申请,后续工作都可交给国家电网。这样,不仅满足了自家用电的需求,每个月还有固定的收益,真是一项不错的投资。目前,此项政策已在我国20多个试点城市的家庭、企事业单位启用。

随着光伏发电技术逐渐成熟、成本逐步降低、上网电价初步明确以及国家改善能源结构的需要日益增加,光伏发电得到了迅速的发展。"十四五"期间,我国将按照创新驱动、产业升级、降低成本、扩大市场、完善体系的总体思路,大力推动光伏发电的多元化应用。现阶段,我国光伏电站的开发与农业、养殖业、生态治理等相融合,开辟了各种与光伏行业结合应用的新模式。随着乡村振兴步伐的推进,相信光伏发电项目的发展必定前景大好、未来可期!

6. 新识别的监测户

自2023年5月8日起,到5月25日止,李腰村开展了2023年防止返贫监测帮扶集中大排查。排查中,我们累计收集到11个自然村的11个问题。

其中,涉及张园、高庄的"未及时张贴一户一码、明白纸"问题,周寨、张小庄等5个庄的村民"申请办理小额信贷"等问题。同时,我们还按照大排查培训要求,将符合条件的农户应纳尽纳,及时新增了2户监测对象,并将收集到的问题整改完毕,坚持举一反三,确保整改实效。

白庄的白正运和李腰庄的李兰成,是本次大排查中新识别的监测户。

55岁的白正运,家住李腰村白庄自然庄,患病之前与妻子李勤在合肥务工。用妻子李勤的话来说,50多岁的人在咱们农村正是干活儿挣钱的好劳力,偏偏在去年十一月初六不慎摔成了脑溢血。妻子说着说着眼泪就下来了,好好的一个人,早上起来坐在床沿上接电话,说着说着就一头栽到地上了,最后一句话只说了:"不管谈了……"从那以后,丈夫再也没能和她说过一句话。李勤擦了擦在眼圈中滚动的泪珠说:"从去年到现在,我们在亳州、合肥的医院都看过病。他现在的情况是没有思维,不会说话也不能动,身上的肌肉已经完全萎缩,类似植物人。康复医院不给治疗,只能拉回家。儿子、儿媳要照顾孩子;闺女也有一家子人,还要带孩子。白天黑夜就我一个人看护,喂饭、擦洗、翻身、接大小便都得我来弄。"

老辈人说,女孩子是"菜籽命",摊上啥家就啥命。看着朴实、利索的李勤,我也在心中暗暗替她委屈。这样一个女人,如果不是摊上这种突发事件,应该是在务工的劳动场上风风火火地"战斗",与丈夫一起,用勤劳的双手打拼着幸福的生活。而现在呢?站在丈夫病床前的李勤由于接连熬夜而双眼内陷、颧骨凸出,显得疲惫不堪。我凑近病床看了看白正运,惊讶病魔的肆虐真的太无情了!他的全身已经瘦得皮包骨,脖子上系着一个医用排痰设备,床边垂下来一根导尿管以及储尿袋。如果不是那双依然恋世的眼睛还在死死盯着天花板,你几乎无法确认他仍然"活着"。

村"两委"与驻村工作队在此次大排查后,第一时间为白正运与李勤申请办理了低保手续,将他们纳入了监测对象进行政策兜底。希望党的好政策能为这个风雨飘摇的家带来丝丝慰藉。

比起白正运,李腰村的李兰成情况要好一些,但也濒临返贫。李兰成是个本分的庄稼人,和妻子宋子荣在家里侍弄着4亩薄田。年纪大了不能外出务工,日子越发过得紧巴。特别是妻子近几年患上了心衰,在古城医院住院治疗期间,很快花光了老两口仅有的一点儿积蓄。

两个儿子单门立户,都在外地务工,老两口就住在小儿子的家中给儿子看房子。儿子都有自己的小家庭要养活,对于照顾父母往往也是有心无力,一年只能回老家两三次。

好在闺女知道替两位哥哥尽孝,隔三岔五回老家来看望两位老人。但终究是"远水解不了近渴",宋子荣长期看病吃药都需要钱,老两口的现实困难已经超出了他们的自主应付能力,及时上政策,党和政府的关怀帮扶才是雪中送炭。我们来到李兰成家走访时,老汉接孙子去了,我们就与因心衰而佝偻着身子的宋子荣交代了办理低保的程序,带走了现有的申报材料。宋子荣连说了三句谢谢!她说多亏村党总支、驻村工作队为他们老两口申请办理低保,办好以后看病就有更多保障了。

本次大排查之后得知,我们李腰村现有总户数1204户3912人。其中脱贫户246户467人,低保户104户175人。原有的监测户3户(8人)中,1户自然消亡。根据大排查反馈,我们及时纳入2户新增监测户。目前,共有监测户4户(10人)。

因此,巩固拓展脱贫攻坚工作目前是我们驻村的主要工作。虽然早已脱贫了,但是乡村中仍然存在着一些脱贫不稳定户、边缘易致贫户以及突发严重困难户,这些也就是我们一直关注的防止返贫监测对象。此次大排查要求不设置规模限制,要将符合条件的农户全部纳入监测帮扶。我们在大排查发现问题之后,10天之内制订了这2户监测户的帮扶计划、申报落实了帮扶措施,及时消除了他们的风险隐患。今后,我们将始终重点关注走访监测对象与"九类人群",坚决守住不发生规模性返贫致贫的底线。

7. 与爱"童"行

"思悦,六一快到了,这是市妇联送给你的微心愿学习包,提前祝你节日快乐、学习进步、健康成长!"市妇联党组书记、主席徐丽微笑着把装满学习用具的新书包递到张老庄的张思悦手上。

"谢谢徐阿姨!我一定不辜负您的希望,好好学习,考上大学。将来,在外打工的爸爸妈妈老了,我好好伺候他们。"文静内向的思悦说出这一连串的话,让在场的爷爷奶奶颇感惊讶与心酸。

思悦的奶奶周娟说,是啊,我们老两口只能照顾她的衣食住行,比起父母的呵护,还是替代不了的。俺孙女懂事,知道爸爸妈妈要在外面打工挣钱,所以很少在我们面前问起他们什么时候能回来看望她和弟弟。刚上学时,我去接送她。她看到有的孩子是妈妈来接送,眼神中流露出的羡慕让我看着都心碎。孩子今年都四年级了,这些年都是她爷爷或我接送,她也慢慢习惯了。但孩子有时候做作业会发呆,我知道,那是在想她爸爸妈妈了……

这个场景,在当下的农村是很普遍的。留守儿童作为我国时代发展及城镇化进程的一个"产物",正在有增无减地更替中。也可以说,留守儿童的健康成长是乡村振兴的一项重要内容,关系到乡村人才振兴、文化振兴以及产业振兴等多个方面。随着经济社会的不断发展,越来越多的年轻人选择外出务工就业,加上手机等电子产品使用不当等影响,使得留守儿童在心理和思想方面出现了不同程度的问题,需要各级各部门和社会、学校、家庭等形成合力,共同解决。

假如把思悦放入这个群体中,她既是幸福的,又是不幸的。幸福是因为爷爷奶奶对她百般呵护,家里院内收拾得整洁干净,为她和家人创造了一个安静清洁的生活及学习环境;不幸是因为她的父母双双外出务工,自幼年起,她就很少得到过父母的宠溺或疼爱,只有父母偶尔回乡收麦或者过年时。农村年轻的打工人为了家庭的完整与和谐,一起到外地打拼,年幼的孩子只能托付给老人。在外地站住脚跟,把孩子接过去上学的,并不在多数。

然而,比起留守儿童,乡村里还有一部分更需要庇护的困境儿童,他们或是家庭生活遭遇困难的低保家庭儿童,或是身患残疾的脱贫家庭儿童,又或是父母已不在的孤儿(包括事实上无人抚养儿童)。他们的生活境遇更需要党委政府以及社会各界的关爱与帮扶。多年以来,这已成为妇联、团委等群团单位的一项主要工作。他们配合教育、民政等单位形成工作合力,共同为留守儿童、困境儿童撑起一片爱的蓝天。

2019年,民政部等10部门发布了《关于进一步健全农村留守儿童和困境儿童关爱服务体系的意见》,进一步完善了儿童福利等各项保障措施。要求配齐配强各级"儿童督导员""儿童主任",提供精准的关爱服务。妇儿工委统筹将儿童之家纳入城乡社区建设的重点内容，同时号召动员社会组织、志愿者等社会力量，制定工作规范和服务清单，为留守儿童、困境儿童提供了精神慰藉、亲情关爱、权益维护、心理疏导等全方位的爱心服务。

如往年一样，2023年的六一节，选派单位市妇联持续把对留守儿童、困境儿童的拳拳爱心送到了李腰村。今年的活动，市妇联以"少年儿童心向党 争做四个自信好孩子"为主题，带领爱心企业家刘华军、王传杰、南亚等，提前把节日的祝福与关爱送到了孩子们的手中。他们为留守儿童、困难儿童送来了节日的祝福和新书包、学习用品、面包、牛奶、纯净水等。入户走访中，徐丽主席详细了解了张思悦等孩子在学校的学习和生活情况，与孩子们进行了亲切交谈。徐丽主席对孩子们说："你们一定要牢记习近平总书记的嘱托，听党话、感党恩、跟党走，今后成长为德智体美劳全面发展的社会主义建设者和接班人。"在李腰村李庄小学集中进行了暑期防溺水宣传等活动议程之后，徐丽主席对校长田瑜和老师们说："咱们广大儿童工作者也是重任在肩啊！你们肩负着为党育人、为国育才的初心使命，要当好孩子们成长的引路人、权益的守护人、未来的逐梦人，把四个自信的信仰深深根植于孩子们的心中，争取为培养担当民族复兴大任的时代新人做出更大贡献。"

群团组织一家亲。留守儿童、困境儿童是妇联关爱服务的群体，"祖国的明天与希望"也是团市委关爱服务的对象。六一前夕，团市委书记杜飞打来电话，说要给李腰村的孩子们送来一些微心愿大礼包，同时看望驻村工作队队员。我说，那敢情好啊，替我们村的孩子先感谢团组织的温暖与关爱！5月29日,团市委"情暖童心 微爱圆梦"关爱留守儿童和困境青少年活动走进李腰村,青少年发展和维权部部长郭彦带着市青联、区青联代表为孩子们送来了爱心大礼包以及牛奶、方便面等物资。

爱心没有起点,帮扶没有终点。乡村要振兴,留守儿童、困境儿童就是发展进程中最需要关爱的群体。我们李腰村党总支带领包村"两委",通过走访排查等方式,逐步将符合条件的留守儿童家庭、困境儿童家庭纳入兜底保障,力求做到应纳尽纳。相信有党委、政府以及各部门的常态化帮扶,各界社会力量的持续关注关心,孩子们一定会在党的温暖阳光下健康成长。

8. 村里来了"娘家人"

岁末年尾,辞旧迎新。

我翻阅了自下派驻村以来的工作日志,"娘家人"市妇联与李腰村开展党建共建活动的记忆历历在目。浏览着一条条工作信息、一张张活动图片,往日时光清晰浮现。

2021年6月10日,徐丽主席送我来到李腰村。一个多月之后的7月15日,市妇联机关党支部联合李腰村党总支以"双拥共建暖初心 乡村振兴谋发展"为主题,在村部三楼的党建会议室联合举办"主题党日"活动。徐丽主席为本村3名退役军人各送来1000元慰问金。在村党总支书记张勇及工作队的陪同下,徐丽主席调研了本村集体经济项目博艾玩具厂。了解到玩具厂带动本村100多名留守妇女及脱贫户在家门口就业,徐丽主席非常赞同。8月18日,工作队联合"娘家人"市妇联以及市青少年爱心协会看望慰问脱贫户周彩侠,为其考入中国科技大学的儿子信蛟龙送来慰问金2000元。9月8日,徐丽主席一行来村开展"我为群众办实事"活动,慰问李腰村小学46名学生,为孩子们送去了价值7000元的新书包及文具,与孩子们亲切交谈、合影。随后,徐丽主席分别深入张园、张小寨等自然庄,入户走访慰问了10户脱贫户,送去了月饼、米、面、食用油等计2000余元的慰问品。

2022年春节前夕以及3月31日,徐丽主席一行来到李腰村,结合创建全国文明城市及开展学雷锋军民共建文明城市相关工作要求,宣读了市文明办、市民政局联合下发的清明节文明祭祀倡议书,随后慰问了6名空巢老人、留守儿童及退役老军人。六一前夕,市妇联党支部联合村党总支开展"我为群众办实事"实践活动,杨文玲副主席为李腰村小学送来了价值6000元的新书包及文具。母亲节前夕,徐丽主席走访慰问了6户脱贫户及孤寡空巢老人。6月30日,徐丽主席带领市女企协和亳州兴华医院来村开展了"迎七一、促帮扶"巾帼送温暖大型义诊活动。义诊专家阵容强大、服务内容丰富,请来了超声科、耳鼻喉科、中医康复科等六大科室专家坐诊,为100多名村民群众送上了"家门口"的优质医疗服务。义诊的同时,徐丽主席还带领女企业家们慰问了20户老党员、孤寡老人及脱贫户。

2023年1月17日,徐丽主席带领市妇联班子成员及部室负责人来到村部,在村党建活动大礼堂举行了结对共建暨迎新春送温暖活动,把党和政府的关怀送到了10名贫困妇女、10名留守儿童以及3名退役军人的手中,浓浓的暖意融化了冬日的寒冷,让困难群众度过一个温馨祥和的春节。

一帧帧、一幕幕,"娘家人"市妇联牵手李腰村党总支的各项活动如过电影一般在我脑海中循环播放。驻村1年半有余,历数"娘家人"对我工作的支持、对李腰村人民群众的善举,让我怎能不感激、不感动呢？作为驻村工作队长队，我一手托两家，就像连接市妇联与李腰村的桥梁。我原想拥有一缕春风，"娘家人"却给了我整个春天。

展望今后的驻村蓝图，我将带领工作队，进一步加强与"娘家人"的沟通汇报，以责任在肩、主动担当的使命感，以全心全意为人民服务的宗旨意识，继续写好市妇联与李腰村的"联"字文章，为巩固脱贫攻坚成果与乡村振兴事业贡献自己的智慧和力量。

第五章

袅袅炊烟

1. 变迁

　　一个偏远幽僻的村子，一夜不落的黑灯瞎火，一片破旧不堪的土坯房，一年到头的红薯玉米稀饭，一群在田地里挣扎的农民，一眼望不到头的惨淡日子……这是多年前李腰村常见的画面。全国脱贫攻坚战打响以后，这样的日子已经成为"昨天"，被尘封在岁月的长河里。

　　李腰村坐落于亳州市东南角，下辖 11 个自然村，有村民 1204 户，3912 人，其中妇女 1250 人、儿童 1345 人、残疾人 120 人。脱贫攻坚期间录入国办系统的建档立卡扶贫户共计 259 户 510 人。2021 年 6 月 10 日驻村以后，我们在村"两委"及各村扶贫小组长的引领下，对脱贫户进行了遍访，大致将致贫类型分成五个方面：一是因病致贫的普通劳动力家庭；二是因残致贫的半劳动力家庭；三是缺（无）劳动能力的自身发展不足家庭；四是军烈属困难家庭，困难老党员，困难老村干部；五是"五保"户等其他类型。这些脱贫户遍布于李腰村的 11 个自然庄，虽然脱贫了，但他们依然享受着"两不愁三保障"等政策。群众见到我们来走访，都乐呵呵地打招呼，主动与我们攀谈。吃水不忘挖井人,群众是最懂得感恩的。

当我们走访到因患宫颈癌而致贫的李侠家中时,她对党和政府的感激之情溢于言表:"党的扶贫政策真是好啊!得这个病的时候,俺村的扶贫小组长主动给我办理了大病救助申请手续,我享受了国家健康扶贫的'351'和'180'政策。总共十几万的医疗费,我才花了1万多。要是搁在以前,俺家就彻底穷得翻不了身了。国家真是为咱们农村人保障到家了!手术后,我现在坚持吃药,身体状况保持得不错,真是托了国家的福。今后,我要好好生活、保养身体,到了80岁,还可以领到高龄津贴呢……"

李侠的丈夫是退役军人,在村里的公益性岗位工作,夫妻俩有两个儿子。李侠的病治好了,当初因她的大病而摇摇欲坠的家庭,又恢复了和谐幸福。

低保,医保、大病保险、医疗救助,养老保险,光伏发电,公益性岗位,林业扶贫,土地流转,教育"雨露计划",残疾人补贴……看到一户户脱贫户的扶贫手册上密密麻麻的扶贫政策,真的觉得生活在如今这个伟大时代的新农村人很幸福!一个有14亿多人的大国,要让占总人口比例近40%的农民彻底脱贫,绝非易事。党的十八大以来,党中央把脱贫攻坚摆在治国理政的突出位置,组织实施了人类历史上规模最大、力量最强的脱贫攻坚战,成功地为9899万人摘掉了贫困帽子,昂首阔步迈入了乡村振兴的康庄大道,这是多么伟大的壮举啊!

如今,李腰村的村民都住上了楼房和砖瓦房,村里坑坑洼洼的泥土路变成了平整牢固的水泥路;小麦、玉米、大豆等庄稼在四季的阳光里闪耀着丰收的光芒;土地流转后连片的田野里,白芍、牡丹、桑苗等药材茁壮成长；网络信号全覆盖、自来水连接到每家每户、连锁超市方便购物、供电照明安全保障……村民们还享受着比城里更清新的空气、更广阔的蓝天。

2. 老屋

驻村以来,我在走访农户之余,喜欢一个人漫步。

如今天一样,不知不觉间,我已经走到了张小庄南边。再往南,就是开阔的田野了。田野与村庄之间,有一片老宅子。桑葚树、柳树、榆树、钻天杨等长得茂盛葱郁,把这一片老宅遮蔽得神秘而又阴凉。

这一片老宅里,已经鲜有人居住。多数人家在老宅北边经统一规划后建了新宅,老宅自然便空出来了。也有几户与子女分住的老人,依然守着老宅。于是,这片天然"氧吧"便成了他们的"后花园"。

我眼前的这座老宅,就是一栋带走廊的三间青砖青瓦房。中间带双开木门的显然是堂屋,堂屋外的走廊下,两根圆圆的水泥柱子撑起整条走廊。屋檐下的门廊中间刻着"喜"字,两边刻着"丰庆"等字样,字之间还画着仙鹤图案。不用说,这肯定是彼时的主人为儿子结婚时盖的新房了,字和图案里都蕴含着满满的团圆喜庆和绵延福寿之意。紧挨着主房的东边,是一间东西朝向的厢房。看着这间厢房青瓦之上的烟囱,就知道它是厨房。想象着多年前烟囱里"袅袅炊烟隐翠林"的画面,那是怎样一种浓浓的烟火气息啊！厨房的屋檐下,还雕刻着寓意欣欣向荣的太阳花一般的图案。这真是一户民风淳朴的人家。

我顺着平坦的小路,在老宅子里继续"探秘",逐渐感觉脚面与裤腿上已沾了些许露水,今日已是白露时节了啊！二十四节气中,白露应为最美时节吧！暑气渐消,秋高气爽。漫步其中,丝丝桂香馥郁芬芳。

老宅的树林里自然是阴凉的,很多鸟儿在这里筑巢,足以说明这儿的环境很好。在我走走停停中,各种鸟儿便在树梢上唱着歌儿。那歌声清丽悠扬,听得我不禁嘴角上扬。它们唱完一曲之后,便轻盈地飞去另一个树梢,或者飞到伙伴们所在的树梢上,一起叽啾叽啾地说着悄悄话。

在不远处的绿荫环抱中,我又发现了三间老屋,依旧是坐北朝南、青砖青瓦,但这些老屋的构造有所不同。它们的走廊廊柱是方形的,而且最东边的那一间比另外两间的南北纵深长,南边的墙面与另外两间前面的走廊是平齐的。从这一间房子的位置来看,应该是父母住的主人房。按照"东为上""东屋为上房"的习俗来说,家里的父母往往会居住在正堂的东屋里。为了凸显主人的权威,这间房子有朝南开的窗户,窗户上面有雕刻的花纹图案。不用说,这里曾经也居住着一户讲究的农家。

一阵微风吹过,老宅及树林里弥散着一股淡淡的草屑与羊粪混合的味道。我看着老宅西边的田野,那玉米、高粱比赛着长个儿,芝麻和豆子也都在尽情地享受着阳光的滋养。它们绿得繁盛而又夺目。我不禁驻足观赏,直到一两声咩咩的羊叫声引得我转头起身。

原来是旁边的一户脱贫户家饲养的几只波尔山羊。绕过羊圈,我又找到了一间老屋。因为身处茂盛绿树的遮掩下,老屋的鱼鳞瓦沟里长满青苔,黄泥墙壁粉尘脱落,好似老人额头遍布的皱纹。我轻轻抚摩那斑驳的墙面,生怕惊扰了它的美梦。

这会儿,我怕惊扰了面前这所老屋的好梦,老家里老屋的样子却映入我的脑海,挥之不去。老家的老屋是爷爷呕心沥血的杰作。爷爷是个持家的好把式,他和会过日子的奶奶苦心经营多年,终于攒了一些盖新屋的钱(还欠下一些钱,后来慢慢都还清了)。我听父亲说,爷爷和家里的大爷、叔叔们一起,在赤日炎炎的酷暑下挥锹破土,头顶满天繁星赶运木料、砖头、沙石。他们像春燕衔泥一般,几经周折,终于盖起了由五间瓦房、两间厢房组成的院子。院子里开辟了一个小菜园儿,西南处还栽上了枣树、月季、蜡梅等果树花木。盖这一片宅子,说是为了给父亲和叔叔结婚用的。爷爷奶奶住在堂屋东边的一间,堂屋西边的两间给两兄弟一人一间。

家乡的老屋,见证了爷爷奶奶的中年直至老去,以及父亲与母亲的结合、叔叔与婶婶的成亲。那时已经在城里上班的母亲,生下我之后在老屋坐了一个热闹的月子,我们就搬到县城居住了。当然,那时的我并没有看到老屋的"年轻时期",以及那所老宅子里几十年来的繁衍生息。我懂事之后,父亲还在部队,母亲便趁暑假把我带回老屋,那时的老屋就已经显得有些沧桑了。现在,叔叔婶婶一家仍在守护着老屋。老屋虽然外表略显苍老,但是房间里面重新粉刷后焕然一新,家具收拾得井然有序。他俩在进院子的地方又种下了一棵四季常青的芭蕉树,在院子的南边种下了一片竹林。院子的中间,叔叔铺了一块水泥地,一家人可以围在石桌前喝茶聊天。问他咋不翻新盖楼房,他说,这老宅子住着得劲儿,又说,老屋里能找到爷爷奶奶的影子。

村里的老屋们,真的"老"了。我站在老宅子与新楼房交会的红砖地上远远望去,它们像是在酣睡,睡得那样安详、静谧。

如今,张小庄的村民基本都搬离老屋,往北迁移,紧挨着村部对面的交通主干道,盖起了整齐划一的两层楼房。为了配合农村人居环境整治工作,打造生态宜居的美丽家园,村党总支在楼房前面统一修建了"小五园"。那些白色的小栅栏里面种的有西红柿、辣椒、黄瓜、生菜等各色蔬菜,还有玉兰、梨树、凌霄、青竹等各种花草植物和果树,为李腰村的四季增色添彩。

这些新宅和沉睡中的老屋遥相呼应,见证着脱贫后的村民迈入乡村振兴的美好征程。

3. 王桥

　　知道我们李腰村的王桥这个地名儿,从去年下派驻村伊始。开始关注王桥,则是在阅读了李亚老师的《电影与自行车》这部中篇小说集之后。

　　李亚老师是涧河人。他的家乡李庄距离我们李腰村不过三四里的路程。这就相当于,站在我们李腰村某一户人家的三层楼顶上,手搭凉棚向着西北方向瞭望,便可以看到"一望二三里,烟村四五家"的李庄。

　　2022年8月份,谯城区文联、区作协组织的"谯城作家看谯城"活动的第四站就是涧河镇。李亚老师就随着大家来到了涧河镇,也来了李腰村。当我们说去看看李庄时,李亚老师指着店集村的方向说,李庄已经不是当年小说中的李庄了……看着李亚老师充满怀旧的眼神,李庄成了我们想象中"谜"一样的存在。

　　少年时期的李亚老师,是李庄的孩子王。李庄尚武,他们那群十三四岁的孩子从小就拜过锤匠(武师)。虽然常年吃着杂面饼子抹酱豆,但这并不耽误他们练就一身好拳脚。

在小说的第二章"朝阳沟·王桥集"中,作者与李庄的地老鼠铁勺、傻兔子墙根、猪头小队长小春等一群玩伴儿去王桥看电影。因为王桥集距离李庄只有三里路,那时的大队部又在集上,比较热闹,所以,太阳一偏西,他们这帮玩伴儿就全体出动,一路小跑到王桥集上。

当时,他们最喜欢看《地道战》《铁道游击队》《董存瑞》这样打仗的片子。一次,到地方一看当时放映的是《朝阳沟》,他们顿时泄了气,就鬼鬼祟祟地溜出来,挤出电影场后朝里边扔坷垃头。没想到,一个年轻人拎着半截棍朝他们冲过来,破口大骂,抡棍就打,当即就把小春的头打了个窟窿,血流满面。玩伴儿们顿时一阵呼喊,扑上去抱住了那个小伙子。几个人的太平拳还没抡开,就有人把他们拉开了。

问起缘由,原来打人的青年叫大瓶,上学时很厉害,念书就像"喝书"似的,是浉河公社第一个考上双沟高中的孩子。因为上高中时带着早恋的女同学去看《朝阳沟》,还与这个女同学在王桥集东头的水闸上对唱过栓保和银环的唱腔。女同学被家人赶回城,使大瓶害起了相思病。此后,王桥集只要放电影,大瓶就要人家放《朝阳沟》。

小说中的王桥,曾是李庄的孩子们留下欢乐和回忆的地方。如今的王桥,虽然放电影、看电影的场景已经成为无法"倒带"的历史,但是王桥有着其他自然村"无可替代"的功能:一是由来已久形成的集市;二是蓄水防洪抗旱的王桥闸;三是浉河镇、李腰村的边界。

集市方面的功能毋庸多说,那是多年以来形成的一个社会商业聚集地。王桥集上不仅有幼儿园、超市、饭店、浴室,还有逢集的集市。逢集的时候,群众在街边的摊贩上就可以买到新鲜的蔬菜和肉类、水果等,那人头攒动的场景也堪比小说《电影与自行车》中当年的热闹劲儿。

王桥闸的蓄水功能,我在之前的文章《李腰之水》里提到过。每到夏季雨量充沛时,王桥闸里就蓄满了可以灌溉保苗的水量。所以,今年夏季抗旱期间,我们村的良田就得到了惠及。这也是其他自然村羡慕的地方。

王桥之所以重要,是因为它是泇河镇的边界,也是李腰村的边界。王桥集不大,有自东向西、自北向南两条主干道。向南道路的尽头便是西泇河的支流,河的南岸便是阜阳市太和县。

回头再看王桥集上,秋收之后,群众都在"晒秋"。我透过黄澄澄的玉米棒,找寻当年王桥集上放电影的地方。按照李亚老师小说中的描述,当年王桥集上应该没有这条笔直的南北路。那么,偌大一块放电影的场地,到底应该在哪儿呢?

4. 羊羊羊

十多只波尔山羊正在羊圈里悠闲地消磨时光。

几只公羊闲散地跪卧着各自发呆,嘴里有一口无一口地嚼着草料。小羊们乖巧地依偎在一起,偶尔蹭蹭脑袋,相互示好。最显眼的是那几只母羊,它们大腹便便,绕着羊圈的内圈缓缓地散步。将做母亲的使命让它们步履蹒跚。看到我的镜头,母羊们纷纷把目光投向我手机的方向,那似乎永远也睁不开的眼睛里投来温顺友好的目光。公羊们则是一副"见过世面"的样子,任你怎么拍,它们嘴里依旧保持着机械的咀嚼。小羊们则暂停戏耍,纷纷歪头看向我,仿佛在说:"眼前的人们,你们好像之前曾经来过……"

是的,这里是我们李腰村张老庄脱贫户张廷芳大爷的家,也是我们工作队不止一次走访过的地方。那16只波尔山羊就是张大爷老两口饲养的宝贝。如果从年数上来说,张大爷已经算是养羊专业户了。自从享受到国家的养殖扶贫补贴以来,张大爷就试着饲养起了波尔山羊。大爷从来不想"一口吃个胖子",他们老两口在村党总支的帮助下,从 4 只小羊养起,经过数年的精心呵护、积累经验,繁衍成如今的规模。这对于一个将近 80 岁的老人来说实属不易。

张廷芳大爷笑着说:"我和老伴儿各有分工。每天清早,老伴儿烧水做早饭,我就给羊拌饲料。羊喜欢干净,它们和牛一样吃草。有青草就吃青草,没有青草就吃干草;再搭配一些玉米、麦麸等,它们就吃得很欢实。我家响应土地流转的政策号召,6 亩多地几乎全部流转了,只留下不到 2 亩地自己种,图的是自家吃菜、喂羊都方便。张书记你看,我家原先的 2 只公羊、2 只母羊,这些年繁殖出这一大群。每天伺候着它们,就像是照顾自家的孩子一样。看着它们的队伍不断扩大,我和你大娘确实打心眼儿里高兴。另外,国家还有补贴,1 只羊补贴 300 元。就冲这么好的扶贫政策,我们都得好好饲养!"

张大爷指着羊圈,如数家珍地介绍着他的羊们。波尔山羊生长快,适应性好,繁殖力强,母羊产羊羔多。它们多数是红褐色的头、白鼻梁,双耳垂直向下,体型健壮敦实。那几只大肚子的,一看就知道是母羊。公母羊都有角,角坚实,长度、形状不一样。公羊角基粗大,向后向外弯曲;母羊角细而直立,有鬃毛。你看,那一对儿卧在角落处的小羊就是眼前这只母羊下的小崽子……

说着说着,张大爷那核桃壳般的古铜色脸庞泛起得意的神采。我接着问道:"那这些羊真成了你家的'聚宝盆'了。张大爷,羊都是在哪儿出售呢?是有人下乡来收吗?"

张大爷笑着举起右手往东北方一指,说:"这东边儿古城就有个羊行。把羊拉到那儿,自然会有买家找上来。"

看到张大爷舒展的笑容,我也为他们家脱贫后奔小康的日子而开心。春日的农家小院儿绿意盎然、生机勃勃。张大爷又带着我们参观他家的院里院外。坐北朝南的四间堂屋,东边挨着盖了两间偏房。这个农家小院儿门朝东,大门屋檐下种着一棵葡萄树,枝条已经攀到大门屋檐之上,成为炎夏乘凉的好地方。大门南边是一棵柿子树,如今已经发出嫩绿的小叶片。阳光投下来,叶子被照得晶莹剔透。挨着柿树的就是张大爷家的羊圈。羊圈旁就是隔壁邻居的西山墙。院子的中央,张大爷老两口开辟了一小块菜园,种上了一园子的青菜。

出院门,大门南侧有一棵已经结了果子的杏树。青青的杏子挂满枝头,只待春夏的阳光普照,使它们蜕变成一颗颗黄澄澄的成熟果实。大门两侧分别开辟了一块小菜园,里面种了大葱、蒜苗儿与蚕豆。顺着南边的小菜园儿再往南,也就是张大爷家南院墙之外,又是一大片被老两口用心侍弄的菜地。油菜花儿为这片绿色的园子画出了一抹亮丽的金黄。豌豆开始结出豆荚,白色的豌豆花儿似蝴蝶一般"飞舞"在那一片绿色中。大爷顺手从豌豆地里掐来一段细长的梗子,说:"张书记你看,这就是饭店里的稀罕菜:新鲜的豌豆苗儿。"

我接过那根青青的豌豆苗,一股清甜味钻入鼻腔。种瓜得瓜,种豆得豆,土地是农民赖以生存之根,播下希望的种子,土地便会反馈丰收的果实。像张大爷这样无法外出打工的老人,在家侍弄两亩地,力所能及地养些家禽,还不耽误照顾两个上学的孙子,这样儿子媳妇就可以安心在外面挣钱了。

站在张大爷家门前的L形水泥路上,感觉风景这边独好。这条水泥路分割了张老庄与张小寨村。水泥路的东南,就是一望无垠的麦田。拨开茂密的麦苗叶儿,我发现了一根裹着青叶的穗子。再细细寻觅,周边已有不少抽出青穗。细长的麦芒在浓密的包裹中正酝酿着一股勃发之势,那便是夏收的畅想。

菜园向南的尽头是院内咩咩叫的羊,院外杏儿满枝头。此情此景,让人不由得诵起范成大的那首脍炙人口的田园诗:"梅子金黄杏子肥,麦花雪白菜花稀。日长篱落无人过,惟有蜻蜓蛱蝶飞。"

我对大爷大娘说:"您二老好生照顾好身体,养好家里的这群羊。儿子媳妇都能挣钱,过几年再把这老宅翻盖成楼房。"大娘乐得合不拢嘴:"张书记,我们是这样盼着呢!国家的政策这么好,我们的羊会越养越多,日子会越过越红火。"

5. 乡村小厨

"张书记、程队长,吃饭了……"听到这一声熟悉的吆喝,就知道我们工作队的王振远已经把午饭做好了。

上一批选派干部驻村时,村党总支在村部二楼最西头的房间安排了一间厨房,还配备了整体灶台、抽油烟机、冰箱等。我们 2021 年 6 月份驻村时,看到他们留下的这样一个宽敞明亮的厨房,想象着今后可以在这里做上一顿顿可口的饭菜,心中的陌生感就逐渐消融了。

记得第一次开油烟机时,我听到了一阵鸟儿的鸣叫声,还有扑扇翅膀的嘈杂声。这厨房里怎么会有鸟儿的叫声呢?伴随着一声声惊慌、无序的鸣叫,我们在油烟机的出风口处寻到了声音的来源。原来油烟机一开动,它们受到惊吓,便叽叽喳喳地叫起来。

对于它们来说,我们三人像是不速之客,惊扰了它们安静的生活。怎么办呢?油烟机出风口处也不是你们长久的安身之所啊!在鸟儿们又一阵儿叽叽喳喳的叫声中,王振远踩着板凳上了灶台。当他小心翼翼把手伸到油烟机时,只听嗡的一声,那一窝鸟儿扑扇着翅膀,果断地飞离了这个温暖的小窝。我赶紧顺着声音追寻着它们的踪迹,只在北窗中看到了一群远去的背影……

一阵锅碗瓢盆交响曲之后,王振远和程队长端出辣椒炒肉、蒸茄子、西红柿鸡蛋汤,还有三碗米饭。闻着满屋的两菜一汤的香味,我拿起手机拍下了我们三人起火的第一顿饭。

周末回城,当我跟母亲聊到我们在村部做饭的情景时,母亲说:"回忆当初,我那时二十出头,刚参加工作不久,被组织上抽调,到离家10多里地的胡圩村驻村开展党的政策宣传。因为那时候条件有限,工作队都是各自解决生活问题。我们工作队3个人,工作队的队长是合作社主任,他自己做饭吃;另一名同志是胡圩村本地人,可以回家吃饭。村支书就安排我住到生产队旁边的一间土坯房里,还让他家与我年龄相仿的独生女儿与我做伴。虽然村支书的女儿常叫我到她家去吃饭,但也不能总是麻烦人家。后来,我就用从老家带来的一只煤油炉子做饭。也就是熬点儿稀饭、炒一点儿青菜萝卜、下点儿面条啥的。相比之下,你们这一代人现在驻村工作,吃的、住的条件真是太好了。一定要脚踏实地、扎实勤奋地做好驻村的各项工作。"

是啊,母亲的叮咛要谨记,母亲的厨艺我也要继承。母亲不怎么会烧菜,但是做面食那是相当地道。擀面条、包饺子、包包子、蒸菜饼子、烙菜合子等等,家常面食几乎都难不倒她。凭着跟母亲学的两招做面食的手艺,在村部我也时常练练手,比如手擀面。把面粉倒入面盆中,再用清水稀释一个鸡蛋。一边搅拌面粉,一边加入稀释的鸡蛋液以及适量的清水,直至揉成均匀敦实的面团。这时让面团稍微醒一会儿,同时把案板、擀面杖擦拭干净待用。将醒好的面团分成小面剂子,放在案板上手工揉搓得紧实且有弹性,再用擀面杖把它擀成厚薄均匀的圆面皮。最后一道工序是切面条,这道工序最考验刀工。要切得粗细均匀并不容易,要天长日久地练习方可达到此等境界。一般到了这一步,我就会征求他们俩的意见,是做成炸酱面还是汤面?其实,基础的面条已经做成,无论是任何形式,都会很筋道、很好吃。

住在村里,守着田地,地里有啥我们都能尝鲜。冬小麦抽了穗,长出新鲜的麦仁儿,乡亲们就会给我们送来一包,麦仁儿下玉米面糊,熬粥香着呢!红薯种下了,一天长成一个样。新长出的红薯叶青翠欲滴,看着都眼热。程队长便会一大早儿踩着清晨的露珠,掐上一把红薯叶做窝头儿。窝头儿蒸好后翻个个儿,在凹陷处填上乡亲们送的酱豆,那原生态的新鲜美味,真是无法用语言来描述了。

有时候,我们也会包饺子。三个人齐动手,和面的和面,调馅儿的调馅儿,擀皮儿的擀皮儿。芹菜猪肉馅儿,韭菜鸡蛋馓子馅儿,胡萝卜粉丝油渣馅儿……面皮擀得筋道,馅儿调得地道,那饺子一口咬下去,能瞬间找到外婆家的满满回忆。

阳光和煦的天气,我喜欢蒸雪花小馒头。先拿酵母兑上清水放一边备用。面盆里倒入适量面粉,用纯牛奶和面,再倒入稀释好的酵母水和适量的清水,直至把面粉和成松软状态。一边让面团醒着,一边收拾案板。再把面团分成小面剂子,揉成长条的"火车"形状。然后用刀切成一个个长方形的小馒头,搁置在窗台上的面板上晒晒太阳。待到小馒头们被太阳晒得"绽放笑容"之后,就可以上锅蒸了。刚出锅的雪花小馒头是最受欢迎的。我装上一盘儿端到楼下,村"两委"会幽默地给予好评:"张书记,这馒头蒸得这么小巧精致,吃起来可不能论个儿了。"我笑答:"不论个儿,吃饱为算!"

秋收之后,玉米、青豆都丰收了,乡亲们就会送来给我们尝尝鲜。前天,周思银扛来半袋儿玉米;昨天,张军旗送来一抱青豆。那是刚采摘下来的,青豆角都在枝干上,是整棵整棵割下的。

今天,张勇书记又安排人送来一袋红薯和紫薯。这是我们村集体经济的硕果。我们李腰村素有种植红薯、加工粉丝的传统。为了进一步展示这个地方特色,发展村集体经济,村党总支带头种植红薯近百亩。在红薯的种植和收获期,还带动上百名村民就近务工。目前,村里正在将收获的红薯深加工成无公害粉丝,预计可为村集体增加收入10余万元。

一餐一饭皆生活。工作中,所有的疲惫都会被一碗热腾腾的大碗面治愈。在这个远离城市喧嚣的乡村,我们把在家练就的一手好厨艺淋漓尽致地挥洒在这间乡村小厨。它也会留在我们驻村工作队队员的回忆里。

6. "月亮"门廊

一片绿莹莹的葡萄架,一个独特的月亮形门廊,一座带着怀旧感的四间红砖瓦房。这是去年我第一次走进退役军人周纪才家时,他家庭院给我留下的第一印象。

趁着今年推进改厕工作的机会,我又一次来到周纪才家。暮春时节的小院满园春色。我即兴应景了一首"打油诗":人间四月遍地花,绿荫冉冉满农家。正当陶醉沉吟时,但观青藤绕枝丫。

走在前面的包村干部周三锋问了一句:"周纪才大爷在家吧?"周大爷应声出门,热情地把我们迎进门。"张书记你们来了啊,欢迎欢迎!"周大爷一边笑着招呼我,一边放下手里的一卷咖啡色丝带。我问周大爷:"王大娘呢?您这是要出去吗?""你大娘出去卖菜了。待会儿改厕的工程人员要来给我家接通改厕的水路。这会儿,我在院子里给挂果的葡萄藤固定位置,边绑葡萄藤边等那个工程人员。"周大爷笑着说。

葡萄已经挂果了吗?我还在"脑补"着一颗颗如绿豆般大小的葡萄籽挤在一起萌萌的样子时,就听到院子里有推车的声音。"老伴儿,你看谁来了?"周大爷说着就帮王大娘把三轮车推进院子里。穿着红毛衣黑背心的王大娘高挑清瘦,和周大爷一样腰板儿直直的。军人的气质也会"传染"吗?

王大娘伸手拉着我说:"张书记,来,进屋说话。"周大爷跟着进屋后,与王大娘坐在一条木质长沙发上。我看到他们家北墙条几上摆放的绣着"家和万事兴"字样的十字绣,以及周大爷的"军委工程兵建筑第五十四师"和"光荣在党五十年"两枚纪念章。望着面前两位头发花白、笑容满面的七旬老人,再看看院子里的那个"月亮"门廊,我按捺不住好奇心,主动和两位老人聊了起来。

"周大爷,您家的这个'月亮'门廊应该是咱们李腰村独一无二的吧?为什么会在大门后面再建这样一个好看的门廊呢?"我开门见山地问出了自己最感兴趣的话题。

周大爷看了看王大娘,笑着说:"要说建这个月亮门廊,倒是有两层特殊含义呢。一是因为我在大西南地区当兵时,想家的夜晚,抬头就能看到圆盘一样的月亮清亮地照耀在大地上。看着洁白如玉的月亮,我思乡的情绪就渐渐安静下来。另一个原因就是我和你王大娘结婚时,家里穷得啥也没有。我俩白手起家,经营起磨豆腐的营生。你大娘会过日子、精打细算,家里逐渐有了一些积蓄。我们又借了1000多块钱,1993年在老宅子的位置盖起了这四间砖瓦房,东边配了两间厢房,拉了这个院子。为了给辛苦操持这个家的你大娘一个交代,我就特意设计了这个鲜亮、趁劲(泌河话)的月亮造型的门廊。"

敢情这个"月亮"门廊还是周大爷一种浪漫"仪式感"的表达啊!我记得你的好,记得你为这个家的付出与辛劳。为你建起一个"月亮"

门廊,每天看你从"月亮"中款步进出……在周大爷心目中,大娘应该是比月宫中的嫦娥还美丽善良吧!

我抿嘴笑了笑,接着说:"周大爷,说说您参军服役的那段光荣经历呗!"周大爷谦虚地说:"我就是一名普通的义务兵,也没做出啥突出贡献。不过,近年来,国家对咱们退役军人真的很重视,每年八一、春节都来慰问;每一次村部召开党员大会,都邀请我们参加。去年,市妇联的徐丽主席还来我家慰问呢!"

说到参军,周大爷更有了精神。20世纪60年代,为应对苏联的核威胁,国家决定在大后方西南地区建设一个军工厂,将厂址选在了四川重庆涪陵,代号"816工程"。

1970年12月,年仅18岁的周纪才应征入伍,系54师8040部队125团特种兵。刚入伍的周纪才,跟随部队执行这项绝密的军工工程,来到涪陵山区,开山凿洞,建造军工厂。

军训期间,每天早晨6点钟,起床号一吹,周纪才就与战友们应声起床。在10分钟之内将衣服穿戴整齐,将被子叠成"豆腐块",完成刷牙洗脸等规定动作,集合后就开始跑步、锻炼。晚上要进行思想政治学习,学习的内容有《毛泽东选集》和当时党的方针政策,还要背诵毛主席语录等。

白天的八小时,战友们就开始了凿壁开山工作。周大爷当时就是冲在第一线的"风钻工"。当钻头深入坚硬的山石后,就会发出尖锐刺耳的噪声,周纪才就感到脸上的防毒口罩仿佛薄纸一般,在迎面扑来的粗粝碎石前不堪一击。

在那个记忆犹新的下午,同乡战友因发烧临时请假,踏实诚恳的周纪才,想到参军的光荣,想到自己在为保卫祖国贡献力量,就抹去脸上的汗水与碎石末,毫不犹豫地接下了同乡的工作,挺起军人的钢铁脊梁。为了在要求时间内完成任务,他一个人干两个人的活儿,整整两天一夜连轴转地工作。这个硬汉用尽最后一丝气力时,终于和同班战友一道艰难地完成了任务。虚脱的周纪才一步路也走不了了,被战友搀扶着,步履蹒跚地挪出山洞。因为这个"高光时刻",加上思想进步、刻苦训练、积极上进,周纪才于1972年7月光荣入党。

1975年初,周纪才所属的54师8040部队125团完成坑道施工任务,奉命撤离涪陵。同年3月,义务兵周纪才光荣退役。

周大爷说:"国家没有忘记我们,我们服役时不怕苦和累,就是为了给国家出一份力,为国家建设做一些微薄的贡献,任何时候想想都值得!咱们村党总支一直都关心着我们这些退役军人,看到我和你大娘干不动了,就联系民政部门,根据我家的条件,为我们办理了低保。感恩党的好政策,让我和你大娘老有所依,我们这一辈子虽然平平凡凡,但是知足了。"

周大爷和王大娘送我出院门时,我看了看建好的水冲式厕所,达到了卫生标准,后面还挖了化粪池。这个水冲式无害化厕所的建成,将会为周大爷和大娘生活提供极大的方便,让老两口赞不绝口。

站在院门处,我往北看去,那个"月亮"门廊将大门与瓦房之间拉开了曼妙的层次感,拉长了院子的纵深,显得别致又神秘。往南望去,满眼翠绿,精致的菜园里,豌豆、番茄、莜麦菜、生菜仿佛比赛着生长,绿油油的一片生机;最显眼夺目的,就是那两行军人"调教"过的葡萄架,笔直又健壮,藤蔓结实有力,仿佛预示着即将到来的丰收与希望。

7. 美丽庭院看我家

看到"庭院"这个词,人们能联想到的就是粉墙黛瓦、蓝天碧水、假山翠竹、凉亭石桥,偶有鸟儿在竹枝间悠闲鸣啼的这样有诗意的画面。

正如宋代的曾觌在《阮郎归·柳阴庭院占风光》中写道:"柳阴庭院占风光,呢喃清昼长。碧波新涨小池塘,双双蹴水忙。萍散漫,絮飘飏,轻盈体态狂。为怜流去落红香,衔将归画梁。"

燕子归来春分至。曾觌的这首诗词以景咏物,以描绘新巧俏丽的燕子及幽静惬意的庭院风光,传神地反映出诗人大雅不俗的心境。

中国要美,农村必须美起来。千百年来,人们寄情于田园,赞美田野,祝福家乡。如今,在开展巩固拓展脱贫攻坚成果与乡村振兴的政策指引下,"生态宜居"已然成为乡村振兴的"软实力"比拼标准。

驻村工作队找准乡村振兴政策与驻村工作的切入点,积极响应市妇联工作号召,按照"党建引领、党员带动、活动促进"的工作模式,把创建"美丽庭院"作为加快推进城乡人居环境和助力乡村振兴的重要抓手,先塑美丽"小家",再筑美丽"大家"。在全村逐步形成"家家竞美丽、人人齐参与"的美丽庭院创建氛围,一个又一个"美丽庭院"扮靓了李腰的美丽乡村。

让我们来看一看"美丽庭院"的创建场景吧。

场景一:

村部的广播站里,宣传委员会利用每周宣传疫情防控、新农保缴费、人居环境整治工作、反电诈 APP 安装使用等契机,同步宣传创建"美丽庭院"的温馨提示,让创建活动在广大村民中入脑入心,见诸行动。

场景二:

驻村工作队与村"两委"成员分组深入脱贫户、低保户家中,帮助老弱病残家庭、缺劳力家庭清洁打扫。面对面向农户宣传美丽庭院创建工作,让他们逐渐增强"建美丽乡村,从清洁家庭开始"的意识,逐步形成归置东西物件、打扫庭除的习惯。

场景三:

李腰村、李老家、张老庄……全村 11 个自然庄的父老乡亲们,尤其是家庭主妇们,纷纷撸起袖子,争当家庭"卫生委员"。他们清洗门窗、清洁厨卫,清理居室、整理院落。摆放规整的家具,干净清爽的地面,明亮通透的灯火,才是温馨小家的正确打开方式,更是你和我的李腰村。清洁好"小家",养成良好的生活习惯,农村的大环境才能逐渐"靓"起来。

李腰庄的南红梅是个时尚的居家女主人,她家的客厅布置着干净的欧式布艺沙发,米白色格子地板与印花地毯相辅相成,形成了室内的亮点。整个房间的装饰,给人一种整洁明亮、井井有条的感觉。

在李老家,村民张艳每天早晨起床以后都会进行一番认真打扫,屋内院里清扫得干净有序。门前种着花花草草,错落有致,院内没有杂物,物品摆放整齐,庭院、屋内均打扫得干干净净,展现出一个家庭积极向上的精神风貌。

走进王桥村信同英家的庭院,立刻有种漂亮、整洁、舒适的感觉。屋内,中式的装修风格让人眼前一亮,家具摆放错落有序,厨房、厕所物品摆放整齐,给人一种融融的暖意。

周寨村的周可健家中,白墙与白色的地板砖相互呼应,擦得如镜面一样的地砖彰显出农家主人近乎"洁癖"的卫生习惯。干净利索的主人、简单实用的家具、宽敞明亮的房屋,几盆绿植恰到好处地点缀在房间的角落。一处一物,显示着主人不俗的生活品质。

高庄的张成兰家中有一股浓浓的"烟火味"。客厅中的"吉祥如意""家和万事兴""金玉满堂"牌匾及"福"字头挂件把房屋衬托得红彤彤、喜洋洋。热情好客的女主人脸上始终挂着微笑,真真地感染了我们。

张老庄的周娟家虽然是白墙水泥地,但是客厅的一组木质家具妥妥地衬托出主人雅致的生活品位。当我走进这个一家老少三代人共居一处的房屋时,傍晚的余晖恰好照射进窗台。夫妻二人分别坐在对面的沙发上看着电视,乖巧的小孙子依在奶奶的膝头……这是多么和谐温馨的画面啊!

开门进园,推窗见景,静听鸟语,起步闻香……李腰村立足"美丽庭院"创建活动,努力做好美丽乡村的"大文章",通过家家小庭院的变美,带动了村村大环境的改善。如今,村民都十分享受人居环境整治带来的实实在在的变化，爱护公物、保护花木、垃圾入桶等"文明之花"开始在李腰村大地上持久飘香。

今后，我们会常态化创建评选"美丽庭院"，让这项展示文明、推进生态宜居、发展乡村振兴的良好工作举措继续落地生根，慢慢变成李腰村村民的一种良好的生活习惯。

8. 从一棵秧苗说起

一个想法,从产生到实施,再到收获,往往需要很长时间的孕育。正如诗人李绅写的那样:"春种一粒粟,秋收万颗子。"如果将这两句诗引用到我们李腰村的话,那就是夏季栽下一棵棵秧苗,秋季收获一堆堆红薯。我们又把红薯加工成一挂挂瀑布般的粉丝。

记得常河老师的散文集《一脚乡村一脚城》,其中有一篇文章叫作《红芋饭,红芋馍,离了红芋不能活》。常河老师在文中形象地将小麦与红薯作了比较,他说:"小麦的做法比较单一,就是磨成面粉,然后以面粉为基础做成各种面食。而红芋,既可以直接煮了吃,也可以切成红芋片儿晒干,之后花样翻新。小麦做出的食物洁白润滑,宛如城市里鲜衣怒马的少年;而红芋做出来的食物则一概黑乎乎的,怎么看都是风吹日晒的农家子弟。恰是这一黑一白,陪伴着很多人走过丰年和饥荒,也由此照出殷实和贫瘠。"先看这个通俗到口语化的标题,再重读这篇让人心酸的文章,字里行间直观地重现了20世纪60年代皖北农村艰难而又真实的生活场景。

直到现在,皖北的村民,在没有种植中药材或者大棚蔬菜等经济作物的土地上,依然保持着收了麦子种红薯(玉米、大豆)、收了红薯种麦子的模式。我们李腰村也是延续了这种午收小麦之后种植麦茬红薯的习俗。

一年两季收成。在"收"之前,就要谋划好下一季的"种"。上半年村土地流转动员会之后,工作队就与村党总支商量谋划进一步发展壮大村集体经济的思路,最终定下两种从土地上"做文章"的方法:种植红薯加工粉丝、土地流转。

我们李腰村历来有种植红薯加工粉丝的传统。为了进一步利用好地方特色,村党总支在张老庄流转土地近百亩,6月份午收之后,连片种下了一棵棵翠绿的红薯苗儿。从红薯到粉丝的蜕变,种下秧苗儿只是"万里长征"开始的第一步。今年夏季普遍干旱,眼看着那一大片绿苗儿都蔫巴巴地躺在地垄上,被太阳晒得卷起了叶子,村党总支便发动村"两委"带领群众从红薯地西边的团结沟汲水灌溉。还好,老天爷给饭吃,之后断断续续下了几场雨。抗旱加降雨,红薯苗儿算是被拯救过来了。

当那一片翠绿的秧苗儿变成茂盛的红薯叶时,我们就开始发动群众翻红薯秧、拔草,加强田间管理,千方百计为红薯的生长创造有利条件。终于等到秋收时节,群众举起抓钩,把埋在地里的红薯都刨了出来。从夏到秋,从躺在地垄上晒太阳的秧苗儿到长出红皮儿的红薯,我们的劳动,终于收获了果实。

说来也是,在如今这个农业机械化时代,唯独红薯还停留在"纯手工种收"的农耕模式。接下来红薯变成粉丝,那也是"纯手工定制"的美味土特产。清洗、打粉、晒粉砣、晾晒粉面、收干装袋。在加工厂内，工人将桶内的沸水兑入粉面，快速搅拌和成面团放入机器。不一会儿，机器的孔眼中便齐刷刷地下出一条条粉丝，流入下面一口偌大的铁锅中。铁锅旁边的工人右手拿着长长的筷子将粉丝拉到左手中，再将热水滤过的粉丝交给身后的工人，由他按照合适的长度，将粉丝悬挂在一根长三尺左右的木杆子上。外面的工人接过木杆，随即挂在一个两层的铁架子上晾干水汽，最后推入冷库进行定型，再挂到阳光下晒干。到此，"万里长征"奏响凯歌。

在这耗时半年的种收与加工之间，村党总支累计带动百余名脱贫户及留守妇女就近务工，发放人工劳务支出10余万元。刨去成本、人工劳务费等支出，这百十亩红薯预计为村集体增加收入10多万元。

有一种说法叫作"药食同源"，其实我们经常吃的一些食物，既是食材，也是药材。例如百合、山楂、山药、花椒等。《本草纲目》记载，红薯具有"补虚乏、益气力，健脾胃、强肾阴"的功效，还能保护心血管，治疗脾虚水肿，可以润肠通便、排毒养颜、提高免疫力。这样说来，红薯真是美味又养生的食材。它虽然没有百合、山楂等食材那样的高颜值，但有一股自带乡土气息的敦实与憨态，真是我们乡村土地上的一株"山丹丹"。

9. 千丝万缕绕乡愁

小时候,常听大人们说一句"忆苦思甜"的俗语:红芋面、红芋馍,离了红芋不能活……红芋,学名红薯,品种大致有两种:一种是黄皮红心儿的,个头儿细长或是胖墩墩儿的,不管是煮着吃、烤着吃,还是放到锅里熬粥吃,一口咬下去,那叫一个齁甜;另一种是红皮白心儿的,乡亲们叫它"干面儿红芋",蒸着吃,味道有点儿像土豆,特点是硬实、含粉量大。所以,乡亲们在10月中下旬收获之后,大多用来打成红薯粉,晒干制作成粉丝之后,就成为一个冬季、甚至一年中的常用菜。菠菜调粉丝、大白菜粉丝炖五花肉、粉丝羊肉汤等等,都是我们的家常菜。

想想那千丝万缕似琴弦般的粉丝,"脑补"一下粉丝做成的食谱,哪一道美味勾起了您思乡的味蕾呢?从一堆红薯变成千丝万缕的美味粉丝,不仅是"红薯"到"粉丝"的这一质变,而且是一段漫长又有趣的"旅行"。

10月中旬的一个周末,我看到张大伯带领着一群留守妇女群众在扒红薯。沿着河岸从西到东的高坡上,那一群大娘、大妈顶着头巾、抡着抓钩,有说有笑地干着活儿。远远望去,那片褐色的土地上已经点缀着许多大大小小的红薯了。可能是因为在地下被埋了太久,这会儿,初见阳光的它们,不顾身上包裹着新鲜的泥土,便三三两两地歪躺着,肆意地晒起了太阳。

"大伯、大娘、大妈,你们收红芋呢?听说,就是这种干面儿红芋,可以打成粉丝?打粉丝的程序是咋样的呢?"我一边跟大家打招呼,一边向张大伯请教。大伯很乐意地跟我聊起红薯变成粉丝的过程:"收了红薯以后冲洗干净,削去两头和表面的根须,用磨碎机切碎,然后磨成浆,再把浆装进吊浆布过滤两次,把红薯渣和粉分开(粉渣晒干后可以作为饲料)。下一步,把过滤后的浆送到沉淀池,放置两天让它沉淀,等沉淀池里的水全部澄清后放掉水,把下层的淀粉取出来,吊成粉砣,把粉砣拉到宽敞的地方暴晒。晒好之后就要打糨糊了(这一道工艺是决定粉丝质量的关键),打成糨糊之后,可以勾兑一些其他的淀粉和必要的配料,搅拌成软面团儿,接着再漏丝(想要粗粉丝,漏勺孔眼儿就选大一些的;想要细粉丝,漏勺孔眼儿就选小一点儿的)。漏丝的时候,预备一锅开水,糨糊要搅拌均匀,边搅边加温水,让糨糊自然垂落;粉丝沉到锅底糊化,再浮出水面的时候赶紧捞出来,放到冷水缸里面降温。最后一步,就是把成型的粉丝整理成一挂一挂的,穿到木架子上,放在室外晒干;晒干后就可以存放起来,随时用随时拿出来做菜了。"张大伯乐呵呵地给我科普完红薯的"蜕变"之旅后,拣了几个大个儿的红薯递给我说:"张队长,拿回去尝尝鲜吧!"我笑着谢过大伯,接过红薯放到地头,拿起抓钩,学着大娘、大妈们扒起了红薯。别说,翻掉了红薯叶的土地没有原来坚实了,也不费什么力气,我就扒出胖乎乎的一小堆儿来。

  红薯一身都是宝,叶子既可以凉拌,也可以切碎和上面粉做窝窝头,霜后的红薯叶晒干就可以下杂面条。红薯的吃法就更多了:蒸、煮、下粥,都是通常吃法。把红薯煮好、压成泥,裹上面包屑炸成地瓜丸,就成了小朋友们的最爱,还可以把红薯切丁,与大米一起煮成红薯米饭也是极好的。对于我来说,最爱的就是烤红薯了,在街头遇到烤红薯的大铁炉,嗅到那蜜糖般的香甜味儿,我是一定要过去捧场的。特别是在寒冷的冬天,手上捧着一个烤红薯,就像捧着一个暖宝宝,手一热,全身都暖和了。剥开红薯烤焦的外皮,金黄色的红薯冒着甜蜜的热气,让人垂涎三尺。一个热乎乎的烤红薯吃下去,抹一把嘴角的糖稀,感觉整个人犹如新生一般。

  红薯,是我们皖北地区历史上家家户户餐桌上绕不开的一种主要食物。记得常河先生在他的散文集《一脚乡村一脚城》中,有表达对红薯的无奈与依赖之情。在20世纪60年代的那个特殊的历史时期,母亲面对着家中一群正在长身体的孩子,变着花样做饭成了难题。都说"巧妇难为无米之炊",无论是面条里面绕红薯,还是红薯下面藏面条,连续吃三顿以上,都会吃到胃反酸。而慈爱又巧手的母亲,用勤劳的一双手与一地窖红薯,硬是把艰难的时光"打发"了过去……可以说,红薯确实是那个时代既可以果腹又可以救命的主粮;红薯也代表了那个时代乡亲们热爱土地、思念故乡的一种乡愁。如今,从城市到乡村,温饱早已得到解决,乡村也全面脱贫,亟待振兴。乡村中,流转的土地上,除了种植传统的小麦等基本农作物之外,有的地方还种上了红薯的"亲友"：紫薯、番薯、蜜薯等经济作物。但无论何时，红薯以及"蜕变"后的粉丝，都如同代表着一种忆苦思甜的乡情，挥之不去，余味甘醇……

在诗人余光中心中，邮票、船票是他的乡愁；对于一个小时候在乡村里成长过，如今又下派到乡村工作的我来说，对红薯及粉丝的顾念，始终无法藏匿。

晚霞已经向村子洒落下一片浅醉的酡红，张大伯也带着乡亲们收起了那一挂挂晒干成型后的粉丝。那一挂挂的粉丝，已经嵌入了我对乡村的美好祝福。

10. 老年食堂"开张"了

老年助餐服务行动是2022年安徽省十大"暖民心"行动之一。根据省民政厅部署,我们亳州市2022年计划建成老年食堂(助餐点)341个,其中建成城市老年食堂(助餐点)127个,农村老年食堂(助餐点)214个,逐步实现城市社区老年助餐服务全覆盖。

如今,人口老龄化、留守老人、独居老人在乡村中普遍存在,我们李腰村也不例外。如何解决本村独居、高龄、失能、留守老人吃饭难的问题?驻村工作队与村党总支在参观了泲河镇首家老年食堂以及凡桥村等老年食堂以后,依托李腰村博艾玩具厂员工食堂,建立了"李腰村老年助餐点"。村党总支出资装修了餐厅,配备了桌椅板凳,以及灶台厨具,张贴了规章制度、挂了牌子,一间"车马炮"齐全、干净明亮的村老年食堂就顺利"开张"了。

随振英老人拄着拐杖,刚跨进干净明亮的村老年食堂,就有人扶着她在餐桌旁坐下来。大娘环顾四周,想仔细看看村里刚刚"诞生"的事物,就看到村"两委"张杰敏端着一个托盘向她走过来。张杰敏一边走一边说:"大娘,咱们村的老年食堂开业了,您今后就可以常来这里吃饭了。早、中、晚三餐都有,早饭有稀饭、面条、馒头、小菜,午餐、晚餐是一荤一素一个汤加上主食。大娘您看,今天烧的大白菜炖红烧肉、芹菜炒肉丝,还有紫菜汤和馒头,保管您吃好吃饱。"

看着托盘上色香味俱全的午餐,随大娘抑制不住喜悦的心情,说:"国家没有忘记我们这些老年人,开办了这个老年食堂,这可是为我们办了一件实实在在的大好事啊!你看,我一直跟着儿子、媳妇住。他们孝顺,啥事儿都不让我做。可他们要上班,要送孙子、孙女上学,还要想着一天给我做三顿饭。我总感觉在拖累他们!今后我就常来咱村食堂吃饭,也给他们减轻减轻负担。"

高庄的"五保"户董清荣说:"村里的这老年食堂开到俺们的心坎里了。我一个人吃饭真是愁,做饭不值当的,东凑合一点儿,西凑合一顿的。现在大伙儿一起来老年食堂吃饭,吃完饭还能一起唠唠嗑、下下棋,有说有笑的,又能多活好几年……"

他这一段话,把食堂里用餐的老人们都逗笑了。张勇书记对大家说,习近平总书记一直关心着咱们广大老年人的养老生活。今年11月18日,中共中央、国务院印发了《关于加强新时代老龄工作的意见》,要求各地结合实施乡村振兴战略,加强农村养老服务机构和设施建设,确保老龄工作有人抓、老年人事情有人管、老年人困难有人帮。咱们村的老年食堂就是落实民政部门的暖民心行动建设的。吃水不忘挖井人,咱们大家都是托共产党的福啊!

看到村里的老人们围坐在干净整洁的餐厅里,一边吃着热腾腾的饭菜,一边乐呵呵地聊着天,我随手拍下了一张张幸福温馨的照片。

接下来,村党总支将采取"村财政出一点、政府补助一点、农户个人掏一点"的模式,不断改进菜品搭配、提供优质服务、规范管理流程。以全村老年人愿意吃、吃得好为目标,帮助老年人切实解决用餐难的问题,确保助餐服务能覆盖到每一位老人。

相信"老年食堂"这项重要的民生工程,会营造出敬老、爱老、养老、助老的浓厚氛围,丰富老人们的精神文化生活。这是一件暖胃更暖心、提升老年人幸福指数的大好事。

第六章

如切如磋

1. 有朋自远方来

有朋自远方来,不亦乐乎？有志同道合的朋友(老师)从远方来走访交流,不是一件快乐的事情吗？答曰:然也。

2022年1月17日至19日三天之内,我们李腰村连续接待了三方友人。时值冬日,早上雾霾笼罩,中午暖阳和煦,偏僻的李腰村比平时热闹了许多。

1月17日下午,曾派驻泗河镇、古城镇、龙扬镇的3名第七批下派干部组成回访小组,在谯城区委组织部选派办及泗河镇组委的带领下来到李腰村,与第八批驻村工作队下派干部进行了亲切座谈,畅谈农村发展变化,实地感受脱贫成效,共商稳定脱贫举措,推进巩固拓展脱贫攻坚成果同乡村振兴有效衔接。

我首先向回访小组交流汇报了李腰村的基本概况、任期工作规划及驻村工作发现的问题。座谈中,原下派李腰村驻村工作队副队长、谯城区纪委监委一级主任科员张学国同志感慨良多:"看到熟悉的村庄、熟悉的村'两委'以及村庄周围的变化,真的很欣慰。我们下派驻村时,博艾玩具厂带动四五十名贫困户与留守妇女就业;现在二期工程已经建成了,不管是继续代加工生产玩具还是引进其他代加工产业,都会成为咱们李腰村村集体经济的支柱产业。另外,建议在下一步进村入户走访中加大对乡村振兴政策的宣传,配合土地流转政策,想方设法发挥5个专业合作社的作用,还要盘活咱村的莲藕种植和鱼塘资源,使经济效益和社会效益实现最大化!"

谯城区委组织部选派办的张金标主任,原第七批下派牛集镇牛集村党总支第一书记、区退役军人事务管理局副局长瞿明明,原下派谯东镇辛阁村党总支第一书记、区科技局副局长孙荟及涔河镇组织委员卢浩等同志分别提出了许多良好建议。例如,围绕存在问题——小视角出发谋划——打造"李腰视点",邀请专家开展农村实用技术培训,邀请历任下派干部、本村大学生等回村开展乡村振兴"头脑风暴"等。对于同志们提出的良策,我们照单全收,结合实际逐步落实。

1月18日下午,古城镇组委高威带领古城镇张桥村、李寨村党支部书记及驻村工作队一行8人到李腰村,与我们谋发展、谈振兴、话未来。在轻松愉快的座谈中,3位驻村工作队成员毫无保留地交流分享了工作情况。大家的交流重点在于土地流转之后的用途、偏远村庄如何发展村集体经济、农村人口"三留守"及老龄化、村集体企业招工难等问题。这些"三农"问题都是关系国计民生的问题,也是在解决城乡二元结构进程中出现的"发展不平衡、不充分"问题。乡村振兴是新时代"三农"工作的总抓手,在巩固脱贫攻坚成果与乡村振兴的五年巩固期内,我们深感第八批下派驻村工作队任重道远。

1月19日下午,我们迎来了谯城区委托省第三方做巩固拓展脱贫攻坚成果与乡村振兴衔接规划的调研组一行5人。在听取了李腰村开展巩固脱贫攻坚成果及村集体经济发展规划的汇报之后,调研组为我们提出了几个工作方向:一是巩固脱贫攻坚成果,对脱贫户进行分层次、分类管理,扶持脱贫不稳定户、边缘易致贫户,想方设法引领带动他们致富,选树脱贫致富典型;二是扶持农村专业合作社大户流转土地,发展新型规模性经营;三是依托本村省级"美丽乡村"项目的实施,全面开展乡村改造、农村人居环境治理、污水处理等工作;四是结合妇联工作职能,开展移风易俗、评选最美家庭等工作,打造乡风文明、生态宜居的硬件样板村。

回想这忙碌充实的三天,我深感压力与责任并存。连续三天接待各方同人,与他们互动的"头脑风暴"也给了我些许启发与思考。在总结经验的基础上结合实际,吸纳良策并付诸行动,或许就是解决问题的最佳方案。

千里之行,始于足下。

2. 三人行

《论语》有言,"三人行,必有我师焉",我深以为然。这句话之所以被人们常挂在嘴边,是因为它肯定了我们每一个人的优点,同时也告诉我们应该有虚怀若谷的心胸,努力做到向别人学习,取他人之长补己之短。

说起虚怀若谷,我自然想到了三国时期大名鼎鼎的诸葛亮。孙刘联合抗曹时期,因一场著名的赤壁之战,诸葛亮与周瑜之间发生了不少较量智商、情商的故事,如"草船借箭""借东风"等。穿插在这些故事中间,怎么也绕不开的一个人物,那就是鲁肃。周瑜深知诸葛亮足智多谋,故意刁难他,限他十天内造出十万支箭。诸葛亮在鲁肃的帮助下,利用曹操多疑的性格,调了二十条草船诱敌,终于"借"到了十万余支箭。在周瑜指挥赤壁之战,为东风之事闷闷不乐而病倒在床时,诸葛亮又在鲁肃的引领下不计前嫌,亲往探视,并亲自登上法坛"借"来东风,助周都督一臂之力。赤壁之战最终成功奠定了三国鼎立的基础。

再说说这三人。诸葛亮能言善辩的口才以及远瞻时局、运筹帷幄的能力,确实堪称我国古代历史上数得着的"智囊级人物"。一代儒将鲁肃,在孙刘联合抗曹期间,能找准自己的定位,心甘情愿陪衬诸葛亮和周瑜。从某个角度来说,他还是一个"和稀泥"的角色。这得要多么谦卑低调,才能在两位大军师面前做好团结工作啊! 联合抗曹,和衷共济是宗旨,鲁肃在此等大事上态度很明确,头脑很清醒。人在江湖行,强中更有强中手。只有虚心学习才会使自己更强大,才会有更大的格局。

"同过窗、扛过枪、下过乡,这样的三种经历都是人生中难得的缘分,要好好珍惜这段下派锻炼的时光。"初次拜访以前下派至李腰村的市政府副秘书长张光辉时,他跟我们如是说。陪伴我来到李腰村的,是来自谯城区的两位干部。我们的副队长程继敏大姐曾经是第七批下派扶贫干部。由于她工作出色、富有经验,又是水利系统的高级工程师,所以组织上安排她留任第八批,担任我们的副队长。程大姐热情开朗、不拘小节、亲切和善。每周一我们一起到村后,她总会第一个拿起拖把,把我们村部二楼的走廊、厨房等打扫一遍,让我们有一个干净整洁的生活环境。她总是争着做饭,变着花样给我们做好吃的。米饭配菜吃过两天之后,她就开始张罗着包包子、包饺子,或者擀面饼配豇豆,蒸一锅红芋叶窝头,再熬个红薯南瓜小米粥……我们三个人讨论着走访脱贫户家遇到的其人其事,大口地嚼着"忆苦思甜"饭,再站到窗前看看那一片片我们走过的麦田,这种真实、踏实的感觉是之前在机关办公楼里从未体会过的。

另一位队员王振远来自区纪委(监委),是一个九〇后的年轻小伙子。别看他年轻,却头脑灵活、稳重大方、思虑长远。振远大学毕业后就在乡镇工作,还曾挂职担任过行政村书记,后来经过公开选拔考试,进入区纪委(监委)。现在又回到乡村的他,对基层工作一点儿也不陌生,说起各项工作来头头是道,处理起信访问题也是有条不紊,让我刮目相看。振远虽然年轻,但是很懂得责任分担,他主动跟程大姐学习和面、蒸馒头、贴饼子、擀皮儿包饺子,这就是传说中的"传帮带"吧,有经验的同志不仅教年轻同志工作方法,而且还帮助提高生活自理能力。爱学习的振远还报名参加司法考试,工作之余看书、上网课,忙得不亦乐乎。

相比较而言,我这个工作队长长期在机关工作,对农村工作的认知几乎是从零开始。工作边干边学吧,只要你是个有心人。驻村半年来,我也学会了做一些家常饭。其中,擀面条是被他俩极为称赞的一道美食。鸡蛋和面后,揪成几个面团,再分别擀成薄薄的圆皮儿,最后折叠切成细条。煮好面摆好盘之后,我会为自己的作品拍照留念。这时,他们会笑着说,张队长,你的生活可真精致,一碗面条也能被你拍得像广告画儿一样。我笑答,艺术来源于生活嘛!记得有一次,我煮好面条摆好盘后,边让他俩先吃,边盛我自己的面条,谁知他俩坐在餐桌旁边迟迟不动筷子。我奇怪地问:"天冷,饭很快就凉了,你俩怎么不先吃啊?""你不是还没拍美图呢吗?"他俩异口同声。

感谢组织上把这两位优秀能干的队友搭配到我们工作队,共同服务于李腰村的人民。他们已然成为我的良师益友,我们组合成一个密不可分的"三人行"。半年来,我们工作队逐渐融入李腰村"两委"班子中。同志们在一起事事商量、以礼相待,和谐共处、亲如一家。必要时,我们也会"红红脸、出出汗",为的是遵规守纪,达到更好的民主集中。孔老夫子倡导"和为贵",时至今日,我仍然觉得这是一种处理人际关系的道德箴言。如果把"三人行"的概念再扩大,可以理解为人行走在社会中,时刻都会遇到需要学习借鉴、帮助提点我们成长的人与事。将眼光放长远,把姿态摆正,虚怀若谷、大智若愚,和衷共济、齐心协力,才会走得更长远。

3. 写在 2021 年的最后一天

年矢每催,曦晖朗曜。我们即将送别 2021 年。

这一年,中华大地上,我们党带领全国人民众志成城,经历了 365 个不平凡的日夜。

在劳动节过后不久,我国著名科学家、"共和国勋章"获得者、中国工程院院士袁隆平在湖南长沙与世长辞。人民不会忘记,一生都在致力于杂交水稻技术的研究、应用与推广创建的袁隆平院士,以及他为我国的粮食安全、农业科学发展与世界粮食供给做出的杰出贡献。

在蝉鸣如雨的夏日里,我们迎来了中国共产党成立 100 周年的举国同庆,当看到习近平总书记为"七一勋章"获得者颁授勋章时,无数党员群众流下了感动的热泪。

在叠翠流金的深秋时节,我们豪情满怀地迎来了党的十九届六中全会的胜利召开,看到国际社会盛赞中国吹响向第二个百年奋斗目标进军的号角。

在岁末年终之际,我们的目光与憧憬聚焦在神舟十三号航天员乘组在轨开展第二次出舱活动。我们骄傲,中国的航天事业被航天员带向宇宙的更深更远之处……

这些壮阔宏大又触动人心的重大历史事件都发生在2021年。回望即将过去的这一年,因为有了党的领导,有了如你我一样亿万平凡人的付出,2021年成为历史长河中不平凡的一年。我们党必将带领14亿中国人民排除万难、开拓进取,在全面建设社会主义现代化国家的新时代新征程上加速前进……

2021年对于我来说,也是不平凡的一年,工作与生活都有所变化。年初,自己做了两个小手术,侍奉老妈做了一个大手术,娃儿升入六年级毕业班。在千头万绪尚未厘清之际,我又踏上了"开弓没有回头箭"的下派驻村之路……这一年中,最值得庆祝的是市妇联集全员之力,历经数月筹备,于岁末年初胜利召开全市妇女第五次代表大会,成功选举出新一届市妇联领导班子。作为代表,同时又是工作人员,身临庄严喜庆的会议中心,聆听省妇联主席刘苹、市委书记杜延安、市委副书记张志强的讲话,讨论市妇联主席徐丽作的工作报告,为新一届妇联执委投上宝贵的一票!这样隆重的仪式感,让我这个从事妇联工作二十多年的党员一次次哽咽,对妇联职业的敬畏与亲切无以言表。浏览到那一块块展示全市妇联工作成就的展板,记录编辑发布大会实况的报道,与代表们一起留下最美的瞬间……每一份材料、每一次会议、每一张图片、每一张笑脸,都凝聚了大会筹备组全体人员的心血与汗水,汇聚着同志们团结奋进、展望未来的美好祝愿。亳州市妇女第五次代表大会必将封印着岁月的沉香,永久镌刻在全市妇女工作的史册中。

12月28日上午,市妇女第五次代表大会圆满闭幕之后,我立刻赶到市委党校,参加谯城区第八批选派帮扶干部乡村振兴业务培训班。时任区委常委、组织部长、统战部长的张建影作了开班动员。3天的培训,157名下派干部聆听了市纪委监委、市委组织部、市委党校、市人民检察院、区乡村振兴局、区农业农村局、区财政局等单位领导及业务科室负责人讲解的最新政策及业务知识。

与历次培训不同的是,本次培训安排了亳州市青年创客空间的电子商务师、创业培训讲师梁浩为大家解读了当下最热门的"直播电商"课题。他的授课把"讲课模式"切换成了"聊天模式",走下讲台与学员们侃侃而谈。梁浩所讲的"私域运营""定向邀约"等概念,让我这样不刷抖音的学员真的感到了自己的落伍。但是,在当下这个新媒体时代,抖音确实已经成为"流量"担当。大家所知的营销平台通常有三个:淘宝、线下、直播。这里说的直播,大多指抖音的带货平台。之前因为偶尔看到抖音里的内容貌似都是一些妙龄美女炫房炫车、家有宠物的小视频,或是一些搞笑甚至恶俗的段子,所以我一直对抖音持"屏蔽"态度。现在了解了抖音强大的带货功能,看来我要重新学习这个软件了。

说起直播带货,谯城区颜集镇李集村第一书记、来自省检察院的下派干部操知璇就带了个好头。他安排李集村的一位特产经营老板在市区三曹路(亳州四中附近)对面开了个香亳亳特产经营店,并在店里布置了一个"第一书记来直播"工作台,应该说是我们下派干部中抖音直播带货"实操模式"第一人了。

水滴只有融入大海才不会干涸,这就叫海纳百川。在这个伟大时代里,坚信党的领导,朝着目标向前才是正确的方向,这就叫不忘初心、笃定前行。放眼广阔天地,有的人注定成为你生命中的过客,而有些人在你成长的道路上陪伴指点,必定成为你的贵人。

写至结尾,我借用文友张健今早发给我的一段话:人生已矣、时光荏苒,好像挥手再见或者不见,已成为一种生活的常态。一些人、一些事、一段风景,与你在人生的列车上相遇、离开。如同今天,我们就要告别2021,去奔赴一个新的年份,开启一段新的时光……

希望我的朋友们心怀远方、脚步坚定、眼中有光,为在乎的人与事心无旁骛,笃定向前!

4. "小考"

本周,亳州市迎来省乡村振兴局委托第三方实施的巩固脱贫攻坚成果后评估督查。这是2020年全国取得扶贫工作"大考"圆满成功之后,我们开展巩固脱贫攻坚成果与乡村振兴相衔接工作以来迎接的第一次"小考"。

我们第八批驻村工作队自2021年6月10日下派以来,共计参加了7次省、市、区三级关于巩固脱贫攻坚成果与乡村振兴相衔接的培训,组织部、乡村振兴局、农业农村局、医保局、民政局、教育局、卫健委、水利局等部门在历次培训上分别解读了各部门的最新政策,为我们开展当前工作提供了强有力的政策依据。

2021年8月17日下午,在市委农村工作领导小组暨巩固脱贫攻坚与乡村振兴成果视频会议上,时任市政府副市长的应国君提出要按照全国、全省会议精神,在10月底之前将脱贫攻坚后评估各项工作落实到位。时任市委副书记的张志强强调要围绕脱贫攻坚后评估考核的"指挥棒",重点抓好脱贫户"两不愁三保障"及饮水安全等工作落实;驻村工作队要围绕促振兴、聚力抓开局,抓好班子、带好队伍,明确职责、理清思路,按照年度计划逐项稳步落实。9月23日,在全市巩固脱贫攻坚成果与乡村振兴视频会议上,市委书记杜延安对国务院脱贫攻坚后评估工作进行了重点安排部署。他要求各级提高政治站位,党政同责、认清问题、厘清思路,以"思路不乱、队伍不散、工作不断、干劲不减"的扎实作风,以"把脱贫户当亲人一样对待"的亲民态度,认真巩固脱贫攻坚工作成果,推动后评估工作圆满完成。

之后的镇工作例会上,镇党委书记冯新、镇长韩宜峰、副书记唐小龙多次安排了脱贫攻坚后评估工作,要求各村按照巩固脱贫攻坚集中排查出的问题清单,全面抓好整改,确保后评估迎考的落实。

11月23日下午,我们李腰村终于迎来了省脱贫攻坚后评估的检查组一行5人。其中,2人负责填写问卷以及进村入户实地查看,3人负责访谈。他们在遍访脱贫户的基础上,对我村的两户重点监测对象(张园庄的脱贫不稳定户张灵、周寨村的边缘易致贫户信永夫)进行了重点走访,对照2021年巩固脱贫成果第三方评估监测户调查问卷,逐一厘清他们的帮扶措施落实情况。

张灵本人与妻子、女儿都有残疾,儿子在泚河镇上学,对于这样一个特殊的家庭,村里为其办理了低保、养老保险、残疾人补贴、儿子上学享受助学金等一系列帮扶措施。张灵与老父亲张现同住在一起,勤劳的张现同在村党总支的关心帮助下,办了一个小型家庭养殖场,目前存栏10头牛、近10只羊。当省第三方后评估的安农大学生们在驻村工作队及包村干部的陪同下来到他家实地查看时,张现同老人黝黑的脸上闪耀着动人的光彩:"要不是国家的扶贫政策好,俺家哪能过上现在这样的好日子呢?现在虽然俺们脱贫了,但是帮扶政策都还在继续兑现。村干部、工作队隔三岔五就来俺家看望,问问可缺这少那,身体可好。俺活了这把年纪,年轻的时候受穷,老了还过上好日子了。感谢国家、感谢党!"

由于村党总支张勇书记临时有接待任务,我在村部一楼会议室接受了后评估小组的访谈。选派干部村情应知应会及村级访谈提纲,都是我们工作队与村党总支讨论研究后由我执笔填写的,所以面对后评估组3位同志的"问答与考试",我在初始紧张之后的愉快谈话中慢慢淡定下来。在简单听取了李腰村的村情村貌、党建工作及村"两委"换届情况、村集体经济发展概况介绍之后,后评估组提问:对于乡村振兴是如何谋划的?这当然是我重点准备的一个问题。乡村振兴的20字总目标我已然烂熟于心。今年是巩固脱贫攻坚成果与乡村振兴相衔接的第一年,我们的工作重点是巩固脱贫攻坚成果,坚决守住不发生规模性返贫的底线。同时,在上级党委、政府的领导及各部门的指导下,探索开展乡村振兴工作。

第一个方面,作为驻村第一书记,第一要务是筑牢党建根基,进一步加强基层党组织。维护好李腰村党总支市级"五星基层党组织"荣誉,努力打造一座联系群众、服务群众、凝聚群众的"红色堡垒"。我们李腰村除每月正常开展主题党日(一月一课一片一实践)活动之外,还规范推进了村"两委"换届事宜。李腰村党总支于2021年11月2日进行了成功规范的换届选举。村民委员会换届选举目前已发布5次公告:成立换届选举委员会公告、选出村民代表名单公告、选举委员会公布选民登记公告、公布选民名单公告,目前正在进行选民投票候选人环节。

第二个方面就是强化监测帮扶，巩固拓展脱贫攻坚成果。我们按照聚焦责任落实、政策落实、工作落实、成果巩固的要求，在做好脱贫户"四个不摘"及动态监测的基础上，加强工作走访，重点对脱贫不稳定户、边缘易致贫户、低保户、"五保"户以及突发严重困难户开展常态化监测，重点监测"两不愁三保障"及饮水安全状况，采取政策帮扶和困难救助等措施，坚决守住不发生规模性返贫的底线。

第三个方面就是探索开展乡村振兴工作。其包含两个切入点。一是改善基础设施，促进乡风文明发展。李腰村是2020年省级"美丽乡村"建设项目点。我们依托项目资金，全面落实农村人居环境整治行动任务及改水改厕等工作，改建村容村貌，搭建文化广场与"文化阵地"，有效提高了村民生活品质，丰富了村民文化生活。深入开展群众性精神文明创建活动，大力倡导文明新风，在全村常态化开展"最美家庭""最美家庭成员"（好媳妇、好婆婆）、"美丽庭院"等创建评比活动，以良好的家风家教促进社会的和谐稳定。二是抓好优势产业发展，共促产业振兴与群众增收。在夯实班子带好队伍的同时，在推动常规村集体经济项目——产业水产养殖、合作社、烘干房、土地流转等基础上，利用我们协调申请的2021年区乡村振兴衔接项目资金，重点做大做强本村集体经济博艾玩具厂。截至目前，投资150万元、建筑面积2000平方米的李腰村博艾玩具厂二期工程已收尾，预计年底将投入生产。届时，我村可以带动更多脱贫户与留守妇女就近就业，带领村民共同走上乡村振兴、共同富裕之路。

5. 充电

一

午后的陵西湖，安静、慵懒。没有一丝风，湖面如镜。对岸的高楼在绿树的映衬下挺拔矗立，瓦蓝的天空中飘着片片云朵。湖边栈道旁的树枝上，知了在不知疲倦地鸣唱着。它们也知道这盛夏时节有多酷热，一声声地鸣唱，仿佛在提示人们，热啊、热啊……

"兰姐，这大中午的，我看只有咱俩傻傻地出来晒太阳吧。"柳欣书记走在我旁边。晒黑了的健康肤色，搭配上她那副近视眼镜，让我对这个朴实又勤奋的妹妹好感倍增。

"培训课程安排得满满的，饭后出来晒晒太阳，补补钙嘛。咱俩这叫为工作打好革命的基础。"我擦着顺着额头流下的汗珠，微笑着对柳欣说。

柳欣接过我递的纸巾，继续说："兰姐，你们村的博艾玩具厂最近生产经营情况怎么样？听说你们村还建好了乡村大礼堂，有机会一定要去参观。"

我接着说:"村里的玩具厂在持续接单生产。姐要向你学习,妹妹你虽然年轻,但是工作很有魄力啊!你们村注册了'门庄蔬菜'商标,建立了蔬菜交易市场,还支持帮扶村民兴办了与村集体分红的金口宴白酒企业。听说你们还成立了第一书记金融服务室。下派一年多来,妹妹带领村'两委'取得的这些成绩,真是可圈可点!"

是的,这是谯城区委组织部安排的第八批选派干部乡村振兴能力提升专题培训的8小时之外,我与谯城区古井镇门庄村第一书记柳欣在陵西湖公园散步场景的回放。

本次培训安排在陵西湖畔的龙华迎宾馆,时间是从2022年7月24日至28日,历时整整5天。培训班邀请了市委组织部、市委党校、区纪委监委、区乡村振兴局、区民政局、区农业农村局等14家单位的相关负责同志前来授课,为180名选派干部讲解了习近平新时代中国特色社会主义思想概论、农村基层组织建设专题、农村工作方式方法、"用好衔接资金　助力乡村振兴"以及各部门的最新帮扶政策。

二

记得去年9月10日,第二期全省驻村第一书记乡村振兴培训示范班在市委党校报告厅举办。在最后一天交流发言活动中,培训班安排我担任主持人。虽然主持这个工作对于我来说并不陌生,但是第一次与全市800多名选派干部进行沟通交流,我还是觉得压力山大、诚惶诚恐。接到任务后,我根据对交流发言书记们的第一印象、他们的选派单位以及他们的发言标题,草拟了自己的主持词。一段简单的开场白之后,第一书记们一一上台发言。我再将他们的发言内容凝练后加入主持词,对每一位书记的发言进行简短点评,再邀请下一位。当时,柳欣书记与立德镇申楼村第一书记马腾飞代表谯城区发言,加上其他三县的第一书记,那一次共有 8 名同志进行典型发言。也就是那时,我把他们当成了学习的榜样。

一年来,我们在第八批选派干部第一书记工作群、谯城区第八批选派干部工作交流群等微信群中经常"见面"。颜集镇李集村第一书记操知璇、谯城区十八里镇小怀村第一书记朱宇鹏、观堂镇张各村第一书记何贵勇、颜集镇黄营村第一书记赵玮玮、谯东镇余集村第一书记李冰、涡河镇四里村第一书记王浩等,战友通过与兄弟村互通工作信息、共同"晒"工作(图片)等方式增强了沟通、加深了友谊。

自去年 6 月 10 日下派驻村以来,省、市、区三级已组织我们第八批选派干部进行了 10 次培训(其中,省级 1 次、市级 3 次、区级 6 次)。历次培训,不仅授课内容丰富,而且交流形式更为多样。例如谯城区安排的本次培训,就利用了两晚及一个上午的时间,分别安排了主题沙龙——"驻村第二年,我们这样干"选派干部畅聊会,经验之谈;"情系乡村心向党,我是驻村干部";"头雁领航 竞技谯城"擂台比武活动。以上三个活动,我有幸参与了第一个。

三

既然是畅聊会,我的理解是,要比经验交流会来得轻松些。自从写作以来,我一度认为自己的语言表达能力明显弱化了,说话的时候有时会词不达意,或者不能及时找到合适的词语、句子表达想说的话,明显感觉嘴巴跟不上脑子的节奏。但是,当安静地坐在电脑前敲字的时候,我一个字接着一个字、一句话接着一句话,基本可以一气呵成。

更令我感到有压力的是,我们村"两委"干部的语言表达能力都很棒。开会时,包括张勇书记在内的所有村"两委"都是直接张口就来,没有一个人像我一样拿着笔和笔记本。他们长期在基层工作,练就了一个"超强大脑",所有工作都装在里面,随时用随时取。

这样的情况,时刻鞭策着语言表达能力弱化的我。所以,接到这次发言任务时,我想试试看,在这次发言中是否可以不使用书面发言稿,而是厘清发言内容后,根据提纲再进行临场发挥？犹豫了一下之后,我选择了后者。

正如市委组织部蒋均平、宋学新两位领导给同志们培训时说的一样,第一书记要干好主业（党建工作）,抓好重点工作（巩固拓展脱贫攻坚,成果坚决守住不发生规模性返贫这条底线）,探索发展乡村振兴工作（做大做强各项村集体经济项目）,用贴近民心、体察民意的农村工作方式做好下派驻村工作。根据两位领导的授课思路,我列出了发言提纲,还写了一些关键词。这样可以提示自己顺着提纲的脉络以及关键词的内容来发言,不至于聊天儿聊到跑偏。

观堂镇张各村第一书记何贵勇在畅聊中,对我们市妇联给予挂牌的"木兰扶贫驿站"和最近申报的"阳光驿站"等项目大加赞赏。我初步统计了一下,谯城区有7个下派驻村工作队在妇联的指导支持下申报了2022年的"阳光驿站"项目。战友们都说,妇联可是为群众送温暖、办实事的重要部门,我们要指导用好项目,为村里的孩子们送去真正的关爱与实惠。

从其他战友的发言中,我也找到了工作差距。是啊,在干好主业的基础上探索发展乡村振兴,从某个角度来说,无论大小,任何一个项目的投入对行政村的发展都是有利的。积少成多、聚沙成塔,多一分力量就是多一分贡献。

最后一天的选派第一书记"头雁领航　竞技谯城"擂台比武魏岗赛区晋级赛,为本次培训班画上了圆满的句号。10位第一书记按抽号顺序悉数登台亮相,用PPT演示及口头演说的形式集中展示了驻村工作的精彩场景。十八里镇小怀村第一书记朱宇鹏带领村党委发展阳光大棚项目;魏岗镇崔庄村第一书记孙翔海带领村党总支注册"崔庄兴农"商标,指导村民发展绿色种植项目;芦庙镇徐庙村第一书记姜玉山挖掘树立群众身边的老党员榜样;牛集镇大王村第一书记闫卫东协调上级投资20万元,对村部进行升级改造;颜集镇黄营村第一书记赵玮玮联合派驻单位市人大与村党总支开展党建共建;十河镇李小村第一书记李允国申报市妇联"美丽家园行动"项目,关爱帮扶弱势群体……经过评委们综合评分,柳欣书记、朱宇鹏书记、操知璇书记荣获前三甲。这三位80后、90后第一书记在充分展示驻村工作成绩的同时,也勾勒出新时代年轻党员干部的青春风采与拼搏干劲。

培训恰如充电,为我们选派驻村工作定期提供了储备。放眼当下,驻村工作仍在继续。我这个不再年轻的党员干部更要向年轻人学习、向基层学习,学习他们的冲劲儿和闯劲儿,学习他们的经验和见识。

人生没有白走的路，付出就会有收获。正如谯东镇余集村第一书记李冰在培训畅聊会上说的那样："驻村第二年，咱们要真的动起来了。"

6.打擂台

一

丁零零……闹钟的振铃声把我从梦中吵醒。

做的什么梦呢？梦中的我在汇报席上一边展示PPT，一边口头汇报李腰村一年来的工作。中间不知触碰到了哪一个按键，PPT从手动切换变成了自动切换，而且切换的速度明显快于口头汇报。看着快速跳转的页面，我急中生智按下了笔记本电脑左上角的"Esc"键，PPT回到了可编辑页面。但在我调整页面重新切换到放映模式时，它又秒变回自动切换！

正在这时，闹钟的振铃响了，6:20。

擦了擦额头上被急出的汗珠，下床拉开窗帘，我被眼前那一片银白色的世界惊艳了。

前一天还是阳光普照，一夜之间，雪姑娘就如"随风潜入夜"一般，悄悄地为大地披上了一件洁白无瑕的羽袍，干净轻盈，通透无邪。

距离今天上午的谯城区选派第一书记"头雁引领　竞技谯城"擂台比武活动古城赛区的比赛尚有两个多小时,我必须抓紧时间了。

路面的雪已被环卫工人清扫干净,树枝与灌木丛上还装点着亮晶晶的雪冰凌。魏武大道上逐渐恢复了车水马龙的热闹,这座城市经历了疫情放开后短暂的空寂,正慢慢地恢复之前的繁荣。

二

古城镇作为本次擂台赛的东道主,自然承担下了筹备、服务、接待等各项工作。前来参赛的古城镇、泇河镇、赵桥乡、立德镇、双沟镇、龙扬镇的6个乡镇的书记到齐之后,镇党委委员高威同志微笑着端来一个小票箱说:"各位书记,欢迎大家来到古城镇。今天擂台赛的场地是我们镇的综合文化站,也是我们镇举办大型活动的一个多功能活动室。观众席的第二、第三排预留了各位书记的座位,方便大家进出前往主席台汇报;各位的PPT已经拷贝到主席台上的笔记本电脑了,请大家稍后各自操作、熟悉一下;另外,工作人员台旁边准备好了开水和茶叶。大家还有什么需求尽管提出来,我们一定为各位书记做好服务,让同志们交流时展现出最好的风采!咱们来抽个签儿吧。"

暖意融融的活动室,宾至如归的服务,互相谦让的抽签儿,仿佛把一场风风火火的擂台赛变成了一次切磋交流的茶话会。

平时战友们都在各自的驻村忙碌着,只有在微信工作群中交流"见面"。这次的擂台片区赛为谯城区东南片6个乡镇的战友提供了一次难得的面对面的交流机会,大家聚在一起很自然地聊开了:"腾飞书记,你们喜宝鞋业分厂现在有多少工人?用工稳定不?""王浩书记,你们的第一书记信访调解室最近接访量怎么样?""传跃书记,你们村儿的羊肚菌长得咋样了?冬季养护可需要上一些保温措施?""张书记,你们村儿的粉丝销量咋样?大家会后都跟张书记一起去李腰村买一些,再顺便向亲友、同事们宣传宣传"……

三

泗河镇四里村的王浩书记把抽到的号码捏在手里,幽默地对大家说:"战友们,你们看我这抽的是6号还是9号啊?"一句话把大家逗乐了:"不管是6号还是9号,你第几个上台就是几号!"

我刚把手伸到小票箱里,就触碰到一张硬纸质感的号牌。拿出一看,是4号。心想,不"挑三拣四",就是你了!咱不求"四方来财""事事如意",但愿"四季平安""四平八稳"即可。

一边听着前面几位战友的汇报,一边翻阅着自己准备的汇报材料。经历了几年在单位办公室的工作历练,我已经练成按照工作年份、内容分建文件夹,主动撰写工作计划、总结,注意留存工作活动图片,制作PPT等基本功。所以,接到片区赛通知后,我就着手列出提纲、撰写工作汇报,再根据工作内容查找相应工作图片,初步规划PPT的模板及页数。平时,想到要添加的文字或图片就记下来,及时填充到汇报材料及PPT中。这样的修改不知进行了多少遍、多少处,直到自己初步满意,再发到工作队及村部征求意见,最后再修改完善。所以,我的工作汇报是集李腰村工作队和全体村"两委"努力的结晶。

一个活动、一项工作堆砌起来,去掉穿靴戴帽,几乎是两三句话概括一项工作的极度浓缩。我的工作汇报列出了3个方面,12个小项,有2800字的汇报内容;PPT展示也制作了34张页面,包括143张图片的海量内容。赛前,我试着一口气汇报完毕,一边对应翻阅着PPT,计时10分钟,如果再加上开头的介绍以及每项工作中间的稍作停顿,要求的12分钟时间应该不会超时。

注意力在手上的汇报材料和电脑上的PPT展示,时而与评委、观众进行微笑互动,我终于顺利地完成了展示汇报。

战友们在轻松的氛围中完成了各自的汇报,大家也在相互学习中增长了见识、交流了经验。在其他战友的谦让中,我有幸与马腾飞书记、王浩书记进入了片区前三甲。

由炎夏至寒冬,下派驻村不觉已一年又半载。仅以此次擂台赛为新的起点,继续安心驻村、埋头苦干,期待再为李腰村人民群众交出一份满意的答卷。

7. 大排查

全省一年两次的防止返贫监测帮扶集中大排查工作启动两周了。为贯彻落实 5 月 4 日谯城区 2023 年防止返贫监测帮扶集中排查动员暨培训相关精神，淝河镇于次日召开了全镇大排查动员暨培训会议。镇党委书记史伟强调，此次大排查要结合第二季度的"四季菜单　暖心走访"工作以及平安建设矛盾大排查等工作开展，认真落实、严谨推进、务求实效。

李腰村党总支于 5 月 8 日召开李腰村 2023 年防止返贫监测帮扶集中排查动员暨培训会议，全体村"两委"、驻村工作队以及村民小组长参加会议。村党总支书记张勇领学了《2023 年防止返贫监测帮扶集中排查工作方案》。在吃透谯城区、淝河镇两次培训会议精神之后，我给同志们进行了大排查工作梳理。经过培训和学习工作方案，同志们都了解到，今年的大排查要因地制宜，结合工作实际，一是将大排查工作与第二季度的"四季菜单　暖心走访"以及平安建设矛盾大排查等走访工作相结合。咱们到群众家中，首先发放 2 张"明白纸"，也就是防止返贫监测对象申报政策"明白纸"和有针对性防止返贫监测对象主要帮扶政策"明白纸",再在墙上张贴1个二维码,也就是防止返贫监测农户申报"一码通";其次给群众发放暖心走访第二季度宣传册,向大家宣传好现在的就业、招工政策信息等。咱们村群众工作服务站的业务服务,询问群众是否有困难,对现在的政策是否了解,等等,力求让每个农户都做一个政策"明白人",并及时做好问题采集。

二是大排查的对象是所有农户。要特别关注脱贫户,特别是2020年脱贫、整户无劳动力、近三年家庭人均收入持续减少的脱贫户等重点人群,以及"九类人群"(低保户,整户无劳动力户,新致残和重度残疾户,分散供养的特困户,家庭有非义务教育阶段在读的多子女户,因病因灾因突发意外事故,基本生活出现困难的农户等)。更要特别关注收入下降的农户、生活困难的独居老人以及新增的低保户这三类人群,把符合条件的按程序识别为监测对象。

三是采用传统与智能化相结合的排查方式。同志们入户时要携带从国办系统导出的信息核查表,走访结束后,用手机登录暖心走访小程序,认真填写走访内容,及时录入系统。这几个环节要环环相扣、实事求是,绝对不能马虎。咱们这次集中大排查的时间是从培训开始,到5月20日前完成。

四是做好大排查的信息汇总。亳州市今年的监测范围是7900元,要密切关注农户的"两不愁三保障"和饮水安全的持续巩固。我们要在精准排查的基础上,逐户核对每户的收入,查看是否有风险消除户,如果条件符合,即可解除风险;对风险消除不稳定的进行"回退";对符合条件的监测对象要应纳尽纳,坚决防止"体外循环"。另外,要对脱贫户和监测对象两类群体的基础信息数据核实准确,及时予以更新更正、补充完善。

以上几点是大排查期间的主要工作内容。我们扎实开展工作,就是为今后的建立台账、整改问题打好基础。所有同志都态度端正、认真对待。工作队与同志们一起并肩作战。

动员培训后,同志们就开始忙碌起来。先打电话,外出务工的,或走亲戚不在家的农户,先进行电话走访。在家的农户,约好走访时间,马不停蹄开始入户。大家身穿谯城区统一发放的"四季菜单 暖心走访"白T恤,手拿资料、表格与手机,挨家挨户上门走访……

正是榴花红、杏儿黄的初夏好时节。家门前种有杏树的乡亲们,正在采摘夏收的果实。张小庄村的周三臣拨开浓密翠绿的叶子,摘下黄澄澄的杏子递过来:"尝尝咱家的这麦黄杏儿,软糯可口、开胃消食,一点儿都不酸。来往的、赶集的,都会顺手摘走几个。你们晚来两天啊,恐怕就不一定有这口福了!呵呵!"

8. 迎"大考"

2023年2月9日,我们即将迎来一次"大考",这是一次全省各地市综合核查与省委托第三方后评估同时进行的巩固拓展脱贫攻坚成果"大考",更是我们第八批工作队下派驻村以来的一次顶级工作检验。

全省16个地市104个县区,包括亳州市的三县一区在内的70个有巩固拓展脱贫攻坚成果任务的县区,都要参与这次"大考"。

对于这次"大考",市、区、镇各级党委、政府都非常重视,自1月30日接到省乡村振兴局下发的皖乡振发〔2023〕6号《关于开展2022年度巩固拓展脱贫攻坚成果同乡村振兴有效衔接综合检查和第三方评估的通知》以来,市、区的两级组织部门、乡村振兴局立即深入各村进行暗访督查,市、区、镇三级迅速召开会议,对迎接此次"大考"进行部署安排。2月3日下午,谯城区21个乡镇的分管负责同志、乡村振兴工作站、村党总支书记以及驻村工作队队长在谯城公安分局参加了全区巩固拓展脱贫攻坚成果同乡村振兴有效衔接培训会。副区长张苗平为与会同志作了一个形势分析及鼓劲动员,区乡村振兴局党组书记、局长黄丹为同志们梳理了迎"考"前的"考试重点"。业务科室负责人又为同志们作了详细的业务辅导。

领了会议精神,学习研究了一周以来的各个会议部署以及文件资料,我们李腰村也马不停蹄地投入迎接"大考"的全面准备之中。

首先,明确此次"大考"的核查对象。综合核查抽查6个村(其中出列村不少于3个),抽查农户120户(其中脱贫户和监测户不少于80户);第三方后评估抽查农户600户(其中脱贫户250户、监测户200户、一般户150户)。也就是说,每个村至少有1次被核查的机会,"幸运"的话,还可能面临综合核查、后评估两个"考试"机会的叠加。

其次,了解此次"大考"的方式方法。包括查阅资料、干部访谈、入户调查、项目核查以及问题反馈与复核这五大块内容。与往年综合核查的结果运用不同,今年的核查等次由往年的"好""一般"两个等次被细分为"好""较好""一般""较差"四个等次。对于"考试"结果为后两个等次的市、县、区和个人,进行约谈提醒、挂牌督办;对于责任、政策、工作落实不到位导致规模性返贫的市、县、区和个人,严肃追究责任。

最后,研究此次"大考"的内容。包括责任落实、政策落实、防止返贫动态监测、精准帮扶、重点工作、成效巩固、乡村建设和乡村治理这八个方面。针对黄丹局长在培训中通报的近期暗访发现会议记录不全面不规范、项目资产管理台账不规范、省内务工一次性交通补贴发放不及时、集中大排查问题整改资料不全、户内资料缺失、住房安全、公益岗位工资落实不到位等问题,做到对标对表、补差补缺、引以为戒。

在召开了全体村"两委"会议之后,我们对迎接此次"大考"作了如下总体安排:"全面准备"与"全面走访"两方面工作齐头并进。

"全面准备"包括以下几点。一是完善档案资料。确保有巩固拓展脱贫攻坚的年度工作计划、工作总结,有会议记录;有 2022 年 5 月份、10 月份两次大排查的资料及问题整改台账;有网格化相关资料、稳岗就业相关资料以及项目资料、光伏收益分配相关资料等。将所有资料准备妥当,规范分类放入档案盒。二是干部访谈。由工作队执笔拟写访谈提纲,内容涵盖村级村貌等基本情况,每户的衔接政策(教育政策、残疾人补贴、"四带一自"政策、小额信贷政策等)落实情况,以及今后的发展思路等内容。三是维护卫生环境。按照"四净两规范"要求,结合日常的人居环境整治工作,务必做到村庄大环境清洁干净;农户家中做到室内净、院内净、厨房净、厕所净,生产生活用品摆放规范、畜禽养殖管理规范。四是准备迎检预案。与村党总支共同商量研究,形成细化可行的方案,确保顺利完成迎检工作。

"全面走访"即走访核查"核心指标"的落实情况。聚焦脱贫户的"一收入、两不愁、三保障以及饮水安全",仔细入户进行走访核查,确保脱贫户、监测户以及重点帮扶户(即家庭人均纯收入低于监测范围,三保障和饮水安全出现问题的低保户、收入下降农户、残疾人等)2023 年的帮扶手册填写完整、更新及时,帮扶措施精准到位;核实每户的"明白卡"、收入核算表、住房鉴定表、小额信贷协议等书面材料齐全;确保人不住危房、危房不住人。

"大考"在即,压力与责任并重。每一个被抽查到的村都代表整个谯城区,甚至是亳州市的水准,怎能不让人战战兢兢、惶恐不安？看到微信群里兄弟工作队的战友们都在紧锣密鼓地进行逐户走访、完善档案资料,我们工作队也丝毫不敢马虎,与村党总支紧密抱团、全力以赴。

9. "娘家人"又送义诊来

"娘家人"是妇女同胞们的娘家,也是妇联所属协会以及市直各单位妇委会的坚强后盾。这不,2023年"三八"妇女节前夕,成立有妇委会的市人民医院就主动联系市妇联,想要联合举办送义诊进基层活动。徐丽主席说,"我们单位的选派干部在泚河镇李腰村,义诊就送到泚河镇吧!"适逢庆祝"三八"国际劳动妇女节113周年,这也算是市妇联和市人民医院为广大农村妇女送来的一份实惠的民生医疗"大礼包"。

泚河镇党委书记史伟与镇长黄晓涛在活动当天都需要参加市、区的会议,活动的安排、对接落到了镇党委副书记卢浩的身上。3月7日,镇周例会之后,卢浩带着我和工作队副队长程继敏,在镇政府为义诊活动选合适的房间、咨询台的位置、宣传横幅的悬挂处,下发义诊活动通知等,忙得不亦乐乎。

筹备工作车马炮齐,3月9日上午9点,"关爱女性大健康 幸福千万小家庭"主题义诊活动正式开始。市人民医院宣传部的金洁部长带着妇产科、甲乳外科、超声科的5位专家如约到来。简单地相互介绍之后,专家们便开始忙碌起来。咨询台前,涡河镇10个村的适龄妇女群众在工作人员的引导下排队问诊。问诊之后,大家有序前往室内进行乳腺癌筛查、子宫颈癌筛查、盆底功能障碍以及妇科常见病多发病检查。专家们耐心回答妇女群众提出的有关妇科疾病和健康问题,并为她们进行了免费B超检查。

"今天的这个义诊活动太及时了,让我在家门口就享受到了市人民医院专家的服务!专家特别有耐心,还能免费做B超。我早就想去看病了,家里孩子小、事情多,就一直拖着没去。"前来问诊的王女士激动地说道。

落实"一改两为",为民办实事,"娘家人"市妇联一直在行动。诸如送义诊到基层这样的活动,徐丽主席去年就带领市女企协会员以及亳州兴华医院的专家来李腰村开展过一次。

为了筹备好那次义诊,李腰村党总支没少花心思。张勇书记在全体村"两委"会上安排:张兰兰书记的"娘家人"带着女企业家来咱们李腰村送义诊、送爱心,这是我们李腰村的荣幸。我们要全力以赴做好准备与配合工作。义诊的场地就放到咱们的乡村党建大礼堂吧。彼时,李腰村的乡村党建大礼堂刚装修一新,通风干燥又宽敞明亮,作为义诊的场地是再合适不过了。

2022年6月30日上午,市妇联、市女企协"迎七一、促帮扶"巾帼送温暖大型义诊活动如期举办。那是村部乡村党建大礼堂第一次迎接那么多的宾客。时值炎夏,人坐在屋内不动还不停出汗,更何况医疗专家、村"两委"要把桌椅板凳、B超机器、检查床等搬运到合适的地方。形容他们在挥汗如雨中工作并快乐着,一点儿也不夸张。

市女企协会长、亳州兴华医院院长卞立勤带着耳鼻喉科、口腔科、眼科、中医康复科、超声科等六大科室的专家前来坐诊。专家们认真聆听每位患者的病史,详细解答患者提出的各种问题,并给予了健康指导,为村民们送上了"家门口"的优质医疗服务。3个小时之内,共计服务村民100余人次。在义诊进行的同时,10余名市女企业家会员分别慰问了李腰村的20户老党员、退役军人、脱贫户及孤寡老人。

张小庄82岁的村民隋振英大娘感慨道:"我这年龄大了,腿脚也不方便,能在家门口免费看病,驻村工作队、村党总支真是为我们群众考虑得太周到了。"

俗语说:"赠人玫瑰,手有余香。""娘家人"市妇联就是通过这样一次次的活动落实了"一改两为"的具体举措,更是在联谊协调、搭建桥梁、帮助别人中履行了妇联的职责与使命,提升了妇联的美誉度。

今年"三八"节当天,村党总支书记张勇又安排我们工作队及女性村"两委"小聚,并为全体村"两委"每人发了一套床品四件套。领到纪念品的男同胞们打趣地说:"咱们这是沾了女同胞的光啊!今后要更加努力工作,向女同胞们看齐,超越她们!"

10. 我的战友们

5月底的这个时节,对于我们第八批选派干部仿佛是一个节点。从2021年6月初至此,我们下派驻村整两年。

两年来,我和驻村的同志们之间已经习惯互称为"战友们"。看到战友们陆续从亳州中药科技学校培训中心门口出来,相互挥手、微笑道别,心中竟涌出一丝不舍。市委组织部举办的亳州市第八批选派干部暨乡镇挂职干部乡村振兴示范培训班完成所有议程,画上了圆满的句号。

本次培训集结了全市2022年考核优秀的103名第八批选派第一书记、全市到乡镇挂职的38名年轻干部。这些参训人员中,有工作经验丰富的60后,有多岗位锻炼的70后,也有朝气蓬勃的80后,甚至90后。来到这个培训班,大家不分地域、不论单位,来自四面八方的我们,有一个统一的称谓:战友们。

短暂而又充实的培训转瞬即逝。回顾几天来的学习,总体感觉是得到了理论知识的提升、业务能力的更新。

首先,本次培训组织得力、安排紧凑、内容丰富实用。市委组织部副部长蒋均平所做的开班动员讲话语如润物无声的雨丝,流淌在战友们的每一角心田。市委党校副教授王洪伟的讲课条理清晰、图文并茂,完整、准确、全面地解读了党的二十大报告。市委副秘书长、信访局局长怀会义在授课中说道:"基层信访工作的政治责任就是为党分忧、为民解难。咱们驻村第一书记就要在了解民情、集中民智的基础上妥善调处好信访案件,在化解矛盾纠纷的同时维护民利、凝聚民心。"市纪委监委案件监督管理室主任王雷的授课,用一个个真实的案例作警钟,鞭辟入里地分析了形式主义、官僚主义的本质及危害,倡导同志们通过在"干中学"、在"学中干",努力克服本领恐慌,讲话务实、办事牢靠、干出成绩。市委组织部农组科科长牛长清为战友们详细讲解了农村基层组织工作的"八大块"。通过他的讲解,大家进一步明确了农村社区与城市社区最本质的区别,也是功能上的区别,就是农村社区有管理农村集体土地、管理农村集体经济事务的职能,而城市社区的主要职能就是服务。

面对参训的战友们,市民政局副局长任淑娟与市人社局副局长孙亚伟感到特别亲切。牛长清科长在主持时介绍他们二人都是第七批驻村第一书记中的领军翘楚,也是我们第八批的战友前辈,同样的精神信仰、感同身受的驻村经历,让战友们在培训中自然拉近了距离,聆听更加认真。

参训中,各位老师不约而同地讲到了习近平总书记在2018年全国两会参加山东代表团审议时提出的"坚持走中国特色社会主义乡村振兴道路,全面推动乡村产业振兴、人才振兴、文化振兴、生态振兴、组织振兴"这"五大振兴"。"五大振兴"与"产业兴旺、生态宜居、乡风文明、治理有效、生活富裕"这20字总体要求互为表里,成为实施乡村振兴战略的具体抓手。如市生态环境局二级调研员苏明胜在授课中提到生态振兴是乡村振兴战略的重要支撑。市人社局副局长孙亚伟阐述要深刻领会习近平总书记关于人才振兴的重要论述,推动乡村人才振兴,要把人力资源放在首位。推进乡土人才队伍建设,着力打造"土专家""田秀才""乡创客""新农人"……

其次,战友们收获满满,既收获了知识,更收获了友谊。课间的走廊中、宿舍里、餐桌上、校园外的梧桐树下小道间,都是战友们沟通交流的好场所。参训的141名学员来自全市三县一区的不同乡镇不同村,大家到了这个培训班,自然成了"一个战壕的兄弟"。与我同宿舍的潘炜大姐是谯城区华佗镇大王村党委第一书记,也是第七批留任的优秀第一书记。"兰兰,你们李腰村在这次大排查中,群众反映多的都是哪些问题?""市医保局副局长徐传芝的培训内容可是给特困人员、低保户、监测户带来福音了。你看,除了基本医疗保险、大病保险550、医疗救助8765之外,还有一个再次救助155的政策。这样兜底的报销政策,真是为他们解决了看病贵的大难题。""兰兰,衣柜里还有你的风衣,明天退房时别忘了带走"……这是我们在课外宿舍里聊天的日常,经常是聊着聊着就睡着了。培训的第一天,我就碰到了团市委挂职到谯城区十八里镇任党委副书记的郭彦。都是来自群团单位,她又是市作协会员,聚在一起自然话题不少。临近"六一",团市委书记杜飞安排了10个"情暖童心　微爱圆梦"大礼包,准备送到我们李腰村。郭彦说:"我跟单位报告了,咱俩本周都参加这个培训,要不活动就顺延到下周吧。"我接过话说:"那样的话,下周我们村儿可要热闹了,我们市妇联也要去给留守儿童、困境儿童送爱心呢!"正聊着,对面走来四里村的第一书记王浩。郭彦说:"王浩书记的'第一书记调解室'被评为全省'一改两为'支部/党员见行动主题信息征集通报表扬的优秀案例,改天我们到泇河镇学习经验去……"

最后,要学以致用、学思并用。结业仪式前,三县一区的朱宇鹏、张佰仲、瞿光普等驻村第一书记做了交流发言。同志们的思路、成果与展望在会场上引起良好反响。结合战友们的发言,我也为今后的驻村工作梳理了几个要点,即务必做到"三勤":脑勤、嘴勤、腿勤。脑勤,就是多思考。落实蒋均平副部长的希望与要求,把老师讲课的内容消化吸收后,及时运用到实际工作中。思考如何用政策巩固拓展脱贫攻坚成果,让脱贫户、监测对象以及所有农户安居乐业,怎么因地制宜发展我们村的乡村振兴项目,壮大村集体经济,带领群众发家致富。嘴勤,就是多沟通。首先是在村部多与工作队成员、村"两委"多交流。"三个臭皮匠,顶个诸葛亮",集思广益、民主集中是我们李腰驻村工作队的工作风格。在日常聊天中,在全体村"两委"会议上,在陪村"两委"走访排查途中,大家的交流沟通无时不在。或许某一句话就解开了曾经的疑惑,偶然听了哪一句话就长了见识。另外是在日常走访中多与群众唠嗑,放下姿态向群众请教,真诚向人民学习。有时候,一句亲切的"大娘、大爷、大姐"的问候,一句地道的泇河话就拉近了我们与群众的距离,自然而然地拉起呱、聊起家常。腿勤,就是多走访。读万卷书,行万里路。读书是为了寻找思路方法;行路则是践行书中的真理,或是在社会的大课堂中探索求生的路径。驻村工作,常态化走访就是锻炼"腿勤"的最佳方法。全村 11 个自然庄 1204 户人家,除去在省外、市外务工的,长期在村的也有大几百户。其中有脱贫户、低保户、监测户,还有一般农户。按庄分片走访下来,熟悉的道路、熟悉的房屋、熟悉的群众,心中、脑中自然绘就了一张李腰村村庄分布图。每次走访都会获得一些新消息,比如刘天庙庄的庙会开始了,请了唱豫剧的戏班子,群众都去围观呢,比如张小庄的周思银家有了好消息——大女儿周娜考上了西安某大学的研究生。

看到区委组织部跟班领队张国启主任在培训班微信群里发出"请各位书记到家后在群中报个平安!"的字样后,战友们纷纷在群中回复"已平安返回"。手机微信群里仍在继续刷新着"已返回"的字样,我的脑海中过电影般闪现出战友们的一颦一笑。不经意抬头间,看到一团团橘色的霞光穿透天空的薄云,投射在校园门前或高大伟岸或亭亭玉立的梧桐树上,正应了那句"苍苍梧桐,悠悠古风,叶若碧云,伟仪出众"……

第七章

春华秋实

1. 学种麦子

"秋分早,霜降迟,寒露种麦正当时。"进入 10 月下旬,最主要的农活就是种植冬小麦了。

前几天,我带着工作队走访时,来到李腰庄的李大爷家,发现他正在晒麦种。"李大爷,现在为什么要晒麦子呢?"我好奇地问道。"这不是很快就要种冬小麦了吗?提前晒晒这些麦种,好提高产量啊!"李大爷笑着对我说。播种冬小麦,还需要提前晒麦种?真是出门就能长见识啊!李大爷告诉我,在临近播种前,将麦种摊在竹席上晾晒两三天,麦种通透性好、发芽率高。另外,播种后,出苗又快又齐,亩产要比不晒的高出一百斤左右。原来,晒麦种也是小麦高产的一项"秘籍"啊!

从村部走出,一路向北,来到一大片广阔的田地。秋日的暖阳下,深耕后的土地裸露着深褐色的胸怀,显得格外丰盈茁壮。两个庄稼人驾驶着两台小麦播种机,正在田地里忙碌着:一台机器播种,另一台机器一边深耕一边施化肥。

我走过去,和他们聊了起来。原来他们是认识我的,而且听过我开的广播会。听到我打听播种小麦的问题,他们停下机器,其中一个大哥和我聊了起来。我随身带了笔记本,边听边记。这是我驻村后养成的习惯。

"我刚才把土地先翻了一遍,这叫旋地。这一亩地从南到北旋一遍之后,再用那台机器把拌好农药的麦种播撒到田间,这叫作耩地。这些过程看似复杂,其实掌握好就简单了。"

我留意着他们耕作的过程。和我说话的大哥是自南到北挨着顺序行驶,完成一亩地的长度深耕,然后再掉头行驶到地头的最角落处,自东到西来回深耕两三趟,完成地头的宽度深耕。远观被深耕后的土地,一条条、一趟趟的,真是相当壮观呢!他们歇息的时候,我继续向那位大哥求教:"大哥,咱种这一亩小麦的成本是多少钱啊?"

大哥坦诚相告:"现在都是机械化种植,撒麦种前先旋地,一亩地费用60元;然后再耩地播种,一亩地费用25元;一袋子化肥180元,一亩地用一袋吧。加起来,一亩地的成本就是265元。"

我继续问:"那旋地和耩地播种之间要间隔几天呢?"大哥笑答:"那就要看天气、看时间喽。"如果时间急,等着用机器的农户排队,这边旋过地就能接着播种;如果时间不急,旋过地就晾晾,第二天第三天再播种也可以。

告别了忙碌中的乡亲大哥,我放眼望去,李腰村的8000多亩土地上呈现出清一色的深褐色。在繁忙而有序的节奏中,乡亲们已经将冬小麦播种得差不多了,那一颗颗饱满的种子已经被嵌入了土地温暖的怀抱。冬小麦伴着秋霜种下,经过寒露的浸泡,会在万物萧疏的冬季独自绽放着生命,在"雪被"下演绎着一个冬天里的绿色神话。

2. 开镰

开镰了!

李腰村去年种植的 8000 多亩冬小麦,今天起开镰收割。2021 年 6 月 10 日,我们驻村报到时,错过了观赏联合收割机吞吐收割的宏大场景,今年可以完美"遇见"了。

联合收割机像一个巨大的"变形金刚",缓缓地行驶在金色的麦田里,腾起一阵阵土黄色的烟雾,驶过之处,便会露出一行行整齐的麦茬。它只需要在麦田里来回行驶几趟,就会变魔术似的把一颗颗饱满的麦粒倾吐到铺在麦田里的被单上。在它"扭头"驶向另一块麦地时,乡亲们迅速地拉起被单的四个角,就把飘着清香的麦粒收到了自家的三轮车上。

如此快捷高效的现代化收割,与我童年时期经历的人工收割相比,不知节省了多少人力与时间。思绪飘忽间,我回想起小时候参加麦收的场景……

童年时期,每逢暑假,父母都会将我和弟弟送到乡下的老家。外婆家是红砖青瓦，房前屋后绿树成荫。三间老屋是坐北朝南，旁边是三间厢房，一间是厨房，两间是牛棚。牛棚对面是个小菜园儿，菜园儿里种满各种时令蔬菜。菜园儿的南边是条小河，青绿的河水蜿蜒着围绕着村子。跨过小河向南眺望，就是一望无际的麦田了。

我第一次拿起镰刀割麦子，应该是在读小学五年级左右吧。本来的分工是我和弟弟在家，烧好水、切好西瓜，给大人们送到地头。拗不过我非要下地一起割麦子的强烈愿望，外婆终于答应了。在她的短期"培训"下，我开始学着大人们的架势"照葫芦画瓢"，学着学着就入了迷，也不顾头顶上有烈日的炙烤，脚下踩着发烫的黄土地，开始有模有样地割起来。我左手抓住一把麦秆的中部，右手挥起镰刀，对着左手下的那一把麦秆割下去，锋利的镰刀扫过后，一把麦子便被我整齐地割了下来。我看看身后一堆一堆的劳动成果，当时还沾沾自喜。

很快，我就发现右手开始疼痛，张开一看，手掌被镰刀磨出两个红色的水泡。之前的沾沾自喜迅速被沮丧感代替，我默默地用毛巾擦了擦脸，湿湿的毛巾上不知是汗还是泪。抬头看着前面大人们依然弯腰忙碌的背影，"面朝黄土背朝天"的辛苦与无助感油然而生。在那个时代，这句话应该就是大多数农民在乡村劳作的"素描"吧！

麦子收到打麦场上，经石磙碾压后，一粒粒饱满的麦粒儿便掉落在麦场上。外公大口嚼过弟弟送来的西瓜，在夕阳的余晖下，用木锨把麦子高高扬起，晚风吹走了飘落的麦壳儿，落下干净的麦粒儿。外婆扯开麻布口袋，将外公扬干净的麦粒子装进去。晚霞沐浴着外公外婆推着满满一架车粮食的画面，拉出一段温馨修长的背影⋯⋯

这种童年记忆中麦收的回忆早已成为历史，现代化机械收割早已替代了人工劳动,成为午收麦场上的"主角"。

为组织好今年的午收和秸秆禁烧工作,泚河镇党委书记史伟、镇长黄晓涛早在5月17日的周工作例会上就对此项工作进行了重点安排。我们李腰村在之后的村"两委"会议上进行了详细部署,在安排联合收割机尽快到位的基础上,提前调配了2部抓地机到村部,以备不时之需。

在5月31日上午的村"两委"会议上,我和张勇书记把近期的工作重点划分为两个部分:午收、禁烧。午收的工作重点:一是收割机收割后,麦秆留茬(控茬)严格控制在10厘米之内,便于后续的播种;二是安排清理群众种植在沟边、路边的小块麦田秸秆,将其及时清理到大块地周围,便于打捆公司进行打捆;三是落实"人、地、机"无缝对接,及时对接镇党委、政府统一安排的5台打捆机,确保当天收割的小麦当天完成打捆;四是在秸秆禁烧卡点需要值班的压力下,组织好镇、村、驻村工作队三方人员力量,团结互助、群策群力,确保李腰村今夏收割及秸秆禁烧工作圆满、有序开展。

乡亲们一年到头晴耕雨作,指望的就是麦粮满仓。

此时的李腰村,机械在麦田间忙碌地穿行,乡亲们扯着被单或大布口袋,喜洋洋地等待着收割机倾吐麦粒的丰收时刻。一阵微风拂过,麦粒儿的清香与远处的牛粪味儿、羊屎味儿混合成一股田园乡村特有的味道。

此刻,在我们李腰村,开镰收割的不止耕云播雨的回报,也有来年的踏实与祥和。

3. 禁烧

蚕老一时,麦熟三晌。

此刻,我坐在村部宿舍的电脑前,回想着 7 天前,我在正午 37 摄氏度的高温之下,穿行在村子里那片金黄色麦田中的情形……走着走着,我仿佛听到麦穗在和风的吹拂下发出了一阵噼里啪啦的炸响。

一

是的,自这炸响的一刻起,它们便成熟了。开镰一周之内,我们李腰村的 8000 多亩小麦颗粒归仓。

开镰当天,李腰村"两委"对今夏的午收与禁烧工作进行了全面部署,在全村设置了 7 个禁烧指挥部,每一个指挥部配备 4 名人员值班。驻村工作队的 3 名同志和浉河镇分管联系本村的 4 名同志各负责一个村。我被分到了李老家自然村。

可以说,午收与禁烧是前后衔接、密不可分的两项重要工作。收割在进行中,打捆机便开始接茬工作了。打捆机由浉河镇党委、政府统一安排,轶农公司统一调度,确保全镇 10 个行政村的小麦顺利收割。张勇书记介绍说,"我们李腰村每年的午收几乎都是散户先开始收割,土地流转的大户放在最后。"大户们总是一边关注着天气预报,一边等待着麦子熟透了,再同时组织多辆收割机进行大规模收割、打捆,等于和时间赛跑。再者说,散户的麦子都已收割完毕,麦田里也是无比敞亮,看着大户们的多台收割机在辽阔的麦田里"大展拳脚",那场面也是相当壮观的。

二

焚烧秸秆是一种违法行为。禁烧在很大程度上改善了大气的质量,从根本上解决了因秸秆焚烧或乱堆乱放、腐烂变质而带来的环境污染,同时改善了村容村貌,营造了生态宜居的人居环境。

在每天的值班巡逻中,我从村部出发,沿路查看一下其他自然村的收割与打捆情况,最后才来到李老家自然村。李老家自然村位于李腰村的东北角,地势低洼,与龙扬镇接壤。之前的李老家自然村,东边低洼处有一个小河塘。村子里的庄户人家,住房紧挨着,用村里生产队队长李兰才的话说,就是村民都住在河塘西边那"一疙瘩"。后来,村子里的男丁一个接一个娶妻生子,在村子及小河塘的周围盖起房子,便形成了现在村民房屋和庄稼地纵横交错的布局,倒是别有一番韵味。

如今,抢收麦子之后,乡亲们就盼望着能下一场通透的大雨,这样就可以耪地种植玉米或大豆了。可是一连多天的高温天气,让午收完毕的乡亲们只能望天兴叹。如今,田间地头遗留下的细碎秸秆,加上如此高温天气,都给禁烧工作增添了巨大压力,也让我们如履薄冰。

今早的村"两委"会后,全体村"两委"们再次"动了起来",对全村午收后的麦茬地进行一次地毯式清理:禁烧指挥部安排一名保洁员值班,另外一名保洁员在辖区内进行巡逻,寻找麦田中以及路边、河沟边、林边这"三边"中需要集中的细碎秸秆;包村"两委"及时与打捆公司沟通,并与其他"两委"进行信息互通,调配抓地机和打捆机进行最后的打捆清理。

看着秸秆被打成一个个圆滚滚或方方正正的造型,再被车子拉走,大家的心里便坦然了。一个圆柱形的秸秆捆重量200公斤,长方体的秸秆捆重量大约有400公斤,打捆的成本大约30元,今年每吨秸秆的回收价格在320元左右。回收的秸秆可以被送往发电厂发电,也可以供给一些无烟暖气厂家作为原料,使其效益最大化。

一颗麦子,从秋天被播种到土地里,经过冬天的"雪被"覆盖、春天的雨润青苗、夏季的烈日炙烤,在某一天的正午噼里啪啦地成熟。麦穗收割完毕,麦秸被打捆运到加工厂家。至此,这颗麦子的使命便圆满完成了。

三

今年的午收与禁烧期间,我发现了很多令人感动的细节与场景。第一,镇、村两级提前部署,细致周详地规划。镇党委书记史伟、镇长黄晓涛多次来村查看工作进度;张勇书记每天在全村巡逻查看,发现问题及时安排处理。全体村"两委"、驻村工作队树立"全村一盘棋"的思想,大家及时联络、互通信息,确保派往我村的收割机、打捆机连续开工不停歇。最忙时,深夜一两点钟,麦田中还会有热火朝天的忙碌场景。

第二,是同志们围在一起吃大锅饭的温馨场面。驻村一年来,我们工作队一直是在村部二楼的厨房里单独开伙。午收加禁烧以来,根据工作需要,村里的食堂就统一开伙了。这样,我们工作队也加入了全村干部工作、吃饭的队伍中。这种类似于人民公社的共同劳动、一起吃饭的情形,对于我来说,真的是一生中难忘的体验。每天中午及傍晚,我们这些从各自辖区内工作归来的同志,就会集中在我村博艾玩具厂餐厅的大桌前。大家或坐或站,或端着饭碗边吃边聊,这种轻松愉快的用餐是如此惬意,又是那样平常。吃着这些用大铁锅烹饪出来的乡村土菜,我"冬眠"许久的味蕾也被充分调动起来,即使被朝天椒辣得大汗淋漓,也觉得大口嚼着眼前的大锅菜是人间值得。

第三,当数基层干部的责任心与实干精神。李老家的包村"两委"干部叫李培花,是村里的妇联主席。高庄自然村的包村"两委"干部叫王莉,她们俩都是去年底村"两委"换届时产生的女性"两委"成员。还有我们驻村工作队的副队长程继敏,她们工作起来和男同志们一样干练利索。这样的大热天,她们戴着草帽,骑着电瓶车,往返于禁烧指挥部与辖区内的麦田间,指挥着收割机和打捆机来回忙碌。巡逻中,发现田间地头遗留下的碎秸秆,她们就带着农户和保洁员收集成堆。"巾帼不让须眉",看着她们忙碌的身影,我的心被她们狠狠地暖了一下。

张小寨自然村88岁的张建华大爷,是一名退役军人。他年轻时在吉林省延边市9120部队服役,在警卫排从事后勤工作时,练就了服从命令听指挥的军人作风。自担任村里的保洁员以来,他每天认真负责地打扫卫生,无论晴天雨天,每天雷打不动。今年午收、禁烧期间,村里将他列为张小寨自然村的值班巡逻人员。这个任务让张建华大爷身上的那股军人作风又展现出来了。本村的第一户群众收割之后,他每天开着自己的三轮车在辖区内,特别是收割后的麦田周围巡逻,仔细排查隐患火点,及时与包村"两委"委员周三锋沟通汇报。6月1日,也就是我们村开镰第二天,我巡逻经过张小寨自然村,看到张建华大爷指挥着一辆硕大的收割机过桥。那坚毅的眼神、标准的手势,让我对这位曾经的老军人肃然起敬。

李老家自然村的保洁员李兰运,也是这次午收、禁烧工作挑选出的值班巡逻人员。他家的三个儿子都各立门户,大儿子、二儿子都在亳州城里打工。唯独那三儿子,在八年前最后一次与他通话之后就断了联系,留下了一个小孙子,至今由李兰运老两口抚养。张勇书记了解到他家的情况,咨询后得知他不符合低保条件,便私下资助他。或许是村党总支的关怀温暖着他,或许是善良的本性使然,李兰运克服自己的腿伤,在老伴儿体弱卧床的情况下接下了这个任务,每天在卡点值班之后,就及时赶回家里为卧床的老伴儿做饭,对村里安排的禁烧值班任务没有一丝怨言。

还有一些人也让人感动:每天在我们李腰村的7个禁烧指挥部来回巡逻,在镇与村之间搭起沟通联系桥梁的赵亚洲委员、曹斌主任、卞主任;骑着小摩托,从白天到夜里12点多值班的驻村工作队员王振远;在田间引导收割机、打捆机有序工作的村"两委"委员李后军、周三锋、张龙龙、刘华伟等;保障午收、禁烧后勤工作的村"两委"委员张杰敏和食堂的"厨神"大姐……如果说，我们的"两委"干部们努力工作，是出于党员的责任与使命，那么，这些普通的群众呢？他们在午收与禁烧工作中所做的平凡小事与贡献，完全出自对共产党领导的信仰与维护，出自一个公民的义务与自觉。

四

我在与李老家自然村值班巡逻人员李兰才聊天时得知，今年的天旱得最很，收成却是最好。我们村小麦最高亩产达到1300斤，平均下来亩产也有1100斤左右。所以，今年的午收，被乡亲们誉为多年未遇的"神收"。

如今，我抬头望向蓝天白云，心中泛起无限美好。经过多年的禁烧宣传与防控，脚下的麦田终于与蓝天"和解"了。没有了焚烧秸秆的黑烟，天空越发蔚蓝。再回望那一片片麦田，一望无垠的金色麦穗被整齐的麦茬所代替。不久的将来，这些麦茬又将被玉米苗儿或者大豆苗儿代替，土地上的庄稼在一年两季中一茬又一茬地播种与收割，从冬到春，从夏到秋。在四季更迭中，土地上的色彩也在青、绿、黄几色中变幻着，在永不停歇地孕育繁衍，蕴含着乡村振兴的蓝图与希望。

4. 及时雨

午收已经过去将近半个月,伴随着午收的禁烧也已经在"热火朝天"的值守与巡逻中延续了两周时间。

等待,我们一直在等待着……

今天的李腰村,一如既往地艳阳高照,热气腾腾的麦地里早已收拾妥当。周遭的空气火辣、燥热,仿佛一点就着。

傍晚六点多,正在村部吃晚饭的我收到城里好朋友发来的一条视频,城里下雨了!我放下手机,抬头望向天空,此时的李腰村刚好有一股"山雨欲来"之势。

刚才还是碧空如洗、白云朵朵的蔚蓝天空中,一片片乌云自北向南慢慢压低过来,紧接着就是狂风大作,雨滴便在狂风的裹挟中缤纷落下。

树枝、电线在大风的裹挟中左右摇摆,只有村部大院中央的旗杆巍然挺立,红旗在风声中飘展着,越发鲜红夺目。

好久没感受过这么畅快淋漓的大雨了!我用手掌接住了一滴

滴雨水,晶莹剔透,真好!

如此的狂风、大雨,现在的麦田会是什么样子?

我迅速发动车子,在风雨中驱车来到包点的李老家自然村。行驶中,我打开车窗,让自由的雨滴带着空气的余热飘进车窗,洒在手臂上的雨珠,清清凉凉的。深吸一口气,那种燥热的麦秸遇见清凉的雨滴碰撞出的气息沁人心脾。

从村部开往李老家自然村的路上,我把手机调到录像模式并固定在驾驶台上,录下了沿途村庄与麦田里的"雨中即景"——铅灰色的天空笼罩着乡野,大块的金黄色麦秸地一望无际,远处高高矮矮的绿树与瓦房错落有致。一种看电影的既视感,让此时的乡村小景变成了流动的画面。

来到李老家自然村禁烧卡点,帮助值班人员收拾好值班物品后,我和包村"两委"委员李培花分别开车,在辖区内巡逻起来。

雨一直下,空气也越发凉爽。把车停好,我索性再到麦田里走走。

两周前的麦田,是一望无垠的金黄。无数枝成熟的麦穗在骄阳下随风翩翩起舞。它们在噼里啪啦成熟的那一刻,便畅想着变成一粒粒饱满的麦粒,享受着被农民捧在手掌中的万千宠爱与骄傲。

一周前的麦田,收割机和打捆机开走后,留下了一行行整齐的麦茬。站在收割后的麦茬地里,感觉天空仿佛高了许多,一种空荡荡的"残缺美"瞬间划过心怀。"脑补"着麦茬地被玉米苗儿或者青豆苗儿所代替的场景,一种接茬种植的希望在冉冉升起,我的心中便又释怀了。

今天的麦田,鞋子踏在麦秸上是柔软的。原有"东边日出西边雨",当下的李腰村是"西方晚霞伴微雨"。西方的天空中,橘色的晚霞撩开乌云,暖暖地铺洒在乡间的小路上。寂静的乡村在橘色的笼罩下宁静祥和。我迎着晚霞慢慢踱步,仿佛听到了大地吱吱的吸水声,那个声音是如此畅快贪婪!是的,大地太"渴"了。在雨水的滋润下,土地与麦秸都在大口大口地吮吸着天降下的甘霖。被雨水滋润后的麦秸由坚硬变得柔软了,土地也逐渐松软起来。

  这一场及时雨,为下一季的播种打下了良好的基础。

5. 抢 种

假如你问我,最近咱们李腰村有没有发生过"雪中送炭"的好事儿,包括我在内的所有乡亲都会告诉你,有啊,就是6月13日下的那场及时雨啊!

那场8级大风加雷暴雨眷顾我们李腰村之后,村党总支第二天一大早就发出了抢种红薯的通知。

当我和工作队员来到张老庄南地时,村"两委"们正指挥着各村群众分发红薯苗儿。大雨过后的李腰村,空气清新凉爽,麦茬地被大雨浇得松软湿润,正是抢种的好时机。

乡亲们帮忙把红薯苗儿从三轮车上卸下来,村"两委"委员周三锋他们将捆好的红薯苗儿在一个调好"生根剂"的大盆里蘸一蘸,再分发给下地栽种的乡亲们。这些红薯苗儿是村"两委"委员张杰敏他们早上四点多赶到太和县的红薯苗儿大棚基地"抢购"的。这个季节本就该栽种红薯,所以苗儿早已育好,只等一场大雨降临,紧接着就可以趁着湿地抢栽上麦茬红薯。

杰敏委员说，"为了趁天抢种，这几天红薯育苗大棚里，凌晨三四点就围满了从四面八方前来购苗儿的群众。一棵红薯苗儿的价格是1角2分钱，大家也不还价，生怕讨价还价的时候，红薯苗儿被别人抢走了。"来的群众基本上是先在大棚里一棵棵地剪苗儿，然后把苗儿过数扎好捆，再捧着一捆捆苗儿找老板按捆付钱，装车走人。听着杰敏绘声绘色地描述"抢苗儿"的经历，我跟她打趣："今年的夏种，咱们村集体流转的这80亩土地抢种红薯，等秋季丰收了，得给你们'抢苗儿'的记一功呢！"

小时候听老辈人说过"靠天吃饭"，现在想来，如今的农村，虽然收割实现了机械化，但是种植确实还需要看天等雨，把握好时机呢。

看着乡亲们从"两委"手中领过一捆红薯苗，踩着地垄沟的凹陷处，自北向南栽种起来，我的心里痒痒的。记得小时候，我看过老辈人栽红薯、翻红薯秧儿、收红薯，还与小朋友们在红薯窖里玩过捉迷藏。2021年秋季，我们村里的红薯丰收时，我抡起抓扒扒过红薯，与乡亲们分享丰收的喜悦，唯独没有亲手栽种过红薯。机会就在眼前，要不要试试看？

为了克服自己的畏难情绪，我没有给自己任何退缩的时间，摘掉草帽就来到周三锋委员跟前领了一捆红薯苗儿。三峰委员看我跃跃欲试，就笑着安排旁边的一位大婶儿，说："你先别慌栽自己的，先教教张队长吧。"大婶儿也没想到我要学栽红薯，她笑着劝我打退堂鼓："栽红薯可是个体力活儿。先在地垄沟上挖出一个深半尺左右的小坑，再把红薯苗儿竖着放进坑里，最后再用挖出来的土把苗儿的周围按平、压紧实，两棵苗儿之间相隔尺把长的距离。你看我们两只手上沾的都是土,鞋上也都是泥。栽上一时半会儿还行,时间一长保准腰酸背痛。张队长,你看看知道咋栽的就行了……"

大婶儿越是这样说,我就越是感兴趣。况且,打退堂鼓也不是我们共产党员的作风。我一边捧着那捆红薯苗儿,一边下到麦茬地里,踩着地垄沟的凹陷处向大婶儿走过去。第一脚下去,鞋上就粘上了湿泥,紧接着另一只脚也毫无例外地粘上泥。既然下了地,我也顾不了脚上鞋的重量在逐渐加重了,说什么也不能打退堂鼓。我跟大婶儿说:"婶儿,我就按照你刚才说的步骤试试看,也帮你们分担一点儿劳动。如果学不会,你再教我。"大婶儿不再劝我,而是和我分站在两个地垄沟的凹陷处,微笑着给我做示范。我学着她开始挖起土来。

成年之后,我这双手捧过书阅读,拿过笔写字,抡起拖把拖地板,就是不曾挖过土。如今,身处李腰村这片肥沃的土地上,看到乡亲们如此热爱土地、珍惜土地,我作为驻村工作队队长,也曾经用脚步丈量过全村的土地,现在怎能不亲手捧上一把村里的热土呢?那带着温度的土地是李腰村乡亲们赖以生存的根基,正是土地把我们共产党员与乡亲们紧密地联系在一起啊!

同行的工作队的程队长一直笑而不语,直到我开始学着大婶儿的架势开始栽种时,她才及时为我拍下了照片。由于长期伏案工作,我的颈椎与腰椎都不太好,一段时间的弯腰栽种后,我选择了蹲下来继续栽种,脸上、后背、手臂等处早已汗水涔涔。我抬头向南望去,不远处的乡亲们仍在弯腰埋头苦干,有时会向我这边张望一眼并报以微笑。我回报微笑的同时也真心感叹,干农活儿确实是需要技术与体力的。大家虽然辛苦,但都是为村集体经济贡献了一分力量,乡亲们的劳动是光荣的。

2017年1月,习近平总书记在河北省张家口市考察时说过:火车跑得快,全凭车头带。"火车头"就是对党支部的形象比喻。党员带头,把我们村党总支的战斗堡垒作用和党员先锋模范作用充分发挥出来,把党的政治优势、组织优势、密切联系群众优势转化为脱贫攻坚与乡村振兴相衔接的优势,在党的领导下,在严守脱贫户不发生规模性返贫底线的同时,将乡村振兴的方针政策转化为党建引领、全体村民积极配合的行动,带领村民团结一致、齐心协力,汇聚成实现乡村振兴战略的强大合力,定会实现产业兴旺、生活富裕的目标。

栽种红薯的同时,乡亲们也开始在麦茬地上耩地种玉米或者大豆了。看着一台台耩地机来来回回地忙碌,从早到晚抢种,我仿佛看到了不远的秋收。那时,我们李腰村又会变成一幅蓝白色打底、黄绿色交错的"油画"了吧。

6. 抗旱

清晨，我刚推开家中的玻璃窗，便与一阵热乎乎的风撞了一个满怀。

在与队友回村的路上，车子刚行驶到市区魏武大道，我们就迎来了一场密集的大暴雨。瓢泼大雨，莫过于此。我把车子的雨刮器开到最大，也只能模糊地看到前方的路。"现在的天气预报真准，这雨下得好啊！不用着急，咱们开慢一点儿。"坐在后排的程姐轻声提示我。

现在，我脑子里想的却是，城里这雨下得如此之大，我们的乡村下雨了吗？淝河镇下雨了吗？李腰村下雨了吗？

自春季以来，谯城区已多日无雨。除了3月20日的那场雷雨交加的暴风雨之外，谯城区内也就是6月12日、6月23日与今天，总共就下了三场雨。

由于持续干旱，在小麦收割之后，田野里齐整的麦茬与干涸的土地便一览无余。我们村已经人工抗旱一周有余。

一路的暴雨，把乡间公路两边高大挺拔的穿天杨洗得翠绿蓬勃。

车子行驶到李腰村时,雨还在下,但是比起我们从城里出发时遭遇的暴雨,村里的雨下得淅淅沥沥,不知道是否够用?不管怎样,这算是一场"喜雨"了。

待雨稍微小一些,我来到村部外面。2021年夏季我们工作队刚驻村时,给我印象比较深刻的,就是紧挨着村部铁栅栏围墙南边的那条小河。彼时的河水已经快要达到河岸的高度,一些密集的水草把河水染得绿绿的。最吸睛的就是河流中段的那一片粉色的荷花,在大圆盘一般的荷叶的映衬下,显得秀丽婀娜。几只蜻蜓时而飞舞盘旋,累了就立于荷尖小憩。这样惬意的画面,再搭配上柳树枝头的几声知了鸣叫,真是好一派诗意的李腰田园风光。

如今呢?同样是六月的炎夏,再看那条河流,水已经被干旱的天气蒸发殆尽,干涸的河床上裸露着一道道裂痕,河床的底部还有象征性的一洼浅水。半个月之前,人站在河里捞鱼,河水还能达到成人小腿的高度;如今,算上今天上午的这场"喜雨"降临,河里的水也只能没过人的脚背。因为这样的大旱,村集体放养的鱼儿大多已经被捞上来处理了,剩余一些泥鳅仍在河底的淤泥中跳跃着,等待着随时被捕捉。

高温的笼罩下,我们李腰村的广袤田野中却是另一种景象。大旱之年,我们李腰村的小麦最高亩产竟达到了1300斤的"神收"。午收之后的第一场及时雨(6月12日的那场暴风雨)为夏种做好了铺垫,但还远远不解"土地之渴"。在栽上了红薯、种上了玉米等农作物之后,我们最主要的工作就是克服"靠天等雨"的思想,全力以赴抗旱保苗。

为切实做好抗旱保苗工作,在泚河镇召开抗旱工作部署会议之后,李腰村党总支于6月17日上午组织召开了全体村"两委"会议,把抗旱、抢种工作作为当前的重要任务,安排部署全村的抗旱工作。村党总支发动全体村"两委"及党员,号召各村"六员一岗"及群众,调动全村的喷灌机等设备,及时开展浇水抗旱保夏种工作。

抗旱期间,我们李腰村的全体党员干部就像是飘扬在乡村田野上的一面面旗帜。烈日炎炎,骄阳似火。炙烤下,他们不顾高温的"烤"验,奔忙于田间地头,指挥群众从农用机井和沟渠、坑塘、河道中吸水,灌溉本村的8000多亩良田。在机器的轰鸣下,田野里水花四溅,一片繁忙。

连日来,他们用辛勤的劳作迎接清晨的第一缕晨曦,用质朴的身影拥抱日落后的每一个黑夜。那片金黄色的麦茬田间的朦胧面庞,烈日高温炙烤下湿透的衣裳,昏黄路灯下归家的模糊背影,都记载了他们为抗旱保苗付出的辛劳。他们用自己的坚守,"测量"着炎夏的温度,用责任和担当,守护着李腰村人民群众的"岁月静好"。

在我们抗旱一周之后,6月23日上午,包括我们李腰村在内的谯城区多个乡镇再次感受了"天降甘霖"的通透与畅快。自上午10:30之后,颜集镇、张店乡、五马镇、华佗镇、沙土镇、牛集镇、十八里镇等乡镇终于等来了又一场亲切体贴的大雨……驻村工作队的战友们抑制不住喜悦的心情,纷纷在大群里发了大雨的视频。那场雨从上午10:50左右"光临"李腰村,之后断断续续,一直下到午后2点多。当城里的好友给我发来大雨的视频时,我回复她说:城里又不需要太多的雨,大雨还有可能阻碍正常交通,把大雨"赶"到我们乡村里来吧!

今天,我感受了又一场"喜雨"从城里到乡村降落的全过程。雨停之后,我迫不及待地来到村部后面的玉米地。一周之前耩地种下的玉米,在努力抗旱的浇灌下,麦茬地的间隙中,已经长出许多半手掌高的嫩绿色幼苗儿,又被今天这场"喜雨"滋润。我又来到张老庄南地,在村集体种植的80亩连片红薯基地前来回踱步,努力寻找着自己栽下的那一排红薯苗儿,却怎么也分辨不清它们的身影了。原来啊,它们已经喝了水,变得和周围的伙伴一样翠绿水灵了。

这场"喜雨"过后,麦茬地里没有种玉米的乡亲们就可以耩种豆子了。豆子一般都是在夏至节气之后开始耩种,等的就是一场雨。如今,这场"喜雨"如约而至,这样风调雨顺的时节,正是田野里播种的好时候。

诗圣杜甫曾写下"好雨知时节"的妙句。是啊,"雨"被杜甫拟人化之后,便懂得了人间的客观需要,在人们最盼望、最需要的时候,便为人们播撒甘霖、送来希望。

雨的确很"好"。在它光临乡村之前,抗旱的确是英明的决定。

7. 又见秋收

风载着秋阳,掀动黄澄澄的田园。

收割机开走过后,留在地上的是一排排整齐的玉米秸秆,伸手一摸,温温的,那金黄色的秸秆带着成熟的温度,完成了它供应玉米生长的使命。

自9月中下旬以来,玉米便进入了收割期。走访归来,在乡间田野中走一走,李腰村的风景像极了荷兰印象派画家凡·高的《田野》油画组图。褐色、金黄色、翠绿色、天蓝色,各种色彩构成了一幅气氛浓郁、构图饱满的丰收主题油画。遥望那片金色的玉米地,仰面深吸一口满含清香的空气,顿觉神清气爽。

在咱们北方的平原乡村中,大部分农民都是种植小麦、大豆、玉米等农作物。收完麦子种豆子,或是收完麦子种玉米,更有俗语"麦茬豆、豆茬麦"之说。这样一来,一年之中便有午季收割小麦,秋季收割黄豆、玉米等两个收割季,收割过后自然产生了秸秆。

秸秆,在古代被称为藁,又称禾秆草,是农田中种植的小麦、玉米、水稻等禾本科农作物成熟脱粒后剩余的茎叶。人们习惯将小麦、玉米的秸秆晒干储藏,既可当作柴火用,也可以作为牛羊饲料,还也可以铺垫家禽圈;没有砖瓦房、楼房之时,秸秆还可以用来密实地铺垫房屋的屋顶和墙壁。

收割后的秸秆合理回收利用,禁止群众焚烧,成了近年来农村的重要工作。2021年9月23日上午,泚河镇召开秸秆禁烧部署工作会议之后,驻村工作队于当天下午立即召开李腰村全体村"两委"工作会议进行传达安排。村干部签订了禁烧承诺书,缴纳了履职保证金。依托村网格化管理服务体系,通过微信工作群、"村村通"广播、张贴标语等方式,在全村设置5个秸秆禁烧指挥棚,实行24小时驻守、值班、巡查;成立了应急服务队,配备帐篷、扫帚、铁锨、水桶、消防器材等,做到及时发现火点、随时联络调度、及时应对处理。在巡逻中,我们驻村工作队随着村包点干部查看每个村庄、田块的玉米收割情况,结果令人欣慰。多年来,在各级党委、政府的宣传号召与村"两委"干部的多措并举中,群众早已形成了牢固的"禁烧"意识,遵纪守法,没有人再去点火焚烧。

不得不说,如今的农民真的是享了农业科技化的福。一辆辆玉米收割机忙碌地活跃在玉米田中,横平竖直地开过之后,一个个脱皮后的金色玉米棒儿便被自动精准地投入机器后面的铁箱之中。统一收割后,打捆机再进行规范化操作,把矗立在田野中的玉米秸秆打成"秸秆磙子"。放眼望去,一个个、一堆堆金灿灿、胖乎乎的"秸秆磙子"憨厚可爱。它们不再被随意拉回田家当作烧地锅的柴火,或者用来铺垫家禽圈,而是被统一输送到工艺厂,编织成水果篮儿、托盘、坐垫、床垫、座椅等工艺品、家用品；或者是用于生产秸秆生物饲料、秸秆有机肥；还有的利用秸秆发电、造纸；或者是将秸秆用作高档家具、高档包装等基础材料，压成秸秆无甲醛系列秸板……

收割后的玉米棒儿被堆放在平坦开阔的场地上接受秋阳的照射。看到两位农家大嫂熟练地挥舞着铁叉和木锨，在广场上翻摊着玉米棒儿，那架势似乎很轻便，姿态亦是灵巧，我跃跃欲试。一位大嫂微笑着递给了我一把木锨。我接过木锨，把它伸到玉米堆中，使足力气，连铲带拖地铲出了五六个玉米棒儿，摊到身后的空地处。那位大嫂偷笑着瞄了我一眼，说要从玉米堆上面往下扒，那样轻省一些，把棒子铺开晾晒就行了。大嫂言之有理，我听从那位大嫂的建议，将木锨翻过来搭到玉米堆上，从上往下扒开玉米堆，这样效率就高多了。一阵忙碌后，伴随着空气中弥漫着的骄阳炙烤玉米粒的香味儿，我感到双手被木锨摩擦得灼热，张开手掌一看，已经被磨得通红。直起腰板儿，脸上的汗珠也顺势而下，那叫一个通透！

晒透的玉米棒儿被群众装在自家门廊下一个个用铁丝围成的圆柱网里。被固定后的"玉米柱"四面透风，闷不着也淋不着，群众真的是很有智慧。

玉米脱粒机的工作也是相当神奇。一个个玉米棒儿被扔到脱粒机中，咚咚咚咚一阵之后，蹦出来的就是一粒粒金灿灿的"黄金子"。饱满的籽粒点亮了庄户人家的希望，照亮了那一个个古铜色脊背上的汗水，凝结成一张张回荡在乡野内外的喜悦的笑脸。

8. 高粱红了

仿佛昨天还在夏的缠绕中,今天一转身,竟与秋撞了个满怀。

乡野中,秋意浓。

村子里那红灿灿的高粱穗子被秋阳镀上了一层金色,像是天边飞来的一抹红云,附着在田野的绿海上。那一片顶着赭红色穗子的高粱与翠绿的玉米形成了强烈的色彩反差。当下的李腰村,俨然又变成了凡·高笔下浓墨重彩的一幅油画。

与含羞的玉米把果实隐藏在腰间不同,高粱则是把饱满的颗粒托举在头顶上。艳阳下,它们挺着高大粗壮的秸秆,站着威武的军姿,好似一排排整齐列队的小列兵。一阵秋风拂过,高粱的叶子唰唰啦啦作响。那一簇簇赭红色的穗子,像极了一张张年轻人坚毅活力的脸庞。

高粱又名"小蜀黍",是一种耐盐碱、耐旱涝的粮食,在我国已经有近5000年的种植历史。高粱的种类有40多种,如果按照它的使用功能来划分,可分为食用高粱、帚用高粱和糖用高粱。

俗语说,"好酒离不开红粮"。这里说的"红粮",就是高粱。说起我国的酿酒历史,那可谓是源远流长。最早在原始社会,在粮食充沛的多雨季节,受潮霉变的粮食堆中会散发出一种馥郁的香味儿,那便是最古老的酒味儿。可以酿酒的原材料有很多,小麦、大麦、大米、糯米、玉米等等。如果单从酿酒的角度来衡量,高粱可是"集万千宠爱于一身"的最佳原材料。高粱经过蒸煮之后,质地疏松,易于发酵分解。而且高粱中的淀粉、蛋白质、单宁、花青素等有机物小分子含量极为丰富。所以,用高粱酿酒不但可以使白酒产量提高,而且会形成醇厚的酒质、馥郁的酒香以及绵柔的口感。所以,我们村里的高粱就是专门为古井集团酿酒而种植的食用高粱。

其实,帚用高粱的籽粒也可以食用,但庄稼人多数用来饲养家禽。帚用高粱质地柔韧,所以多用来制作扫帚,或者编制席子等。儿时的记忆中,外公在收割帚用高粱时,会把秸秆留得长长的。先把它们并排放在屋檐下晾晒一个星期左右,晾干后的高粱籽粒敲打下来喂鸡,再把脱粒后的高粱秆儿扎成一个个小束,最后把这些半成品的小束用结实的绳子扎成扫帚的形状,既可以在家里使用,还可以拿到集市上出售,补贴家用。如今,各式各样的塑料扫帚充斥市场,还有智能扫地机横空出世。这项手工艺恐怕只有上了年纪的老辈人才知道吧?

那时,村子里的男孩儿们会就地取材,用这种高粱的篾子编成装蛐蛐、蝈蝈的笼子。放了学,拎上笼子聚在一起斗蛐蛐、蝈蝈,也是儿时的一大乐事。帚用高粱还可以编成凉席,天然且无污染。劳累了一天的庄稼人,睡在清凉的席子上,枕下就会有一股股沁人心脾的清香,能不早早进入梦乡吗?

糖用高粱有一个极其接地气的小名儿,叫"甜秫秸"。这类高粱植株高大，茎内含有丰富的糖分，汁多味甜，营养价值高，不仅可以产糖，也可当水果食用，味道堪比甘蔗。所以，糖用高粱又有"北方甘蔗"之称。记忆中，秋收后，外公和外婆会把收割后的"甜秫秸"用架车拉回家。外公先去掉它头上的穗子，再用手捋捋它身上的白霜，放到膝盖上一折，"甜秫秸"就成功地被分成两截。不管是大人还是孩子，嚼一口"甜秫秸"，个个都会一脸幸福、精神饱满。都说收了"甜秫秸"，日子比蜜甜。谁说不是呢？

9. 药食同源桑葚子

一说到药食同源,大家会自然想到我们生活中食用的许多食材,比如红枣、枸杞、百合、薏仁等,这些颜值高、名字好听的食材,其实也是中药材。当它们出现在厨房时,我们会默认为是制作美食的原材料。然而,在药房里陈列出的它们,便成为人们调理身体的神奇之物。今天,就来说说这药食同源的桑葚子。

桑葚,是落叶乔木桑树的果实,在中国已经有约 4000 年的栽种历史。桑树主干很高,树皮粗糙,叶片呈卵形,边缘有锯齿。花是淡黄色,娇小玲珑,成簇开放。最可爱又可用的莫过于桑葚果,那一粒粒密实的颗粒紧挨着,凑成一颗颗椭圆形的果实。初长成的果实是青色的,渐渐转变成淡红色,随着日照与生长,果实又变成赤红色,成熟期会变成紫黑色。也有一个果实是白里透红的品种,口感与风味较紫黑色桑葚更为奇妙,甜而不腻。随手从桑树上摘下几颗,直接放到嘴里大快朵颐,酸甜的汁液流入口腔,那叫一个舒畅。

桑葚因含有丰富的蛋白质和人体必需的氨基酸、花青素、粗纤维、维生素等成分,故成为传说中的"民间圣果"。作为中药材,其药性入肺、肾二经,可以滋阴补血、益气生津。作为食材,桑葚果用来泡花果茶也是极好的。亳州是全国闻名的花茶之乡,桑葚入药制作花果茶,那是必不可少的。常见的方子就有:桑葚搭配玫瑰花、干柠檬片,可以美容养颜;搭配龙眼、枸杞、玫瑰花,可以辅助治疗气血不足;搭配茉莉花可以辅助治疗失眠焦虑;等等。

阅读过我之前《老屋》那篇文章的读者都知道,我们村张小庄南地有一片老宅,宅子里的大多数农户已搬迁至靠着村村通街道的整排两层小楼里。如今,那片老宅里除了各家在老屋前后种植的时令农作物之外,就是遮天蔽日的各种树木,其中就有几棵粗壮的桑树。

去年夏季秸秆禁烧期间,村部设立的一个禁烧宣传台就在张小庄老宅区路边,背后依靠着的就是两棵高大的桑树。我们从机械作业收割的麦田间巡逻回到禁烧宣传台之后,感觉又渴又热。包村"两委"周三锋看到桑树上的果子之后,放下手中的毛巾,对大家说:"咱村里的桑树可不少,一到夏天,我们随处可以吃到。在城里,可不是每家都有这个条件!现在正是桑葚的成熟期,来,我给大家摘一些解解渴。"

记得童年暑假时,回到乡下的爷爷奶奶家,与小伙伴们一起采摘品尝过美味无敌的桑葚,那原生态的味道至今难以忘怀。男孩子们爬到树杈上摘果子,女孩子们提着小蜀黍编的篮子,然后举得高高的,就等着黑珍珠般的桑葚"大珠小珠落玉盘"似的落到篮子里。大家说好了不许偷吃,摘完了一起分。但是从树上下来的男孩子们却被女孩儿们追着笑骂:"说了不许偷吃,看看你们嘴上的'黑胡子',还想抵赖吗……"

目前,我们李腰村在大户流转土地连片种植小麦的情况下,仍有张小庄、李老家、刘天庙、周寨、王桥等自然庄的不少农户继续种植桑树苗。张小庄张廷君、李后兰老两口说:"俺们年龄大了,身体又偏瘫残疾,腿脚行动不便,不能出去打工。两个儿子、两个闺女都成家立业了,也不需要俺老两口操心。村党总支没忘了俺这不中用的老两口,不仅给俺家办理了整户低保、一二级残补、养老金,还扶持俺家种植了这2亩桑苗,每亩桑葚产量400多斤,每斤卖2块多钱,再加上政府每亩补助的1000块钱,去年这2亩桑苗共收入4000多块钱。而且,俺这2亩桑苗树下套种的豌豆,也还有一笔收入。咱种地,咱收入,政府还给咱补贴,这样的好政策在以前连想都不敢想啊!国家的这扶贫是真扶贫。对,现在叫乡村振兴!"

我跟李后兰大娘说:"是啊!现在全国都脱贫了,村党总支扶持咱们脱贫户种植经济作物,这是巩固脱贫攻坚成果,发展乡村振兴的一项举措。大娘,桑葚现在可是咱们涃河镇发展林业产业扶贫的'香饽饽'。咱们涃河镇的桑葚采摘节都连续举办好几年了,镇党委、政府也在鼓励农户大力发展桑葚特色种植,发展桑葚果酿酒、延伸桑叶养蚕等产业链,更好地实现产业发展、群众增收。恁二老明年争取扩大一下种植规模,是一条稳当的增收门路啊!"

李后兰大娘在周三锋和我说话的间隙,已经摘下了一些初熟的桑葚和一兜豌豆:"张书记,这是咱自家地里的鲜物,豌豆现摘现煮,剥了打糊糊、熬稀饭都香得很!桑葚还没熟透,你们先尝尝。"

面对朴实的村民,难却的盛情,我只好收下了那一兜桑葚。

返回村部途中,那一小包桑葚扑鼻的清香让我无法拒绝,我抓起一把放入口中,咀嚼间,一股蜜流滑入喉咙,似甘泉,似溪流,仿佛瞬间找回了童年与桑葚初遇的时光……

第八章

振兴底色

1. 守民心

曾经有过"因为一句话而喜欢上一篇文章"的阅读感受,因为那句话戳到了我的心坎上。收听习近平总书记在党的二十大报告中那句"江山就是人民,人民就是江山。中国共产党领导人民打江山、守江山,守的是人民的心……"之后,我在心潮澎湃之余,更多的是感同身受。

"江山"是咱们中国人对国家和政权的形象表达,与人合为一体、不可分离,所以说,人民是"江山"的核心。中国共产党为人民而生、因人民而兴,从诞生之日起,就把为中国人民谋幸福、为中华民族谋复兴确立为初心与使命。

新民主主义革命时期,我们党团结带领广大农民"打土豪、分田地",推翻了压在中国人民头上的三座大山,建立了新中国。社会主义革命和建设时期,我们党团结带领人民确立了社会主义基本制度,组织人民自力更生、艰苦奋斗,为人民过上好日子打下了坚实基础。改革开放新时期,我们党团结带领人民开辟了中国特色社会主义道路,解放和发展社会生产力,保障和改善民生,人民的生活从温饱过渡到小康。

党的十八大以来,以习近平总书记为核心的党中央不忘初心、牢记使命,始终坚持以人民为中心的发展思想,团结带领人民打赢了脱贫攻坚战,向着共同富裕迈出了坚实的一大步,为中华民族伟大复兴辛勤耕耘、勇往直前。

和平时期,我们不需要像英雄先辈们一样浴血奋战地打江山,只要紧紧抓住人民最关心最直接最现实的利益问题,深入基层、深入群众,尽力而为、量力而行,真心诚意地解决好人民群众的急难愁盼问题,我们就是践行了"为人民服务"的诺言,就能守住民心。

我们驻村干部接触最多的就是乡亲们,做得最多的就是群众工作。每当看到李腰村村部大厅中央悬挂的毛主席题词"为人民服务"那五个鲜红大字时,一种使命担当的宗旨意识便油然而生。结合一年多以来的驻村体会,我觉得驻村干部只要做到与人民群众知心、贴心、暖心,就会把党的政策宣传落实好,把群众工作做好。

首先,我们要做群众的"知心人"。我们驻村干部是党和政府派驻到基层为人民服务的公仆,我们的位子不高,但责任很大,为政清廉才能取信于民,秉公用权才能赢得人心。我们要夯实村党组织班子,带好这支队伍,与全体村"两委"知心交心,形成一个同舟共济的团队,才能够更好地宣传教育党员同志,服务人民群众。利用"三会一课"及每月主题党日活动凝聚强大合力,号召党员与群众听党话、感党恩、跟党走,增强党和人民群众的鱼水情。

其次,我们要做群众的"贴心人"。群众家长里短的事儿也不是小事儿,处理不好就会酿成大事儿。我们要抓好群众在邻里纠纷、婚姻家庭、土地流转、赡养抚养等方面排查出的矛盾纠纷,把它们化解在起初、消灭在萌芽状态。或许群众的素质参差不齐,我们动之以情、晓之以理,用真诚与他们贴心交流,总能收到回应。同时,我们还可以借助排查化解矛盾纠纷工作的契机,适时开展人居环境整治、创评"美丽庭院""最美家庭""平安家庭"等宣传创评工作,培育良好家风、淳朴民风,引导人民群众逐渐形成见贤思齐、崇德向善的文明新风,推进新时代文明实践工作,进一步繁荣发展乡村文明。

最后,我们要做群众的"暖心人"。在巩固脱贫攻坚成果与乡村振兴的衔接期内,我们要按照聚焦责任落实、政策落实、工作落实、成果巩固的要求,在做好脱贫户"四个不摘"及动态监测的基础上遍访农户,重点对"九类人群"开展常态化监测,做到熟悉村情、了解民意。走访时与群众聊家常,在交谈与倾听中了解他们的所需所求,在落实帮扶政策的同时征求群众在乡村振兴工作中的金点子与好建议。利用春节、母亲节、六一、七一、八一、中秋、重阳等各种节日,开展各种慰问帮扶活动,把党和政府的关爱传递到人民群众心中,力所能及地帮助群众解决实际问题。助推村集体经济项目发展壮大,助力家庭农场、专业合作社等示范引领,带领村民共同走上乡村振兴、共同富裕之路。

习近平总书记在党的二十大报告中指出:"全面推进乡村振兴,坚持农业农村优先发展,巩固拓展脱贫攻坚成果,加快建设农业强国,扎实推动乡村产业、人才、文化、生态、组织振兴,全方位夯实粮食安全根基,牢牢守住十八亿亩耕地红线,确保中国人的饭碗牢牢端在自己手中。"这段朴实无华、掷地有声的讲话,进一步为我们驻村工作明确了方向与思路。

　　做好驻村工作,既要志存高远,又要脚踏实地。我们只要与全体村"两委"心往一处想、劲往一处使,用真诚服务人民群众,用真情温暖人民群众,就会牢牢地守住民心,继续书写出驻村路上的幸福故事。

2. 人民民主在基层

村民委员会换届选举是基层村（社区）人民政治生活中的一件大事，也是基层人民享受民主权利、参与民主选举的一种集中体现。村委会选举区别于村党总支选举的一个主要方面就是人民群众参与面的扩大。村党总支换届选举是指由村党员代表在党员大会上投票选举有资格参与选举的人，村委会选举包括所有有选举权和被选举权的普通人民群众及党员。可以说，村（社区）居民委员会选举是我国国体的充分体现。

2019年11月，习近平总书记在上海市长宁区虹桥街道古北市民中心考察调研的过程中，与基层群众交谈时首次提出"人民民主是一种全过程的民主"。这既是对中国特色社会主义基层民主政治实践的总结，也是不断推进我国基层民主政治建设的根本遵循。人民是否享有民主权利，要看人民有没有进行民主选举的权利，要看人民在选举时是否有投票的权利，也要看人民是否有进行民主决策、民主管理、民主监督的权利。全过程的民主包括民主选举、民主决策、民主管理、民主协商、民主监督等几个过程性的环节。随着《中华人民共和国城市居民委员会组织法》与《中华人民共和国村民委员会组织法》的颁布实施,村(社区)居民委员会选举成为中国基层政治参与的重要形式。

按照上级关于村(社区)"两委"换届的日程安排,淝河镇李腰村第十一届村民委员会换届选举于2021年12月11日上午如期进行。我村这次换届选举工作自11月5日正式启动,依据法律程序,先后经历了成立选举委员会、宣传教育村民、选民登记、候选人提名(采取自愿报名、群众联名推荐、组织推荐的方式)、确定候选人等阶段,历时一个月零一周,先后发布了8个公告,最终等到牵动全村村民围观参与的选举阶段。

当天上午9点钟,村部大院儿内人头攒动。村部二楼的大屏幕上赫然显示着"淝河镇李腰村第十一届村委会换届选举大会"的大红色字样,大屏幕下设立了一个简单的主席台,上面放着三个投票箱,主席台对面就是热情高涨的村民们。这是一场极其接地气的选举会议,对于到会的村民来说,接下来他们投上的那一张张粉色选票即将决定出未来五年之内李腰村的"带头人"及村委会委员。他们为这个光荣神圣的使命而激动着,脸上闪烁着兴奋与自豪的光芒。村民群众不拘一格地三五扎堆儿,有的干脆在大院儿中间国旗下的台阶上坐了下来,安静地等待着选举程序的开始。

选举的投票方式有两种,同时进行:一是在村部设立主会场,到场的群众在工作人员发放选票之后,按照候选人名单,自行填票并现场投票;二是在11个自然庄设立2个流动票箱,工作人员三人一组护送票箱进村入户,向群众发放选票、介绍村委会候选人名单,再由他们填票、投票。在主持人宣布了大会纪律、报告了选举工作进展情况之后，选举正式开始。为了帮助写字不方便的群众行使他们的选举权利，主会场还设立了"代书处"。拿到选票又怕自己写字不够规整（或者不怎么会写字）的群众便来到这里，请工作人员代劳。给我留下印象较深的是，一群坐在旗杆下台阶处的大爷们，他们虽然佝偻着身体，却恭敬地接过选票，慢慢端着铺在自己的膝盖上，拿起水笔一笔一画写起来，那写字的表情神气而又庄重……在这个干冷的上午，在这个热闹而有序的村部大院儿，我的心头又一次热了起来。

11点钟，2个流动票箱被工作人员一前一后带回村部。经过紧张快速的计票，我们邀请一直守候在主会场、监督选举全过程的群众来到三楼会议室，当场宣布了选举结果：张勇同志当选为李腰村第十一届村委会主任，周三锋同志当选为村委会副主任，王莉、李培花、周华振3名同志当选为村委会委员。结合11月2日举行的村党总支换届选举，张勇同志村党总支书记、村委会主任"一肩挑"，7名村"两委"中有女性3名，张勇、周三锋、王莉3名同志交叉任职。

接下来，我们将乘着村"两委"成功换届的强劲东风，尽快选举出李腰村妇联新一届班子。

3. "娘子军"

中国古今历史上"巾帼不让须眉,红颜更胜儿郎"的巾帼女英雄中,除了殷商时期商王武丁的皇后妇好、孝烈女将军花木兰、宋朝抗金女英雄梁红玉等之外,还有一位巾帼英雄,她就是唐高祖李渊的女儿、唐太宗李世民的姐姐——带领第一支"娘子军"的平阳公主。

隋唐两代之前的几百年间,北方少数民族入主中原。唐高祖李渊的三女儿平阳公主就继承了母亲窦氏的那种粗犷豪放、刚健彪悍的尚武精神。在李渊起兵之后,她散尽家财,聚集关中豪杰,组织精兵7万人,与父亲李渊、丈夫柴绍等人会师于渭河北岸,共同攻破长安。之后,老百姓把平阳公主称为"李娘子",把她的军队称为威震关中的"娘子军"。

回到近代,"红色娘子军"的故事感染着一代又一代爱国女青年。在中共琼崖特委书记冯白驹的支持下,闻名遐迩的中国工农红军第二独立师女子军特务连(即"红色娘子军")于1931年5月1日成立,首批100名党员、农村女青年、共青团员被批准加入。这是中国共产党领导下的第一支女子军连队,也是琼崖自古以来第一支妇女武装队伍。这支军队多次沉重打击国民党反动军队,鼓舞了海南人民的革命斗志,堪称女子革命的典范。

如今,沿袭了巾帼英雄美名的女性越来越广泛地活跃在政治、经济、文化、家庭等各个领域,为社会的发展进步注入了源源不竭的动力。在我们李腰村这块美丽富饶的土地上,也活跃着一支助力村"两委"拼搏奋进的"娘子军"。她们平凡而清透、朴实而洒脱;她们扎根基层、广接地气,为民服务、不计回报。她们是女儿,也是母亲,她们更是普通的基层村"两委"干部。

村"两委"成员张杰敏是李腰村党总支的党建专员,也是"两委"中最年轻的女党员。说话幽默的她,总是给人一种扑面而来的淳朴之感。张杰敏对村党建工作高度负责,统筹村党总支与三个党支部的各项具体工作,按时开展"一月一课一片一实践"活动,发展党员,组织民主生活会、党员学习,忙得不亦乐乎。李腰村于2019年被亳州市委组织部授予的"五星基层党支部"荣誉称号,就是在村党总支的带领下,由她经手申报成功的。尤其在2021年的村"两委"换届中,她更是忙得像个连轴转的陀螺,没有休息、没有周末,但是没有丝毫怨言。

李培花是这次村委会换届之后新进村委会的一名女干部。她与包村群众打成一片,工作扎实、热情开朗,任劳任怨、踏实勤奋。她在新农合收缴等工作中成绩名列前茅,多次受到镇、村工作奖励。

皮肤黝黑、憨厚亲和,一笑就露出一嘴整齐的小白牙,她就是在村党总支与村委会交叉任职的村"两委"委员王莉。她协调能力强,人脉资源广,主动放弃在西安与家族企业共同发展的美好前景,独自一人坚守乡村、服务乡邻,实现女性参政议政的人生理想。

还有带着儿子来加班,负责村脱贫攻坚与乡村振兴工作的王娟,村的扶贫小组长薛小利、刘绍璇、李艳娟、何立英……我们李腰村的这支"娘子军",她们总是骑着电瓶车或开着电三轮,风吹日晒地穿梭于村部、镇政府及群众家中,她们尝尽基层工作的酸甜苦辣,苦口婆心地为群众讲政策、解难题。她们默默无闻又细致入微,她们就是群众眼中的"好媳妇"与"最美家庭"的一员。我问她们:"去打工挣钱不好吗?这样奉献是为了啥?"她们回答:"因为我是一名党员!"

毛主席说过"妇女能顶半边天"这句话,高度赞扬了妇女在社会主义建设中与男同志一样发挥了主力军的作用。新中国成立70多年来,妇女的地位发生了翻天覆地的变化,妇女事业取得了举世瞩目的成就,中国妇女用几十年的时间走完了西方发达国家妇女200多年走过的妇女解放道路。在提倡男女平等的今天,历史与现实都表明,坚持中国共产党的领导,平等参与到经济社会发展的广阔舞台之中,女性丝毫不输于男性,而且越发显示出她们独特的优势与特色。特别是我们基层行政村的这些女性,她们睿智干练、细腻坚强,她们敢说敢干、各有所长,她们堪称新时代的"娘子军"。

李腰村第二次妇女代表大会成功召开之后,会议选举出村委会委员李培花同志担任村妇联主席,另外选举出8名妇联执委,真正达到了《亳州市妇女发展纲要》中"村委会中100%有女性、村妇代会主任100%进村"两委""的目标要求,完成了基层妇联组织的改革任务。众人拾柴火焰高,相信今后村妇联会在上级妇联的指导下,在村党总支的带领下,更好地发挥联系服务妇女、代表和维护妇女权益、促进男女平等和妇女全面发展的基本职能,进一步教育引导本村妇女增强"四自"精神,全面提高素质,更广泛地参与本村的经济建设与发展,成为巩固脱贫攻坚成果与乡村振兴工作的中坚"她力量"。

4. "天空来信"

"嗡嗡嗡……"一阵轰鸣声突然在身后响起。走访回来的我转头一看,一架无人机在碧绿的麦田上空来回盘旋着,一边飞翔一边向下喷洒着雾状的"雨丝"。

"你们看,无人机又开始作业了。按照这个速度和效率,趁着好天气,咱村儿的麦田这两天就该完成喷药了。"我转回头向程队长和王振远说。

"是啊!这半个月前后就看到各地各村都在使用无人机给麦田喷农药。以前,像这个季节,麦田里都是背着农药桶自行喷农药的乡亲们。再看看现在,一架无人机就解决问题了。"程队长笑着说。

"而且乡亲们还不用花钱,农药、租用无人机等一切费用都是咱们谯城区委、区政府承担。自留地的乡亲们还要薅个草啥的;流转土地后的乡亲们最省事,啥心都不用操。现在的农民真享福!"王振远感叹道。

瓦蓝的天空下,喜鹊蜻蜓点水般在苍绿的麦田上飞着。谷雨前,冬小麦抽穗后迅速生长,并陆续进入抽穗扬花期;同时,现在也正是小麦赤霉病的高发期。这个时期,除了要清除麦田里的杂草之外,做好小麦赤霉病的防治便成了保障夏粮产量的重中之重。正如我们刚才看到的一样,当下,李腰村的麦田里就是这样一番景象:这边,乡亲们抓住春天的尾巴,小心翼翼地弯着腰薅草,生怕一不小心就踩倒那高过膝盖的麦秆;那边,无人机在主人的操控下进行"一喷三防"作业。田野中一派井然有序、安泰祥和。

返回村部的路上,我浏览到一条资讯:今年中央财政下达资金100亿元向实际种粮农民发放一次性补贴,统筹支持春耕生产,进一步调动农民的种粮积极性。这里,我注意到一个关键词"实际种粮农民"。我仔细查阅学习了这个概念,所谓"实际种粮农民",包括利用自有承包地种粮的农民、流转土地种粮的大户、家庭农场、农民合作社、农业企业等以及新型农业经营主体,开展粮食耕种收全过程社会化服务的个人和组织。将这条资讯与中央以及安徽省委公布的"一号文件"结合起来,这些利国利民的好政策犹如一封封"天空来信",为做好2023年"三农"工作以及全面推进乡村振兴重点工作指明了方向。

是的,2023年我们要坚持以习近平新时代中国特色社会主义思想为指导,全面贯彻落实党的二十大精神,深入贯彻落实习近平总书记关于"三农"工作的重要论述和对安徽做出的系列重要讲话指示批示精神,坚持农业农村优先发展,坚持城乡融合发展,坚决守牢确保粮食安全、防止规模性返贫等底线,深入实施"两强一增"行动,扎实推进乡村发展、乡村建设、乡村治理等重点工作。"两强一增"这个概念,就是指科技强农、机械强农,增加农民收入。

"两强一增"是"三农"工作的目标。市委书记杜延安在2023年4月16日调研县区乡村振兴及小麦赤霉病防治工作时也着重提到了"两强一增"。他走进田间地头,仔细察看小麦长势,详细了解病虫防治药剂品种、价格及农业科技化、机械化情况。他强调,粮食安全是国之大事,丝毫不能放松,要坚定不移抓好粮食生产,深入实施"两强一增"行动,精心组织小麦赤霉病防控工作,确保夏粮丰产丰收。

得力亲民的领导,结合实际的政策,上下"一盘棋"的决策,为"三农"工作提供了保驾护航的指引。洍河镇党委、政府以及我们李腰村党总支也在历次工作会议上就贯彻落实进行了安排。

回望那一片"绿海",一株株饱满的麦穗在暖风的吹拂下轻轻晃动,好像在准备使出全身的力气奋力生长……

5. 重温《共产党宣言》

"为了表示我对《共产党宣言》这本书的尊重与崇敬,下面我用普通话开始今天的党课,让我们重温《共产党宣言》……"这是我在李腰村乡村大礼堂内开展李腰村 8 月份"主题党日"活动上党课的前言。

一个幽灵,共产主义的幽灵,在欧洲游荡。为了对这个幽灵进行神圣的围剿,旧欧洲的一切势力,教皇和沙皇、梅特涅和基佐、法国的激进派和德国的警察,都联合起来了。

有哪一个反对党不被它的当政的敌人骂为共产党呢? 又有哪一个反对党不拿共产主义这个罪名去回敬更进步的反对党人和自己的反动敌人呢?

从这一事实中可以得出两个结论:

共产主义已经被欧洲的一切势力公认为一种势力;

现在是共产党人向全世界公开说明自己的观点、自己的目的、自己的意图并且拿自己的宣言来反驳共产主义幽灵的神话的时候了。

当深情诵读《共产党宣言》的这一开篇序章时,我感到自己的语调在提升、心跳在加速。那种感觉,仿佛是 24 年前,我们那些新入党的年轻人,面对党旗举起右手,集体宣誓时的激动与自豪。又像是 15 年前,我站在黄河的壶口瀑布边,面对着母亲河那声音如雷、翻腾奔涌的磅礴气势,被震撼得心潮澎湃、感慨万千一样。

人世间总有一些事会触动你的初心,点燃你思想的火花。它如同黑夜中的星辰,指引并照亮着人们前行的路。我想,这种思想碰撞的火花,在 174 年前的卡尔·马克思和弗里德里希·恩格斯这两位伟人身上也同样发生过。

在重温与诵读中,让我们"脑补"一下这样的画面:在 1847 年的雾都伦敦,这个"共产主义者同盟"产生的源头城市,两位思想进步的德国革命者在一个简朴的公寓内探讨着马克思主义的创立。马克思站在古旧的地毯上发表着他的理论,说到动情之处,他摊开双手,眼神坚毅地看了看恩格斯,转而眺望透着光明的窗外。恩格斯则坐在窗下的书桌前,时而奋笔疾书,把马克思的语言与自己的思考变成文字,时而又拿起起草的稿纸,转过身来回应着马克思。1847 年 12 月 9 日至 1848 年 1 月底,马克思与恩格斯经过一个多月的沟通与碰撞,终于写成了振聋发聩的《共产党宣言》。

序言之后的第一个标题是《资产者和无产者》。恩格斯在 1888 年对这个概念加了一个注:资产阶级是占有社会生产资料并使用雇佣劳动的现代资本家阶级。无产阶级是没有自己的生产资料,不得不靠出卖劳动力来维持生活的现代雇佣工人阶级。读到这里,我的脑海里闪现出毛主席在他的《中国社会各阶级的分析》那篇文章中,对第一次国内革命战争时期中国社会各个阶级进行的归纳和分析。他将中国那时的阶级分为地主阶级和买办阶级、中产阶级、小资产阶级、半无产阶级和无产阶级这五个阶级。其中,地主阶级拥有土地,榨取无产阶级的劳动和剩余价值,刚好对应了之前的欧洲资产阶级。而无产阶级则代表了没有土地、经济地位低下的工人和广大农民,刚好对应了"没有自己的生产资料,不得不靠出卖劳动力来维持生活的现代雇佣工人阶级"这个概念。

可以说,资产阶级的发展史,也是一部无产阶级的血泪史。资产阶级正是通过建立海外殖民地和在国内的圈地运动,完成了资本的原始积累。然而,在资产阶级发展过程中,斗争仍在继续,因为矛盾始终存在。这个矛盾的产生,就是因为资产阶级无情地占有无产阶级的剩余价值。在《共产党宣言》诞生之后的一个半世纪以来,人类历史发生了深刻的变化。174年前,当《共产党宣言》以无比巨大的理论威力、思想锋芒和战斗精神令欧洲的统治阶级发抖时,那时的中国正在帝国主义列强的侵略下逐渐坠入半殖民地半封建社会的深渊。

从1848年《共产党宣言》诞生,到1949年新中国成立,这100年的时间,足以让共产主义这团熊熊燃烧之火在我们这个古老的东方大国绵延不息。中国共产党坚持把马克思主义的普遍真理同中国的具体实际相结合,终于以轰轰烈烈的革命推翻了资产阶级的统治,建立了人民当家做主的新中国。中国共产党成立百年以来,从民族独立到人民解放,再到国家富强,始终高举马克思主义的伟大旗帜奋勇前进。毛泽东思想、邓小平理论、"三个代表"重要思想、科学发展观以及习近平新时代中国特色社会主义思想,都是遵循着符合中国国情的宣言精神,指引着中华民族从贫困弱小逐步迈向伟大复兴。

研阅书中那一篇篇激励人心的文字,直至读到全书的最后一句话:"全世界的无产者,联合起来!"我默默地合上书本。我想,《共产党宣言》给予我们的,不只是存在于文献中的借鉴与经历,更是一种思考、一种选择、一种精神、一种信仰!

在人类文明史上,有过许多传世名篇和精品佳作。它们或如阳光雨露一般,陶冶人们的情操,又或如疾风劲草一般,在人们的思想中画出一道道绚烂的彩虹。

《共产党宣言》,便是后者。

6. 传播党的"好声音"

党的二十大胜利闭幕之后，全国各地掀起了学习宣传贯彻党的二十大精神的热潮。作为驻村第一书记，及时宣传党的路线方针政策是我的重要职责任务。

在2022年11月8日的涘河镇工作例会上，各村收到了谯城区平安建设宣讲团进村(社区)开展宣讲活动的通知。会后，我和张勇书记商量："不如借助本月'主题党日'活动的契机，把咱们村的党员群众集中起来，一并进行宣讲。"张勇书记连连点头："咱们市、区、镇几级领导和宣讲团都在深入基层开展党的二十大精神宣讲，咱们村也要紧跟步伐。这两个宣讲活动合并进行是最好不过了。"

村部大礼堂热闹了一上午。李腰村党总支关于党的二十大精神专题宣讲于上午9点准时举行。本来我想用涘河话跟大家先聊聊天儿，但是看到观众席上入座的党员同志们精神十足地看着我，我即刻进入正题，带领大家学习起来。

面对基层党员群众，宣讲不能照本宣科。当然，深刻领悟"两个确立"的决定性意义,牢记"国之大者",增强"四个意识"、坚定"四个自信"、做到"两个维护"等政策要一字不差地进行原文宣读。可以解读的政策语句便要用群众听得懂的语言,将系统的理论转化成通俗易懂的话表达出来。

党的二十大报告原文的第一部分《过去五年的工作和新时代十年的伟大变革》的第二自然段这样描述:"五年来,我们坚持加强党的全面领导和党中央集中统一领导,全力推进全面建成小康社会进程……主动构建新发展格局,蹄疾步稳推进改革,扎实推进全过程人民民主……"这里有一个概念:"全过程人民民主"。

什么是"全过程人民民主"呢?我国的全过程人民民主,包括选举民主、协商民主、社会民主、基层民主、公民民主等民主政治的全部要素,是真正体现人民当家做主内容与形式、过程与成果相统一的民主。扎实推进全过程人民民主,是深入解决社会主要矛盾,不断满足人民日益增长的美好生活需要的迫切要求。

说到这里,我跟党员群众聊起天儿来:"请大家回想一下去年咱们李腰村党总支和村委会换届选举的情况。2021年10月18日,村里邀请在座的各位党员同志和村民代表,召开了推荐党组织候选人初步人选会议,选举出村党总支的初步人选上报镇党委,镇党委将初步人选又推荐上报到区委组织部,呈16家单位进行区级联审。在全体党员同志的共同努力下,咱们于11月2日上午进行了村党总支的换届选举。另外,11月5日村委会换届工作正式启动后,咱们依据法律程序成立了选举委员会,在全体党员群众中进行了广泛宣传,基本做到了家喻户晓。随后进行了选民登记、候选人提名、确定候选人等,历时一个月零一周的时间，先后发布了 8 个公告，最终于 12 月 11 日上午召开了全村村民参与的选举大会。

"同志们一定还记得，当时大家都认真投上了神圣的选票，我们还为不方便到村部进行投票的群众提供了流动票箱。在唱票、计票等环节，同志们以及群众都是全程参与并且进行监督。最终，大家推选出了人民信任、期待的新一届李腰村党总支、村委会班子。这就是全过程人民民主在咱们李腰村最充分的体现。"

在学习了党的二十大报告之后，我又带同志们学习习近平总书记在二十届中央政治局第一次集体学习时的重要讲话精神，以及 10 月 24 日省委书记郑栅洁在省委常委会扩大会议上的讲话、市委书记杜延安在市委常委会（扩大）会议上的讲话。

上午 10 点，宣讲进入第二个阶段：谯城区平安建设宣讲团走进李腰村开展宣讲。宣讲团成员、谯城区妇联副主席闫玉萍主持宣讲。谯城区人民检察院的秦明远同志，以及宣讲团成员、区法院的张慧茹，涡河镇派出所的梁正基和涡河镇司法所的李玲玉分别就参与平安谯城建设工作情况进行宣讲，重点讲解了基层人民维权、邻里（家庭）矛盾纠纷调解、老年人防电诈等，受到所有党员群众的一致好评。

老党员张明春说："张书记对党的二十大精神的宣讲，语言朴实、贴近群众；公检法司几位同志的宣讲，既给我们普及了法律知识、维权知识，又详细讲解了防诈骗知识。我们今天真是大有收获！相信在党的领导下，咱们群众的生活会越来越好！"

学习宣传贯彻党的二十大精神仍在继续。村党总支将以党的二十大报告精神为指引，带领村"两委"做好巩固拓展脱贫攻坚同乡村振兴有效衔接的各项工作。同时，我们将借助入户收缴新农保、人居环境整治、反电诈 APP 安装等工作，将党的"好声音"传播到每家每户，让党的二十大精神在李腰村落地生根，开花结果。

7. "整村授信" 助力振兴

"请问这是李海峰家吗？我们是药都银行洰河支行的。了解到您有用款需求，就来您家看看。"说这段话的，是药都银行洰河支行行长袁媛。

"在家在家。我前天刚跟村党总支汇报过，我的家庭农场想扩大鱼塘养殖规模，现在手头不太宽裕。知道药都银行在我们李腰村村部设立了办公点，推进'整村授信'业务，我就跟村部申请了，没想到你们来得这么快！"李海峰边说话，边让着袁媛行长以及金融助理张广勤经理进屋。

张广勤微笑着向李海峰递上了名片："要不，咱们边说说你的资金需求情况，边去鱼塘看看吧！我是支行派驻在咱们李腰村办公点的张广勤。"

李海峰转身拿了两瓶矿泉水递给他们，说："好的，那咱们就边走边说……"

这是9月份李腰村深海李家养殖场的李海峰遇到资金难题，药都银行涡河支行上门服务的工作场景回放。在实地评估、审核相关资料后,涡河支行根据李海峰的需求,给他办理了"金农企E贷",提供了15万元的授信额度,年利率五点多,一次性解决了其资金不足问题。

药都银行本就是咱们亳州人自己的银行。尤其是他们面向基层的"金农企E贷"业务,真的是为广大新型经营主体、个体工商户提供了快捷、优质的资金需求服务。

首先是金融助理进村入户,送金融知识下乡,举办老年人反诈骗大课堂,送反电诈宣传到田间地头等宣传活动,力求使业务范围家喻户晓;其次是树立信用价值观,引导培树乡亲们对药都银行的信任感;最后是做到信贷服务的完善多样。金融助理可以在乡亲们家门口分散办理业务,也可以在村部"整村授信"工作小组办公点进行集中办理,为有资金需求的乡亲们提供极大方便。药都银行还为信贷客户做好个人信息的保密工作,消除客户担忧,提升了客户的信任度。

我们李腰村与药都银行涡河支行的合作由来已久。在良好合作的基础上,我们坚持"党建+金融"模式,推进支部共建,形成合力。2022年7月12日,药都银行涡河支行在李腰村召开了政银企金融助企纾困对接会,促进了"整村授信"工作在村里落地。

对接会之后,驻村工作队配合村党总支以及涡河支行,在全村进行精耕细作,像过筛子一样,对全村的家庭农场、合作社以及个体工商户等进行逐一排查摸底。随后,涡河支行根据摸排情况做好数据汇总分析。分析人口分布、年龄段分层以及"金农企E贷"授信率、用信率,按照摸排的婚姻状况、年龄分布、家庭生产、养殖种植以及从事生产经营情况分行业、分种类进行特色授信,稳步推进了特色定制版的金融服务计划。这样的深度挖掘工作,为"整村授信"提供了敲门砖,打开了通道。

11月8日,在药都银行总行以及涢河镇党委、政府的大力支持下,药都银行为李腰村颁发了"整村授信示范村"匾牌。药都银行把李腰村作为涢河镇开展"整村授信"工作的第一个示范村,这是对我们村莫大的信任,同时也是一份荣耀,体现了药都银行涢河支行对李腰村信用情况的认可。

"整村授信"工作推进以来,涢河支行已为李腰村授信农户303户、新型经营主体6户、个体工商户1户、企业2户提供了资金帮助,授信率达到41.62%。也就是说,整个行政村,有将近一半的家庭得到了药都银行涢河支行的资金帮助。

实施乡村振兴战略,产业兴旺是基础。农村的产业兴旺,不仅能够培育农业产业化领军农民,还可以提供更多丰富的农产品,不断满足群众对美好生活的需要。就这一点来说,村党总支支持并带动创业大户做大做强,逐步实现可持续发展,可以激发本村的乡村发展活力,带动更多农民参与乡村振兴。下一步,我们将加强与涢河支行的协调合作,为本村更多有创业意愿的群众做好资金信贷服务。

看到李海峰舒展的眉头,我们真心为他感到高兴。经历了3年多的经营,李海峰对自己家庭农场的运营还是很自信的。他说,除了管理之外,没有比资金短缺更让人头疼的。如今,资金难题解决了,他心里也没有啥负担了。目前3口鱼塘都运营良好,预计今年底将有10多万元的收益。"我会妥善管理、诚信经营,树立良好的口碑。感谢药都银行和村党总支的关心与支持!"

8. 提升人居环境　助力乡村振兴

如果说乡村振兴是为农民而振兴,那么,乡村人居环境改善就是为农民而提升。

改善农村人居环境是实施乡村振兴战略的重点任务,也是农民群众的深切期盼。党的十九大以来,党中央、国务院部署实施了《农村人居环境整治三年行动方案》,为"十四五"时期改善农村人居环境工作提供了目标与保障。

说起提升农村人居环境,看似是一个单项工作,实质上是一项牵一发而动全身的重大民生工程。尤其"三农"工作进入巩固拓展脱贫攻坚与乡村振兴相衔接的过渡期,提升农村人居环境已然成为乡村振兴目标中"生态宜居、乡风文明"的代名词。

让我们顺着时间线,先来看一下市、区两级党委、政府对巩固拓展脱贫攻坚成果与乡村振兴相衔接工作的高度重视:2021年9月10日,时任市委常委、组织部部长的左龙在第二期全省驻村第一书记乡村振兴培训示范班上作动员报告,强调驻村第一书记要提高政治站位,充分认识驻村开展乡村振兴工作的重大意义,要聚焦目标任务,办实事、求实效,奋力完成第八批选派工作任务。

2021年9月23日,市委书记杜延安在亳州市巩固脱贫攻坚成果与乡村振兴有效衔接视频会议上强调,要以更坚定的决心、更有力的举措、更严实的作风做好巩固脱贫攻坚成果与乡村振兴有效衔接工作,坚决做到思路不乱、队伍不散、工作不断、干劲不减。重点做好农村的改厕工作。随后的培训中,市农业农村局局长解子德阐述了人居环境整治,重点是开展以农村厕所革命、生活污水垃圾治理、村容村貌整治提升为重点的"三大革命"。

2021年12月28日,时任区委常委、组织部部长的张建影在谯城区第八批选派干部乡村振兴培训班开班动员上指出,巩固拓展脱贫攻坚与乡村振兴工作要干什么?就是要心系群众,厚植为民情怀,为人民群众做好事、办实事。

市、区两级党委、政府的殷殷嘱托与叮咛,是我们第八批选派驻村干部工作的动力与目标。我们李腰村虽然地处偏远,又是淝河镇的四个贫困村之一,但是自去年以来,尤其是自巩固拓展脱贫攻坚转为衔接乡村振兴工作开展以来,村容村貌及人居环境发生了可喜的变化。

首先,我们将改厕作为提升人居环境整治的重点工作。严格遵照谯城区下发的人居环境整治工作相关文件精神,落实今年3月份淝河镇改厕培训现场会精神。对于今年的改厕工作,坚持以人为本、群众自愿的原则,按照场地符合、先建后拆、进院入室、实现"三通"(通水、通电、通气)、数量服从质量的要求,根据各村各户的实际情况而实施。同时,村振兴公司与中标工程队签订合同,请淝河镇政府进行工程的跟踪指导，解决问题及评估验收，序时完成今年李腰村新建92个无害化水冲式厕所的任务。因为有往年李腰新村等改厕工作的基础与经验，所以今年改厕的重点放在了张老庄、张小寨、张小庄等南部的这几个自然村。我们采取线面结合、质量并重的方式，从细节入手，在提升标准上下功夫的工作措施，改厕工作得到了群众的积极配合与支持，得以顺利推进。

其次，将清路边降路肩工作与人居环境整治工作一并开展。安排村"两委"积极协调，将调动挖掘机与人力清障相结合，将我村区域内的路肩降下低于路面3—5厘米，同时清除路面与树木之间的庄稼及杂草，保持路面整洁的同时稳固路肩，为交通安全提供坚强保障。在村容村貌的卫生保洁工作中，我在全体村"两委"会议上进行提示："这项工作就像我们每天早晨要洗脸刷牙一样，长期坚持做好每天的清洁，就会养成好习惯。咱们要培训好村里的环卫工人、公益岗位人员，明确职责、发挥作用。按照自然村划片包干的规定，以方便群众为前提，将垃圾桶的放置地点选择好。安排他们每天早、中、晚三次，保洁自己的'责任田'。工作中，要围绕'净起来、绿起来、亮起来、美起来'的目标，紧盯田间地头、乡村道路、坑塘河渠、房前屋后、居民庭院这些重点区域，开展全面清理，确保目之所及实现干净整洁。"

以创评"美丽庭院"提高村民群众扮靓村容村貌的参与度。在全村11个自然村进行广泛宣传，引导广大村民群众积极参与"美丽庭院"创评工作；同时开展"好媳妇""好婆婆"等"最美家庭"及"最美家庭成员"的推评活动。倡导文明新风，先塑美丽"小家"，再筑美丽"大家"，逐步形成家庭主妇先动手、家庭成员齐上阵的创建氛围，让家庭清洁卫生、庭院绿化美化逐渐入脑入心,成为广大村民的生活习惯。经过村民自荐、村"两委"推荐、实地查看、公示等环节,李腰村于3月25日开展了先进典型评选、助力乡村振兴"美丽庭院""好媳妇""好婆婆"表彰活动,评选出"美丽庭院"8户、"好媳妇""好婆婆"各11人。村容村貌的美是李腰村的硬件之美,对村民整体精神风貌的打造是村庄的软件之美。今后此类活动的常态化开展,将有助于让见贤思齐、向善向美成为李腰村村民的生活习惯,实现村容村貌内外协调统一的和谐之美。

通过常态化开展人居环境整治工作,我们李腰村确实发生了一些变化。村容村貌逐渐由"脏、乱、差"变为干净、整洁、有序。农村生活基础设施大幅改善,村民生活质量普遍提高。村民环境卫生观念明显转变,参与积极性逐步提高,然而,在成效初显的同时也存在着一些不容忽视的问题。例如,养殖畜禽的脱贫户,堆放秸秆饲料不当,产生的粪便与垃圾没有及时清理,容易形成卫生死角。仍有个别村民群众还存在生活垃圾不倒入垃圾桶、生活用水污水随意排放等不良习惯,影响到村里的日常生活环境和村容村貌。

提升农村人居环境,助力发展乡村振兴,是一项久久为功的民生大计。为推进这项与群众切身利益息息相关的民生工程,我们李腰村也规划了今后的工作方向:首先,增强广大村民的主人翁意识,听取民意,广泛动员群众投身人居环境整治工作,进一步提升人民群众的参与感和认同感,形成村居环境共建共治共享的良好风气;其次,改变传统养殖方式,改变家庭畜禽散养方式,探索引导标准化、规模化的养殖模式,防止畜禽产生的污水和粪便成为农村污染源;再次,结合创建文明城市及新时代文明实践活动工作要求,持续开展精神文明创建活动。常态化开展"美丽庭院"创评、"最美家庭"及"最美家庭成员"等评选活动,顺势推动乡村移风易俗工作。以文明创建活动引导村民自我管理、自我教育、自我提高,不断提升广大村民群众的幸福感和获得感,以人居环境真实的改善助力乡村振兴步伐的不断推进。

9. 一条路

"一条路,落叶无迹。走过我,走过你。我想问,你的足迹。山无言,水无语……"手机里播放着陈彼得先生的那首《一条路》,我走在村里重新铺设的乡村道路上。

由于路面年久失修,我村两条南北、东西主干道出现了多处开裂及坑洼。为了保障十里八乡的群众安全出行,我们从2022年就开始与上级交通部门进行多次汇报沟通,争取农村公路危桥的项目支持。皇天不负苦心人,我们终于争取到区交通局的项目指标,自今年5月20日开工,重新铺设这两条主干道;同时,对344国道向南的南北主干道与张老庄村交叉处的危桥进行施工修缮,工程预计12月20日完工。截至目前,自344国道向南直达张老庄的3000多米南北主干路,以及自张小寨村直达王桥的1500多米东西主干路均已完成主体工程,余下的辅助工程正在慢慢找补。经过重新施工的危桥已于8月中旬正式恢复通行。

应该说,一条路由"通"到"畅"再到"好",一头连着党和政府对人民的关怀,一头连着田间地头乡亲们发展致富的心声。

交通运输部自2021年印发《关于巩固拓展交通运输脱贫攻坚成果全面推进乡村振兴的实施意见》以来,我国"四好农村路"逐渐呈现出连片成网的高质量发展趋势,极大地缩短了往返城乡的距离,深刻改变了农村的生产生活条件和社会面貌。

修建一条公路,串联一路风景,造福一方百姓,让公共资源更多地惠及乡村群众,我们李腰村乡村公路的重新铺设就是我国"四好农村路"巩固脱贫攻坚成果,全面推进乡村振兴的一个缩影。希望这条路能成为连接村庄与外界的畅通乡道,为我们李腰村的发展与振兴承担起强大的道路交通支撑。

盛夏已去,秋高气爽。崭新的水泥路面承载着我前行的脚步,平稳而又有弹性。一路向南,道路两边绿树成荫,路肩与树木之间留足了"清路边降路肩"的距离,为人居环境整治工作提供了便利。初秋的乡野,高粱、玉米、大豆均已成熟。远望间,色彩斑斓的墨绿、瓦蓝、赭红、燕麦黄,不由分说地"挤"进我的眼帘。收割完毕的玉米地里,留下了齐脚踝高的秸秆茬。值班人员正秸秆禁烧棚及地头周边在进行运输清理。

走着走着,西边的天空便燃起橘色的晚霞。暮色中,村子里又升腾起庄稼与秸秆、土地、羊屎混合的味道。眼前的这条路畅行无碍、坦荡如砥,伸向我目不可及的村庄深处……

"悄悄地,我从过去走到了这里!我双肩驮着风雨,想知道我的目的。走过春天,走过四季,走过春天,走过我自己……"

不经意间,我发觉,那首《一条路》已经在我耳边变成了单曲循环。

正是那词曲中苍凉悠长的意境,成全了我半日的漫步与遐想。

我们所有人都在走着一条路,有的人刚刚踏入,有的人已经行至中途。走过半生的酸甜苦辣,欢笑过,跌倒过,审视过。一路走来,不是非要选择坚强,而是被迫坚强。也许,生命必须有裂缝,阳光才能照进来。

周国平说,一个人总是想着为自己的生命确定一个具有恒久价值的目标,他便是一个有信仰生活的人。路遇坎坷,使得坚强。心有信仰,掌灯前行。一切简单而伟大的精神都是相通的。也许在那条道路的尽头,它们必然殊途同归。

第九章

岁月如歌

1. 李腰村，为啥叫李腰？

"张书记，你下派的那个行政村为啥叫李腰村呢？还是人体腰部的那个'腰'字。这里面肯定有故事吧？"

"我也觉得这个名字很有趣，我也想了解村名的来历呢！"

一位友人在与我闲聊中如是说。

李腰村，为啥叫李腰？

带着这个问题，我们驻村工作队来到了李腰村 11 个自然庄之一的李腰庄，希望能从村民的口中得到答案。

在李腰庄，我们前前后后走访了很多年岁稍长的大娘、大爷或者老婆婆，他们都没有给出一个让我们满意的答案。

就在我们即将失望而归的时候，正在打理院子的李后明听到了我的询问，主动热情地过来打招呼。

66 岁的李后明是土生土长的李腰庄人，他年轻时在山西当兵，退伍后被分配到铁路系统工作。如今退休在家的他，经常回到李腰庄，看望近 90 岁高龄的老父亲。

"现在的李腰村隶属谯城区洺河镇,洺河镇的东南方是龙扬镇。新中国成立前(很早以前,年份不详),那里有个村庄叫大榆树庄,因庄子里家家户户人丁兴旺,庄里的老宅子慢慢容纳不了越来越多的人口,便被分成了几个村庄:李老庄、李庄,这两个庄子的中间还有一个村庄,因为被李老庄和李庄夹在中间,位置恰如在人体的腰部,所以,这个村庄就被叫作'李腰庄'。"李后明说完,从嘴角捏起烟蒂,就着自家院子的水泥台阶上捻了捻,扔到旁边的垃圾桶里。

看到他似乎还有话要说,我又问他:"那后来呢?"

李后明环抱着手臂,眼睛望向村子的东南方,继续说道:"当时从大榆树庄迁徙过来的人群,慢慢在这三个新的村庄安顿下来,繁衍生息。如今,这三个村庄中,李老庄的名字被改成了'李老家',与李腰庄都属于李腰行政村;李庄被划到了李腰村西边的店集行政村。虽然行政区划改变了,但是村庄的位置都没有变。"

听了李后明的叙述,我想起李幼斌、萨日娜等主演的电视剧《闯关东》。我们中华民族是一个农耕民族,传统的农民喜欢固守着自家的一亩三分地,一年四季忙碌,春耕秋收,要到新的地方去努力与开拓,确实需要极大的勇气。话说回来,在那个特殊的历史背景之下,舍弃自己的家园,迁徙到另一个陌生的地方,反倒开辟了一方新的天地。

巧的是,在遇到李后明之前,我们从李腰庄86岁的李后恩老人口中也听到了同样的描述。他说,抗日战争期间,国民党部队从李腰村抓壮丁,导致李腰庄及周边村子所在的区域人丁逐渐稀少。这个庄的大多数人是从东南方向的一个村子里迁徙过来的。这一点印证了李后明的说法(李腰庄的村民在很早以前,来自现在龙扬镇的大榆树庄)。

这样一个"迁徙"的村庄恰恰印证了那句老话:树挪死,人挪活。哪里的庄稼地不养人呢?迁徙,是为了更好地生存与发展。

如今的李腰庄,是2021年通过验收的省级"美丽家园"项目村。通过项目资金的扶持,李腰庄在老村的基础上进行了升级改造。村党总支在泚河镇党委、政府的领导下,在上级农业农村局、乡村振兴局的指导下,结合农村人居环境整治、改水改厕、新时代文明实践及美丽庭院创评等工作,全面推进项目有序实施。村党总支不仅对李腰庄的基础设施进行了老旧翻新,而且赋予了怀旧与传承的文化内涵。靠近路面的农家,家家户户的墙壁上都有手绘的以孝老爱亲、农耕文化等为主题的壁画;村部小广场南方新建了农耕馆、水冲式公用卫生间及休闲长廊。

闲暇时,清晨、午后以及黄昏,村民都会不约而同地来到小广场内,锻炼身体、晒晒太阳或者拉拉家常,一张张开心的笑脸映照出乡村振兴中"生态宜居、乡风文明"的美好画面。

2. 小名儿与外号

在农村,大多数人家都会给孩子取个小名儿或者外号。一来小名儿比较好记,二来农村素有"取个小名儿好养活"的说法。这些小名儿虽然听起来土得掉渣,但富含的寓意别有风味。

在我老家的农村,还有这样的传说,说是以前孕妇生产后,第一眼看见的东西是啥,就给孩子取个啥小名儿。难怪,小时候在老家,常听大人们提过村子里很多"别致"的小名儿或外号,真可谓千奇百怪,甚至让人哭笑不得,什么石磙、铁锤、簸箕、镰刀、泥鳅、毛驴儿、大马猴、狗剩子;还有就是来福儿、招弟儿、小喇叭……

记得那年暑期,我回到老家,听邻居三奶奶和婶子拉家常说:"听说村东头的花狗讨着媳妇了!""是吗?他一个孤儿,模样儿也不咋的,也找着媳妇儿啦?""花狗现在正混了,跟着他叔跑运输,一年到头也能挣不少钱呢!""是啊,亲帮亲帮,要不是他二叔有心拉他一把,他哪有今天?唉!爹死娘改嫁,他也是个苦孩子啊……"这个小名儿叫花狗的,就是他娘生了他以后,回到家一进门,抬头看见院子里跑进来一条黄白花纹的土狗。得,孩子的小名儿这就有了。

不知谁总结的一条没有科学依据的说法,意思是妇女生孩子有个规律,第一胎是女孩儿,第二胎又是女孩儿,那么第三、第四胎肯定还是女孩儿,一直生到够"一桌儿"才会转胎。所以,我们老家那户人家头三个女孩儿的小名儿分别叫头绳儿、花卡子、围脖儿,第四个女孩儿出生后,给取了个寓意深长的小名儿"满桌子",期盼一桌儿女孩儿圆满之后,下一个生儿子。无独有偶,我们李腰村张老庄的这户人家,曾经也有过生儿子的执念,这个农妇一共生了8个孩子。先是生了6个闺女:小杏、小躲、小藏、小拦、小改、小换。这种不达目的不罢休的执着终于感天动地,这户人家最终又接连生下了2个儿子,可把他们高兴坏了,一个取小名儿叫满意,一个叫乐意。

说起我们李腰村群众的那些小名儿啊,那叫一个五花八门、千奇百怪。张小寨有这样弟兄仨:大哥名叫张建安,老二名叫张建邦,老三叫张龙。家人给这弟兄三人取的小名儿那是"打断骨头连着筋"的血脉相连,分别叫树、根儿、梢儿。村部对面的张小庄,有一户知名人家,就是我之前下派笔记《周思银的人间清醒》中的男主角。老周家这弟兄俩的小名儿,是他爹娘按照哥儿俩的生辰节气取的。大哥周思银取小名儿立冬,二弟周奎取名立夏。周寨村的周文,曾经是我们的村"两委",父辈也曾在村"两委"任过职。因为周文长得文静,又有点子、有主意,所以人送雅号"小诸葛"。

俗语说,有起错的小名儿,没有起错的外号。如果说小名儿是父母对孩子的一种精神寄托,那么,多数情况下,外号则是此人在社会生活中某些特点的体现,往往是无意间得来的。

上文提到的小名儿都是文气的,村里当然也有一些俏皮的外号。家住张老庄西边团结沟河岸的张明申,因为年轻时喜欢在河里养麻虾、逮麻虾,所以人送外号"麻虾"。周纪刚年轻时喜欢打扑克,而且一坐倒就赢牌,人送外号"坐赢"。刘天庙村的刘国伟人不胖,但头特别大,所以得了个"大头"的外号。李腰庄的李立新外号为啥叫"两毛五"呢?据说是因为他买了东西之后,口袋里只剩下两毛五分钱,还想再买超过这个价格的东西,店主一气之下送了他这个外号。张小庄的周亚,从小见女孩儿就脸红,甚至都不敢开口跟她们说话,村里人就送了他一个应景的外号,叫"大闺女"。村"两委"周三锋说,自己的童年时代,家里的条件非常艰苦,寒冬腊月也就裹着一件棉袄筒子。那时也没有手绢,更没有餐巾纸,被冻得鼻涕直淌的他,只能在袄袖子上膏一下鼻涕。长此以往,袄袖子便被膏得油光发亮,几乎都可以擦火柴了,于是他就得了个外号叫"老膏"。

听了这些小名儿、外号之后,真是笑过之后又心酸啊!这些小名儿取得随心随意,甚至有些随便。更多的小名儿看似没文化,却体现了劳动人民的智慧与奇思妙想,更寄予了老百姓企盼平安健康的美好心愿。若干年后,人们可能记不住某位乡亲的大名,但一提起小名儿,立刻会感到家人般的亲切。

就像前几天,我们去走访刘天庙的一般户刘运龙,在刘天庙村的一亩三分地寻寻觅觅,却一时间找不准是哪一家了。正当我们徘徊在一排联建的两层楼房前犹豫不定时,一位乡亲推着电瓶车从一户家中推门出来。队员王振远上前问了一句:"老乡,请问刘运龙家是住在这附近吧?"那位老乡爽朗地笑答:"是啊,你们找溜子是吧?他就住在我家隔壁。他是个闲不住的人哪,农闲的时候喜欢满村闲溜找人唠嗑。眼见着当前儿,地里的玉米都长多高了,也不操心费神。这个话痨不知道神游到哪儿去串门了呢!"

3. 我们的暑假

女儿知道我要驻村工作,从一开始就特别兴奋:"老妈,每次咱们开车行驶在高速公路上,看到下面的小村庄外面有小树林,旁边还有小河,河里肯定还有鱼呢,我就想在那些村庄里住一住。现在,你到村里去工作了,啥时候可以带我去你们村儿看看啊?"

暑假开始了。临回村的早上,我对她说:"妈妈走了啊,你在家要听话,好好写作业……"女儿帮我拎着一个包,试探着问:"老妈,可以带我去你们村看看吗?"好吧!我实在无法拒绝娃儿那双诚恳又期待的眼睛。简单收拾了作业和衣物,她与姥姥和爸爸潇洒地告别:"我要去村儿里抓鱼了……"

车子出城后,沿着魏武大道一路向南,行驶在赵桥通往古城的乡村林荫大道上。路两边已经长对头的泡桐树与杨树搭起了高高的绿色"凉棚",晨光穿透树叶的间隙,洒在路上,形成斑驳的光影。笑妍同学左看看右看看,一双眼睛不够用的样子:"老妈,这条乡村公路真漂亮、真幽静,比城里的大路凉快多了。乡村的空气果然比城里的好呢!"

自古城镇右拐上路,往西行驶五六分钟之后,在亳州市四有农资(市级示范家庭农场)处左转向南,驶入一条乡村水泥路时,我转过头对坐在后排的笑妍说:"妈妈工作的地方——李腰村就快要到了。"女儿露出欣喜的表情:"老妈,这条小路虽然没有我们刚来时那段乡村公路那样高高的绿色'凉棚',但小路一边是绿油油的玉米地,另一边是小河,好像一幅田园美景图呢。你看,前面路上还有一群山羊,让我下来跟羊羊们玩一会儿吧!"我跟娃儿说:"明天带你去看,我们村脱贫户家养的还有花花牛呢。"

晚饭后,写完作业的秤砣儿久久不想入睡,躺在床上跟我说着她跟村"两委"周三锋的约定:"三锋伯伯说明天带我去掏鸽子窝、看花花牛,还要去捞鱼。这么多好玩儿的事儿连在一起,我哪能睡得着呢?"我关上灯对她说:"好好睡觉,明天才有精神去玩儿呢。"

刚一关灯,我们头顶上便响起一阵"嗡嗡"声,那阵势就像一架战斗机,忽而盘旋低飞,忽而折返飞向高空,还猛地撞击一下天花板,再撞到北窗玻璃上。几经折腾后,吓得娃儿赶紧拉过被子盖住了头。缩到被子里的娃儿还不忘叮嘱我:"老妈,这声音像甲壳虫类的虫子飞行的声音,你赶紧开灯打死它吧。"我笑说:"你倒好,往被子里一躲完事儿了,老妈我还得开灯打虫子。"拿起苍蝇拍子的我仿佛瞬间化身为钢铁战士,一阵激烈的"战斗"之后,那只黑色的甲壳虫之类的虫子被我拍得一头栽到地板上。我拿起纸巾将它抓起来,丢进了垃圾桶。娃儿从被子里钻出来之后说:"老妈,来,我抱抱你吧!"我"扑哧"一声笑了出来:"你个小妮子,老妈受宠若惊啊!为啥要抱抱我呢?"娃儿一本正经地说:"老妈你一个人在这个村儿里工作,家人都不在你身边。看到你刚才与虫子'战斗'的情景,我觉得你比以前勇敢了。"我搂过懂事的娃儿说:"农村就是这样啊,虫子比城里要多。老妈已经来村里三周了,习惯就好了啊!城里也好,但是没有这么漂亮的乡村小路,没有山羊、花花牛,没有鱼塘,对不对?"娃儿说:"对,我要赶紧睡觉,明天才有精神去掏鸽子窝……"

北窗外响起鸟儿的鸣唱,叽喳、叽喳……这样悦耳的"闹铃"每天清晨都会不请自来。睁开双眼,看到趴在枕头上的女儿发出均匀的呼吸——娃儿好梦正酣,那肉乎乎的小脸儿就在我枕边,我忍不住轻拍了几下。她似乎感受到了我手指的温度,转过身来翻向上,张开手臂伸了个大大的懒腰。她的脚居然已经碰到了我的小腿,娃儿已经长这么高了啊!我像她这么大的时候,暑假基本上都是在奶奶家或姥姥家度过的。

记得小时候,五年级的暑假期间,刚学会骑自行车的我很上瘾。一个凉爽的下午,我骑着家里的自行车出了家门,不知不觉间已经离开了县城。给姥姥、姥爷一个惊喜吧!天真又莽撞的我朝着姥姥家的方向努力骑行。由于连下了几天雨,从县城的柏油公路下路,看到姥姥家村儿前的那一段坑洼不平的砂浆路已经泥泞不堪,我只好下来推着自行车走,深一脚浅一脚踩在砂浆路上,车身上也溅满了泥点子。最主要的是,我不懂得将车轮轧在路边的草地上行走就可以避免或减少泥卡在轮子上。结果我在那一段仿佛看不到尽头的砂浆路上缓慢吃力地推车前行,车轮带进泥瓦里的泥浆越积越多,最终把车轮与泥瓦之间的空隙填满了,两个车轮陷入了无奈的罢工状态,一点儿也挪不动了。我用手擦了擦额头与脸上的汗,绝望地向四处观察着,等待向人求救。就在天擦黑的时候,我终于看到了姥姥村里我的一个远房舅舅回村。他见到狼狈不堪的我,一阵唏嘘惊讶之后,边微笑着安慰我,边用一根树枝清理着车轮与泥瓦之间的泥浆,最后扛起自行车在前面带路,把我送到了姥姥家。

女儿醒来之后,我声情并茂地向她描绘自己童年时期暑假里的这段亲身经历。娃儿惊讶地瞪大了眼睛:"老妈,你小时候农村的路一脚踩下去就是泥吗?"我笑答:"是啊,说不定一脚踩下去之后,脚抬起来了,鞋陷进泥窝里拔不出来了呢。你看,现在的乡村公路,处处都是实施民生工程而修的水泥路,平坦又结实,再也不会一脚踩下去,鞋陷进泥窝里了。所以啊,农村的百姓们都感谢咱们的党和政府,是共产党让农村发生了翻天覆地的变化,一条条乡村公路四通八达,一直修到了农户家。""嗯嗯,我知道。今年是中国共产党成立 100 周年,学校教育我们要童心向党、励志成才呢……"女儿说着说着一骨碌坐起来,"昨天跟三锋伯伯约好今天早上去掏鸽子窝的,你咋不早点儿叫我起床呢?"

准备回城开会的我,收拾好行李在村部等待女儿,远远地看到女儿在三锋委员的陪伴下回来了。手里捧着一只小乌鸡的娃儿乐得面如桃花,和她三锋伯伯边走边聊天儿。一见到我,娃儿就抑制不住兴奋地告诉我,伯伯在鸽子窝里给她掏出了一只小乌鸡,她想带回家里养着。我仍然无法拒绝一个心情大好的娃儿可怜兮兮的要求,女儿高兴地捧着装有小乌鸡的盒子上了车。

回城时,女儿数次回头,与村里的伯伯和阿姨们告别,重感情的她差一点儿就抹泪了。听到我允许她再来的回复后,娃儿又高兴起来:"老妈,一个早上,我掏了鸽子窝、看了花花牛,还得到了一只小乌鸡。我们不如给它取名叫'阿黑'吧。下次我再来村儿的时候就带着它,让它再回鸽子群里住一住,不然鸽子们也会想它的。"

4. 泡桐树的瞭望

芳春始,炎夏长,金秋醉,九冬寒。

即便在冬日凛冽的寒风中,它依旧屹立于高庄的田野之上,犹如大海上的灯塔,瞭望着这片田野、这个村庄。它,便是我数次邂逅的那棵泡桐树。

当下,它身上只有光秃秃的树枝与几个鸟巢,但那通身的婀娜挺拔,足以让人在百步之遥便驻足观赏。

我迎着田野中呼啸的风哨,踏着脚下冬小麦松软的地垄向南走。

终于,我站在了它高大的枝杈下。

观人看骨相,"格"树看枝杈。褪去了树叶与桐花的点缀,这个冬日,我在它密实蓬勃的枝杈中觅到了顶风傲骨的泰然与淡泊。

这棵泡桐所在的地块属于高庄,泡桐以东约500米的村子是张小庄。张小庄南边老宅地上倒是留存下很多泡桐与钻天杨。不知道这棵泡桐的主人到底是哪个庄的农户,想必主人在种下它的时候,就希望它成为这方圆百十亩田野中独树一帜的风景!

目测这棵泡桐主干的周长,大约两个成人手拉手可以圈过来。如今,土地流转已经在我们村推行多年,惜地的农户们在房前屋后的方寸之地,甚至边边角角的河沟之畔,都会开垦出来种上庄稼或青菜,这棵泡桐能在一望无际的田野中矗立多年,可见它真的是群众眼中"独一树"的风景。

亳州有"三花",分别是芍药、桐花和牡丹。自商代以来,亳州就有"桐宫桑林"之称,素有"桐乡"之美誉。如今,除了谯城区,涡阳、蒙城、利辛三县均种植有数量不等的泡桐树。在高新区内,有一条东西走向的道路被命名为"桐花路"。每当春季到来,一串串淡紫色或白色的花儿如铃铛一般绚烂多姿,在春风中夹道盛开、摇曳多姿,吸引游人打卡观赏。

桐花属于高大的乔木类树木,更是清明的"节气之花"。所以,泡桐是在春天才会开花的树种,孕育花骨朵需要经过两季。小扇引微凉,悠悠夏日长。桐花自夏末开始生长,历经秋季的大半季,直至秋末,才会长成开心果一般大小的苞蕾;再经过一整个冬季的洗礼,到春暖花开之时,依托在枝杈上的那一串串花儿便会吐露出幽幽的淡香。它不若牡丹那样国色天香,也不似芍药那般富贵艳丽,它在清明时节应时而开,那片片紫色、白色的花儿沉静而绚烂,如云如霞,在"春深处"的姹紫嫣红中散发着素雅恬淡的气息。

我站在树下许久,仰视着这棵树干高耸、树冠敷畅的泡桐,思绪早已穿越今朝。自古以来,桐花就是文人墨客借物抒怀的好物。当年,40岁的李商隐接到四川节度使的邀请,赴边关任职,在四川延绵的山路上看到满山夹道的桐花,听到穿梭在桐花路上悦耳的彩凤啼鸣。为了赞叹大唐边关的壮阔景色,为了给孩子树立爱国的表率,李商隐写下了"十岁裁诗走马成,冷灰残烛动离情。桐花万里丹山路,雏凤清于老凤声"的千古名句。

良禽择佳木而栖。位于这棵泡桐树枝交错处的那三个鸟巢,在随寒风摇曳的枝杈中格外分明。那会是喜鹊,还是其他鸟儿的家呢?这些鸟儿真是依靠大树好乘凉,泡桐有了它们的依靠与陪伴,对这片土地的守护更是忠于职守了吧。

在我仰视这棵泡桐的时候,它如往常一般瞭望、守护着这片土地及脚下的麦田。"格"悟了泡桐树的职责之后,我更加坚定了矢志不渝驻村前行的使命。新的一年已经到来,驻村之路仍在继续,我将带领工作队踔厉奋发、勇毅前行,以党建引领巩固拓展脱贫攻坚与乡村振兴有效衔接,以更加出色的成绩践行全心全意为人民服务的宗旨。

5. 丰腴总在风雨后

春天,如孩子的脸,一天三变。

春风和煦多日,人们渐渐习惯了春日的美好时光。不料倒春寒突然来袭,让人顿觉春寒料峭。

昨夜,大风呼啸着席卷了李腰村,从北窗挤进我的宿舍。雨点在大风的裹挟下,沉重地砸到北窗上,与风的呜咽声形成了一首响彻整夜的"风雨交响乐"。

几乎一夜无眠。

实在是无法入睡,我索性披衣下床,打开房门,踱步到走廊里。风,仍在刮;雨,还在下。村部大院儿中,稍微低洼的地方已经积了不少雨水。远处的乡村大礼堂,房顶上的宝蓝色琉璃瓦反射着晶莹的光芒;旁边院子内的铁栅栏处的空地上,一片白茫茫的杏花诉说着是夜风雨的洗礼。周遭一片混沌,只有矗立在大院中央的国旗,在风雨中高高飘扬。

这样一个风雨交加的无眠春夜,家里的门窗有没有关闭好?母亲、孩子,都能安然入睡吗?一份份惦念让人愁绪顿生。

阵阵北风依然忘我地呼啸着。才待上一会儿,身上的热量便在阴冷的走廊里消失殆尽,一阵阵咳嗽让我不得不重返宿舍。

看到书架上那三大本厚厚的长篇小说《人世间》,我陷入了深深的思索中。在书中,梁晓声以东北地区的一个平民区"光字片"为背景,以老工人周志刚和他的三个儿女的生活轨迹为线索,从20世纪70年代写到改革开放后的21世纪初,多角度、全方位、多层次地描写了中国社会的巨大变迁和普通百姓生活的跌宕起伏。

在那个特定的历史背景下,每一个城市家庭的孩子只能留一个在家,其余的青年都要响应"上山下乡"政策的号召。郝冬梅,一位省长的女儿,也毫无例外地奔赴江辽生产建设兵团,在远离家乡的农村插队工作。

大雪的冬天,一个女知青没有及时擦干手上的水就握住了大铁门,结果手一离开铁门就撸掉一层皮;女知青们在及膝深的大雪中,深一脚浅一脚地去抱秸秆,回到村部在牛棚下迎着风雪喂牛。柔弱又倔强的郝冬梅一个人去井边挑水,气温太低,摇井绳的辘轳上了冻,加上井边潮湿,她脚滑掉进了深井。正值经期的冬梅,永远失去了做母亲的权利⋯⋯

重温书中的这些片段,我心中感慨万千。我们下派的地方没有离家千里之遥;"村村通"工程让每个村子的水泥路互连,家家都用上了自来水,有空调,有无线网。我们不需要去薅草、挑水、喂牛,只需要五天四夜驻村,周末就可以回城。比起知青们平时通过写信与家庭保持联络,一年才回家过一个年的情景,我们是不是太幸福了?

习惯了北窗下的"风雨交响乐"之后,我终于迷迷糊糊地睡着了。清晨,一拿起手机,就在我们下派干部的微信工作群中发现了与以往不一样的"新鲜事儿"。一夜风雨后,我们的下派干部都变成了"诗人"。

"春夜喜雨,好雨知时节;天降甘露,雨露润心田。""选派干部守村中,深夜卧听风雨声,辛苦执着为哪般?投身乡村促振兴!""何解农民忧?唯有春雨流。麦苗喝个够,又是大丰收"……

看到这些战友做出的诗句,我由衷地欣喜与敬佩。我们的下派干部群中真是卧虎藏龙啊!平时同志们各忙各的,微信群中大多是大家上传的一些工作图片与信息。你们村儿新修了一条路,他们村儿发展大棚养殖;有的村儿生产本土特产,网上直播带货,还有的村儿发展村集体经济,成为制衣厂、制鞋厂的代加工点;等等。战友们"八仙过海",在带领村党总支发展村集体经济的探索中"各显神通",实实在在地为乡村振兴加油助力。

乡村振兴规划的"20字方针"政策,让我们有了奋斗的方向。想来,只要是有利于带领村党总支班子稳定前进,只要是有利于发展村集体经济,只要是有利于提高群众收入,我们就要"撸起袖子加油干"!

一夜风雨未停。麦苗喝饱了雨水,挺直了腰杆儿向上冲。那带着雨珠的青苗丰腴滋润,仿佛一群婀娜多姿的姑娘在翩翩起舞,今天又如一幅流动着生命波浪的绿色画卷。

风雨过后必将天晴日丽。看着风雨后茁壮成长的麦苗,丰收的景象还会远吗?

6. 墨兰

村部宿舍那盆直剑香墨(墨兰)的花茎抽芽了!

村部的这4盆墨兰,是我下派驻村的第一年早秋,市木兰文化研究会的姐妹们来村赏秋时赠送的。

墨兰是兰花科大家族中的一员。兰花品相秀逸清雅、朴素幽香。而墨兰不畏严寒贫瘠,自由开放于山野之间。它叶片如剑、花似茶瓣,柔中带刚,静观之,一股朝气蓬勃之势扑面而来。

史料记载,直接以"墨兰"为称谓记载这种兰的兰花典籍,是清末南海佛山人区金策的《岭海兰言》。该书把墨兰分为"白墨兰"和"黑墨兰"两大类共19种花。其中,"白墨兰"有柳叶白墨素、玉版白墨素、绿墨素等8种;"黑墨兰"有直剑香墨、长剑榜墨、短剑榜墨等11种。在中国古代,科举考试都是在秋天放榜传喜讯,这两种"榜墨"都是在秋天绽放,故得此名。

墨兰虽品种繁多,但它还有一个响亮又讨喜的别称,叫"报岁兰"。在城里的家中,我就养了一盆友人赠送的报岁兰。初来乍到时,我将它摆放在阳台上的2盆兰草中间,那墨绿色的叶片油亮油亮的,衬托着茶紫色的花儿。微风拂过,花影舞动、暗香频频,很是风雅。

年前的一个清晨,我偶然发现这盆报岁兰仿佛在一夜之间抽出了两根咖啡色的花茎。距离上次开花已一年多,难道又要开花了吗?冬日的晨光透过玻璃,散射在阳台上的花草间,充足的光合作用使那盆报岁兰的花茎迅速地生长起来。春节期间宅家,得以每天照顾它。它的花茎处慢慢又长出几个蓄势待发的小骨朵。在花茎长到与叶片差不多高的时候,最先是顶部的花骨朵绽开了,后来,腰部的小骨朵们依次绽放,若有若无地散发出一阵阵幽香。又一个清晨,我拿着喷水壶来到阳台,看到那盆报岁兰的每一个花骨朵上都带着晶莹剔透的露珠,初放的报岁兰娴静又谦和,看着着实让人心生欢喜。

村部的这几盆墨兰,是与家中的那盆报岁兰"心有灵犀"吗?如今,在家中的报岁兰盛开一个多月之后,它们也在村里接茬抽芽了。村部的这4盆墨兰中,有2盆是圆盆种植的长叶形墨兰,叶子细长,如少女的秀发,飘逸灵秀。至于它们的学名叫什么,我没有仔细研究过。另外2盆是方盆种植的,大概就是直剑香墨。它们的叶子绿意葱葱、挺拔厚实,蓄满了能量。

一年多前,这4盆墨兰来到我们村部时,其中那2盆长叶的已经抽芽开花,原本放在我宿舍里床对面的位置。在其开放的花期中,我每天清晨都在似有似无的馨香中醒来,一睁开眼睛,就能看到一片绿色萦绕在眼前。花期过后,我宿舍里的东西越添越多,那2盆长叶墨兰就被"请"到了室外的走廊里,与那2盆尚未开花的直剑香墨得以"团圆"。每次进出宿舍,我必看它们一眼,只一眼,便会心情舒畅。

上周一回到村部,上楼后无意间看到直剑香墨中的一盆竟然抽出两根花茎。这周回来,发现它竟又抽出一根花茎来。三根咖色的花茎,顶部、腰部都鼓凸出几个饱满的小骨朵。想必,过些时日,它们也会满含幽香、向春而开吧!

郑板桥在《高山幽兰》中这样描述墨兰:千古幽贞是此花,不求闻达只烟霞。是啊,墨兰本是藏在高山幽谷里的一株"仙草",不开花的时候默默无闻,花开之后,便会馨香四溢、随风而远……

7. 青苗

夜间纷繁的杂梦,扰得我不知醒了几回,又昏睡了几回。伴着喜鹊、麻雀叽叽喳喳的叫声,我索性起床。

行走在村部向北的田间小路上,回望东方天际,太阳已跃出地平线,一片春风雨露施众生的祥和。很幸运,今早下了霜,麦田里的青苗上披了一层白霜。白霜上缀着点点露珠,阳光穿透白霜,把青苗洗得透亮。绿色流淌在乡野中,一阵晨风拂过,田野里的冬小麦碧波一般荡漾开来,土地上氤氲出一股青苗与泥土混合的芳香。

我想伸手拂去那青苗上的露珠,却又不忍踩踏田野里的青苗。冬天逝去,青苗们在冬季与今春中经历了大大小小四五场雪花及雨水的滋润,它们的根已经充分吸吮了水分,牢牢地抓住土地,源源不断地输送给青苗快速生长的营养,青苗们才能逐渐探出头,并使出浑身解数向阳而生。我怎能狠心去踩踏它们?

所有生命都在不断地积攒着生长的力量,等待着那深春的讯号,为它们生命的绽放做着准备。这,是植物生命活动的声音,我好像能听得到、看得见。这一切源自生长的美好声音,似乎在大自然坚不可摧的力量的呼唤下越发蓬勃有力。即使面临狂风暴雨,青苗们在风雨中也不会低下头,雨水的润泽会让青苗更加翠绿鲜活。

青苗如此,人生何尝不是这样?人生奔波几许,总会面对风雨。而这,正是生活的常态。我不由得想起王国维先生在《人间词话》中,用词比喻做学问的三种境界。这几首词原本是描写儿女情感的,先生巧妙地"拿"来,用它们描述做学问的三种境界,或者是人生奋斗的三个阶段,非常透彻,如醍醐灌顶。

第一个阶段,先生用的是晏殊的《蝶恋花·槛菊愁烟兰泣露》中的"昨夜西风凋碧树,独上高楼,望尽天涯路"。这第一种境界描写了凭栏远望的孤独与迷茫,是人生开始起步时的规划,提示人们做学问、做事情要高瞻远瞩,有坚定的信念、明确的目标。

第二个阶段,先生引用了柳永的《蝶恋花·伫倚危楼风细细》中的"衣带渐宽终不悔,为伊消得人憔悴"。以此句为隐喻人生中的第二种境界,说明在追逐目标的道路上求而不得之后,形容消瘦却无怨无悔的进取精神。一个目标不是一朝一夕能够实现的,要辛勤耕耘,坚持而又执着。只有经历过艰难困苦的洗礼,才能收获喜悦的成果。

先生把辛弃疾的《青玉案·元夕》中的"众里寻他千百度,蓦然回首,那人却在,灯火阑珊处"比喻为第三个阶段。在这个阶段,立志追逐,在多次磨炼与周折之后已经开花结果。蓦然回首,不经意间已然迎来收获,一切汗水都没有白流。那正是衣带不枉渐宽,憔悴亦无所谓的释然。

万物生长始于春,春临大地万物生。村里一望无际的青苗在这个充满希望的季节里茁壮生长,那收获麦穗的日子还会远吗?

8. 晚秋

如果说四季是有颜色的,那么,春季是嫩芽初绽的浅绿,夏季是骄阳普照的火红,冬季是落雪缤纷的银白,而秋季,则是层次分明的绚丽斑斓。

这样的绚丽斑斓被东坡先生看在眼里,印在脑海,便有了那句:一年好景君须记,最是橙黄橘绿时。

霜降过后,北方便进入晚秋时节。

晚秋的乡野,魔幻一般,把大自然涂画成了两种风格迥异的画面。那赭红色的高粱、金色的玉米被迅速收获之后,乡野间画风突变,取而代之的是土地的苍茫褐色。天空仿佛高了许多,视野更加辽阔起来。

四季更迭、时节流转,岁月不会为任何人放慢行走的脚步。就拿农家人种植冬小麦来说吧,自古就有"秋分早霜降迟,寒露种麦正当时""寒露到霜降,种麦莫慌张"的说法。在皖北大平原地区,霜降前几天是种植冬小麦的黄金时节,一亩地播种 30 斤左右麦种即可;过了霜降,哪怕是霜降后的第一天播种,就要播得密集一些,一亩地就需要大约40斤麦种。

乡亲们中的散户,早在霜降前就已陆续播种。土地流转大户,正逐步走向"一块田"的连片种植规模,需要调集抓地机、播种机以及人力同时开工,所以迟了几天。还好,天公作美,一直是秋阳高照,为大户的抢种创造了良好条件。

机械化种植就是省时省力。乡亲们熟练地驾驶着抓地机,先翻动一遍带有玉米秸秆的土地,使之变得松软起来,随后沿着原来的路线撒上化肥,最后播种机再沿着原路播下麦种。这样一气呵成的流水作业高效快捷,与纯手工种收的历史形成鲜明的对比。

以前的播种,靠的是人与牲畜、简单劳动工具的协作配合。三秋的大忙时节里,前面的老牛拉着犁子,年长的老把式或一家之长扶着犁子。随着插入土地中的铁犁铧的牵引前进,褐色的土壤就被犁子翻起来。一米、二米……十几米远之后,一片松散开的土壤就会散发出清新的泥土味儿。

这样犁地,会留下一些大小不一的土坷垃。如果不把这些土坷垃砸碎,下一步耩麦之后,就会影响小麦出苗儿。于是,乡亲们便挥舞着锄头、抓钩等砸向土坷垃。劲儿大的,土坷垃一下就被砸成几小块;劲儿小的,土坷垃挪个窝儿,或者被砸到土壤里,还是完完整整的,就要再砸。

一天的劳作之后,乡亲们扛着锄头牵着牛,漫步在回家的路上。晚秋的斜阳慰藉着他们疲惫的身体,拉扯出长长的背影……

几天后,李腰村的乡野中又更新为另一番景象。霜降前后播下的冬小麦纷纷破土而出,展露出翠绿的新苗儿。这时的乡野,由短暂的

"褐色基调"陆续恢复成"绿色基调",放眼望去,一大片绿色的希望,仿佛正是来年夏季的堆粮满仓。

绕过乡亲们的农舍,院子里依然是花红叶绿,月季、芭蕉、柿树在那里竞相媲美。接过乡亲递过来的柿子,我一口吸进那软软的甜蜜,从舌尖儿一直滑到胃里、暖到心里,自然想到了"柿柿如意"。

秋阳和煦,天高云淡。乡野中,风儿拂过一阵阵绿苗的清香,沁人心脾。这如画的秋韵、醉人的秋香,或许是这个秋季"醉"美的邂逅。

9. 冬藏

冬日的村庄,万物蛰伏。

冬季养精蓄锐、休养生息,可以应对来年的春生、夏长与秋收。这就是祖辈积累下的生活奥秘。

冬季的乡村也是静悄悄的。冬日天短,暮色四合之后,冬夜显得格外寒冷而漫长。在一个又一个静谧的夜晚,可以望着农家的点点灯光领略人间烟火,可以听着呼啸的北风感受乡野的寒冷,也可以静静地阅读马尔克斯的《百年孤独》后品味孤寂……

"多年以后,面对行刑队,奥雷里亚诺·布恩迪亚上校会回想起父亲带他去见识冰块的那个遥远的下午。那时的马孔多是一个二十户人家的村落,泥巴和芦苇盖成的屋子沿河岸排开,湍急的河水清澈见底,河床里卵石洁白光滑,宛如史前巨蛋。世界新生伊始,许多事物还没有名字,提到的时候尚需用手指指点点。"这是《百年孤独》的开篇。

一部魔幻现实主义风格著作,一种倒叙的叙事手法,一个异域风情的南美小村落,让我对这部长篇小说一见如故。很多人说《百年孤独》这本书很难读,犹如读曹公的《红楼梦》,想要读懂至少要精读三遍以上。当你再拿起这本书时会发现,百年孤独就在书中,在布恩迪亚家族七代人的心中。如果只看到这个大家族中友人络绎不绝的繁衍生息,却没看到热闹散场后每个人心中的荒芜,自然就体会不到马尔克斯透过整篇文字所表达的永恒主题:孤独,一种马尔克斯式的孤独精神。

"我们趋行在人生这个亘古的旅途,在坎坷中奔跑,在挫折里涅槃,忧愁缠满全身,痛苦飘洒一地。我们累,却无从止歇;我们苦,却无法回避……""他逐渐明白,安度晚年的秘诀不是别的,而是跟孤独签订体面的协议……"

再翻开这本厚厚的书,沉浸式回想这些经典金句。不得不说,马尔克斯以《百年孤独》创建了一个自己的世界,一个浓缩的宇宙,其中喧嚣纷乱却又生动可信的现实,映射了那片北美大陆及其民众的富足与贫困。谁能知道忙碌的一生到底为了什么?《百年孤独》参透了存在的本质、生命的意义。绚烂至极,喧哗之后,归于平淡。盛开之日,尽情绽放;萧瑟之际,归于孤寂。

刘亮程在《一个人的村庄》里写道:"落在一个人一生中的雪,我们不能全部看见,每个人都在自己的生命中,孤独地过冬,我们谁也帮不了谁。"或许我们有很多理由和机会去跟其他人分享,但更多的时候,我们都是一个人,在自己的生命里,默默地藏起冷与痛,孤独地过冬。

孤独中蕴含着亘古未有的力量,孤独中闪烁着人性的光芒。孤独让你与自己对话,所有复杂会变得简单,所有空虚会变得充实,所有焦虑会变为平静。孤独是自得其乐的独处,心无杂念。那是一种将弥散于外部事物之中的眼光引回内心世界的专心致志,那是一份心境和平的自给自足。

在钢琴曲《往日时光》的陪伴中,我完成了今天的创作。

夜正长,路正长,青春不负时光。

谨以此篇文章应和自己在李腰村度过的整半年时光,是为记。

10. 一个人的走河

驻村两年有余，每天枕着西淝河入眠。

对于一个喜欢写字的人来说，我至今未将它写入一篇文章，终觉意难平。

记得刚驻村时，来到王桥走访。彼时正是赤日炎炎、绿树成荫的六月。站在桥头眺望对岸，包村"两委"周可军说，咱们李腰村是淝河镇最南的村子，这西淝河对面就是阜阳市太和县。

"这条河就是西淝河？那咱们李腰村成了亳州的边界了。"

"是啊！这就是咱们谯城区境内的西淝河。"

周可军继续说道："西淝河的上游发源于河南省鹿邑县的清水河，在亳州境内流经谯城区和涡阳、利辛两县，继续向南流经阜阳、淮南境内后注入淮河。1951 年，治理西淝河，将上游的清水河在咱谯城区淝河镇境内的王河口进行了截流。王河口上游流域划归涡河。1976 年，人工开挖茨淮新河，将西淝河在利辛县阚疃镇截流，把上段的水引入了茨淮新河。所以，现在的西淝河是起源于咱淝河镇的王河口，东南流向绵延 150 多公里流入淮河。"

在周可军的介绍下,我的脑海中逐渐构思出一幅俯瞰西淝河走向及延伸的航拍图。西淝河与涡河、茨淮新河等河流犹如人体的血管一般遍布于大地,盘根错节、相互连通,河水源源不断地滋养着亳州的千里沃土。

几年前,谯城区作协曾经组织过一项走河采风创研活动。多位作家自发组团,身背行囊与干粮,一路行走,一路思索,一路记录。他们几乎走遍了包括赵王河、洺河、油河、武家河、杨河、包河等亳州市境内的所有河流。一条条河流,在作家们的笔下被赋予了生命的色彩以及精神的力量。河流的柔韧滋润着大地,同样也昭示着人们要保护环境,树牢"绿水青山就是金山银山"的可持续发展理念。作家们走河形成的那部《河流与乡村》,一直都是我下派驻村以来的枕边书。

今天,我要从王桥走起,沿着西淝河畔汩汩涌动的流水一路向东,希望能在那闪动着诗意光泽的水波纹中,寻觅到那一群同样喜爱写字的人留下的足迹。

时值酷夏,天气炎热。如今的西淝河,水位相较于去年冬季时下降了不少。在我眺望远方的片刻,一只水鸟突然飞入我的视野,唤醒我的沉思。现在的生态环境真的是绿色、和谐,不然,哪儿能引来水鸟在河面起舞呢?

一条西淝河如象棋棋盘上的楚河一样,划分了河流两岸的土地区域。在谯城区境内,河南岸是阜阳市太和县,河北岸是亳州市谯城区。在利辛县境内的西淝河下段,北岸是阜阳市颍上县,南岸是淮南市的凤台县……

徒步中,回首间,我与王桥已渐行渐远。手机导航显示,前面已经来到西淝河的龙扬镇龙德村流域。登上河坝,淝水风光一览无余。应该是龙德泵站截流蓄水的缘故,这里的水位明显高于王桥河段,在太阳的照射下,水面泛起粼粼的波光。河流两岸生长着丰茂的水草,一群波尔山羊在南岸悠闲地散步觅食。

看到前方的龙德泵站,我想到了在"引江济淮工程"亳州段建设中同样发挥了贯通作用的西淝河北泵站。自古以来,河流中的水闸、泵站就发挥着调整水位、蓄水灌溉、排涝泄洪等重要作用。这项集供水、航运、生态于一身的引江济淮工程,供水范围涉及皖、豫两省15个地市的55个县(市、区),输水线路有700多公里,是我国平行于京杭大运河的第二条南北水运大通道。长江水一路过湖穿河,"逆流而上"400多千米来到亳州,经过西淝河北泵站、龙德泵站等4个泵站的截流调整,水位一次比一次升高,最终继续北上,流向河南省境内。当亳州供水段完成试通水后,一泓清水经由西淝河、茨淮新河注入亳州城南的调蓄水库,极大缓解了亳州城区的缺水问题。至此,长江与淮河的水系实现历史性"牵手"。

立于静谧的西淝河畔,遥望这幅蓝天碧水图时,淝水的氤氲洗去了我眼中的尘埃,心中升起莫名的笃定。受于时间限制,我的这次走访只是对西淝河的一次浮光掠影的探究。应该说,一条河流承担的东西太多了,不仅是现实本身,还有历史的、哲学的表达。古人登山临水必赋诗。我仅以此篇文章献给西淝河吧,愿她的清泉永远清澈丰沛,生命蓬勃繁衍。

走下河坝,迎面吹来一股混杂着羊粪与草木、河流与泥土混合的清气。深吸一口这乡村的气息,记住这民间最本色、最质朴的烟火气。

11. 我的精神家园

一

周末,上午 9 点,之意书社内已座无虚席。戴着耳机捧着英语书默读的小姑娘,奋笔刷题的"眼镜男",还有在妈妈的辅导下做着算术题的小男孩儿……

很庆幸,亳州城建集团在市区建安文化广场打造了这样一处亳州人的精神家园。这里虽然位于市区,但是闹中取静,坐落于亳州宾馆正对面的中心位置,成为来往亳州旅游抑或是市民群众心中的不二打卡地。

当你被琳琅满目的书籍所环抱,周围始终氤氲一股书香之气时,一种对文化的敬畏感便油然而生。假如你不经意间打了一个喷嚏或是咳嗽一声,都唯恐影响到周围沉浸式求知的人们。

抬头间,三个熟悉的身影漫步入我的眼帘,目光交汇中,他们也微笑着向我示意,那是市作协副主席、谯城区作协主席杨勇,区作协副主席、亳州康美中药城副总经理苏标与市摄影家协会副主席、之意书社负责人王旭经理。

相请不如偶遇,真是心有灵犀间,恰是故人来。

在这里遇见他们,我自然把之意书社与道德中宫联系到了一起。虽然听起来像风马牛不相及,但是从传承、传播"亳文化"的角度说起来,这两个地方还是有渊源的。

古人云:百里而异习,千里而殊俗。如同齐鲁文化、荆楚文化、苏北文化等一样,亳州作为中原腹地,凸显出浓厚地域特色的"亳文化"。"亳文化"的灵魂是"道学"。以老子、庄子为代表的老庄哲学,以曹操三父子为代表的建安文学,以嵇康为代表的竹林玄学等等,均在亳州这片钟灵毓秀之地印刻了浓墨重彩的精神风貌。

在这个历史文化名城做文化论坛的人,自是一些有文化情结的。2016年10月,杨勇、苏标、李丹崖兄弟铿锵三人行,在道德中宫发起了一个名叫《道乡说道》的公益性文化论坛。市作协主席孙志保、市美协主席任明、市书协主席潘克军等大咖都曾在论坛友情出讲,亳州籍书法大家、央视《百家讲坛》书法主讲第一人于钟华教授开讲时,网络直播现场与同步进行,为"道乡说道"论坛圈粉几万人。三年之内,其中50期"道乡说道"论坛成果汇集成一本《花满道乡》,形成近年来亳州的一个文化符号。建安文化广场全面升级改造之后,论坛的阵地就逐渐转移到了建安文化广场之内的之意书社。客座嘉宾的范围扩大到省内外乃至全国知名的学者、作家等文艺群体。北大文学博士张一南的新书《年轻人的国文课》,《光明日报》安徽记者站站长常河的《一脚乡村一脚城》,中作协会员、全国著名小说家杨小凡的《某日的下午茶》，中作协会员、冰心儿童文学奖获得者杨老黑的《金马驹》等新书分享会场景历历在目，至今仍感记忆犹新。

近朱者赤。我终于以文学的名义，为自己的精神找到了出口，逐渐从一名观众转变为写作者。

二

时光穿越回2022年8月，那是"谯城作家看谯城"采风活动的第7站，区作协的10多位作家陪同亳州籍军旅作家李亚老师来到他的故乡，来到我下派的李腰村。作为东道主，"导游"的使命我责无旁贷。

一行人浏览了村部新建的乡村党建大礼堂、新村文化广场、农耕馆、博艾玩具厂，访问了养牛大户以及"最美家庭"户代表。最后，我们一起来到了王桥村。

王桥，是我们李腰村的"明星"。在作家眼中，这个不大的集市是发生过很多故事、走出过很多人物、可以让人聊上几天几夜的地方。李亚的《电影与自行车》与其他作品中，数次提到了王桥。桥下的这条河流，就是横跨河南、亳州、阜阳、淮南等地的西淝河。之前的王桥集，会在炎热的傍晚为群众放电影，会举办骑自行车比赛，有逢会，热闹非凡。这里出去过很多有本事的人，也嫁过来很多漂亮的大姑娘，更生出了一些有意思的人与事。因为西淝河的水，因为王桥的桥，这片土地生出了灵性。这里的人们，犹如西淝河之水，自带坚韧不拔、自强不息的韧性。

那天，李亚老师闷声不响地吸着烟站在桥头。从我的视角看过去，他嘴角处的烟气慢慢幻化成一丝丝薄雾，袅袅升腾于西淝河上空。

是触景生情吗？许久，李亚老师回过头来对我们说："对于一个写作者来说，故乡就像一颗金子做的钉子，永恒地钉在了脑海里、骨髓里，甚至融化在了自己的血液中……"是啊！多年以前，你从李腰村走出去寻找文学梦，无论你走到哪里，故乡李腰村始终是你的根。那个至今还保留着河流老屋、鸡鸣狗吠的原生态的李庄，始终是你记忆中无法抹去的精神之魂。

自李腰归来，张超凡、张秀礼、宋卉、杨秋等 10 多位作家的"走涠河看李腰"散文作品，在市文联、谯城区作协微信公众号等新媒体上连载刊发。杨勇主席的《李腰赋》至今仍悬挂于李腰新村农耕馆的东墙之上。今年 3 月份，李亚老师的走涠河采风佳作《沧海桑田从来疾》，被共青团中央下属的《青年文学》杂志刊发。这是一位游子重归故土的见闻与情愫，更是一群作家对文学的执着追求与传播。

三

有人说，文学能给予我们什么呢？它不管我们的温饱，仿佛是无用的。莫言就曾说，文学最大的用处就是没有用处。俄罗斯著名哲学家车尔尼雪夫斯基则说："文学是人的生活的教科书。"福楼拜把文学比喻成火，他说："文学就像炉中的火一样，我们从人家借得火来，把自己点燃，而后传给别人，以致为大家所共同。"

文学岂能是无用的呢？它用语言文字来塑造形象，表达思想情感，反映现实生活。它是一个民族文化观念的直观体现，也是一个国家精神文明的象征。

文学既可以表达具象的东西，也可以表达抽象的元素。就像这个暑期档最火的电影《长安三万里》，虽然导演尴尬地自嘲他们没有明星，没有流量，没有钱进行宣传，但是他们有着中华文坛最亮的明星——李白和杜甫，这就是《长安三万里》的底气！时长168分钟的电影，48首诗融入其中，李白、高适、王维、杜甫等诗人各自的跌宕人生、诗酒江湖、梦想追求、真挚友谊赢得票房满堂彩。

从"大鹏一日同风起，扶摇直上九万里"的豪情万丈，到"停杯投箸不能食，拔剑四顾心茫然"的黯然神伤，再到"呼儿将出换美酒，与尔同销万古愁"的恣纵汪洋，李白心路历程的诗意表达扣动着观众的心房。《将进酒》《燕歌行》《登鹳雀楼》《早发白帝城》……当一首首耳熟能详的古诗"走"出书本，当藏在记忆里的唐风诗韵以动漫的形式呈现出来，观影就成为一场沉浸式体验。恢宏的盛唐故事再现眼前，与千年后的观众心灵交汇，实实在在地激活了人们血液里的文化基因，让人回味唐诗之美、文学之美。

中国文学源远流长，中华文化博大精深。

先秦诸子百花齐放、汉唐盛世气势恢宏、宋明意蕴绵远流长，串联起历史的脉络、文化的火种，汇聚成中华文明的璀璨星河。近年来，基于传统文化创作的中国风作品层出不穷，让人印象深刻。从国产动漫《西游记之大圣归来》《哪吒之魔童降世》，到国风舞蹈《只此青绿》《碇步桥》，到河南卫视的《唐宫夜宴》《端午奇妙游》，再到《长安三万里》，这些文艺作品均如细雨般无声地滋润着大众的心灵，这些拥有文化自信、展现文化自觉的诚意佳作，更是展现出中华文化的自信和魅力。

此刻，他们一行三人与我相对而坐。"张书记，还在爬格子呢？下派笔记写到多少篇了？""多少篇只是数字而已，关键每篇都是张书记的真情流露,岁月静好与驻村工作的最好印记。""张书记的青春被李腰'撞'了一下腰,这必须结集成册啊!这既是对你下派工作的记录与回顾,也是咱们作协的一大成果。"

默契的同路人。

下派李腰村以来,我在宽敞明亮的乡村党建大礼堂内为党员们上党课,带领村党总支为群众开土地流转动员大会,协调市人民医院、亳州兴华医院为李腰村群众义诊,跟乡亲们学着栽种红薯,挎着马篮子为乡亲家摘辣椒,带着村里的留守儿童去西淝河畔畅聊……当下,李腰村的一草一木、一人一事,仿佛过电影般地在我脑海中缓缓播放着。即使有一天,我完成工作任务离开了,李腰村仍是我心中认定的第二故乡。

字短情长,谨以数篇小文,回馈李腰人民对我的厚爱。

当我们从之意书社走出来时,我看到天很蓝,云舒展。

书评

且行且歌稼穑事

李 亚

张兰兰本是亳州市妇联的综合宣传部部长,她为人热情,言行举止落落大方,而且文笔很好,组织能力和协调能力超强,所以又兼任市作协秘书长。张兰兰自二〇二一年六月执行下派任务进行帮扶工作到今天已经两年多了,她早已走遍了李腰村所辖的十一个村庄,渐次走进一千一百余户家庭的生产生活,不仅很快熟悉了四千余村民的面孔,而且对他们的喜怒哀乐和所思所想也基本了如指掌。在下派乡村帮扶工作的日子,她几乎每天都有所闻、有所见,有所感、有所思、有所记,无论严寒飘雪,遑论清风细雨,她一直思索不停、笔耕不辍,很快就有了这本可以称为她心灵花园的《那年那月,我在乡村的日子》。

张兰兰下派到淝河镇李腰村担任党总支第一书记和驻村工作队队长。在这本书里,她除了用职务的视角、思维去观察和思考李腰村诸多人和事,她还用女性的细腻和知识分子的情怀记录了现实生活中的此情此景、此人此事,从而让读者在阅读的过程中能恰当而贴切地感受到今日乡村的真实状况。

张兰兰工作所在的这个李腰村离我的老家李庄咫尺之近,虽然我们李庄在行管上不属于李腰村,但属于李腰村管辖的李老家、刘天庙、张小庄、周寨以及王桥等,都是我青少年时代在傍晚时分奔跑过去看电影、听大鼓书的村庄,印象中的这些村庄尽管在我心里充满了落日与喧闹的温暖情景,但在当时就像我们李庄一样都是比较贫穷落后的乡村。从张兰兰笔下描述,可以看到当今这些村庄与我记忆里的村庄虽然悬若天壤,但从文中看到这些村庄的名字和一些似曾相识的人物时,我仿佛一下子看到了那个村庄的熟悉景象和那些人的音容笑貌,我的内心依旧会涌起亲切亲近的情感。

在张兰兰的记录中,我们可以看到李腰村所有土坯垒墙麦秸缮顶的房子都换成了砖瓦房或者楼房,一到阴雨天坑洼不平粘爪子粘牙的土路也变成了平坦坚固的水泥路,甚至村村都有便捷超市方便购物……这些繁荣景象当然是时代的发展和社会的进步,也是国家富强的伟大呈现,但并不代表着农村工作也因而变得轻而易举。恰恰因为物质富裕,乡村的社会结构和农民的价值观念也都随之发生了嬗变,农村工作不再是春种秋收冬藏这样简单的稼穑模式,而是如同广袤的现代世界一样变得十分繁杂,各种各样的问题与困难随时都会出现——不管是改水改厕、缴纳医保社保以及水电费,还是村党组织、村委会换届选举,健康扶贫政策的宣传与落实,包括乡村治理和乡风文明等工作。即便做好了严谨的工作方案,也难免会出现无法预料的各种状况。很多显而易见和猝不及防的实际问题既给下派工作人员以考验,也给了他们开阔视野拓展思维的良机,使他们为完成巩固拓展脱贫攻坚与乡村振兴的宏大命题积累了珍贵的经验。张兰兰在书中多次详细记录了获得这些经验的坎坷过程,无不以例为证,从她实地记录的下派帮扶工作人员耐心细致的工作中,可以看到他们这批帮扶工作者都具有听民声、访民意、排民忧、解民难的高贵的公仆品格。

有很多先辈用日记或者侧记短章的形式记录了在革命战争年代艰苦卓绝的点点滴滴,从那些吉光片羽中我们仍然可以看到先辈们在民族解放事业中的伟大风范。张兰兰的这本《那年那月,我在乡村的日子》也具有管中窥豹的效果,尽管她所记录的只是这个时代的几片枫叶,但我相信,在多年之后读者仍能从这本书中看到这个时代的几缕风貌。这自然是一个时代记录者的责任,但我想这也许不是张兰兰书写此书的目的,或许她只是想书写自己人生经历中忽然迎面扑来的无数个惬意瞬间,以及一株青草、一棵大树,甚至一朵花、一只蝉引她绽放的广阔联想。无论她书写的目的是浪漫的还是现实的,我都能从字里行间感受到她内心充满善良与积极向上的清晰刻度。张兰兰和伙伴们的下派帮扶工作依然在路上,我相信她还会采撷到更鲜艳的花朵和更饱满的果实。

作者简介:李亚,安徽亳州谯城人。著有中短篇小说多部,出版中短篇小说集《幸福的万花球》《初冬》等四部,长篇小说《流芳记》《花好月圆》等四部,获过《十月》文学奖、《小说月报》百花奖、《中国作家》鄂尔多斯文学奖中篇小说奖,"鲁彦周文学奖"中篇小说奖,"全军文艺新作品奖"一等奖等。

李腰村的兰

孙志保

兰兰下乡两年余,笔记已有百篇。回头看,她有两次壮举。一个弱女子下到离家近一小时车程的村子去赴三年下派之约,而且让年幼的女儿独自背着书包去上学,在旁人看来,这是一件极有可能在中途作罢的事情,即使坚持到最后,内心也可能伤痕累累,精神自然也疲惫如秋叶,随时会委顿到萧索的地步。然而,近千个日子过去,我们看到的依然是容颜灿烂的兰兰,精神如春韭般向上的兰兰。这是一件可以称作壮举的事。而笔记的百篇,全是在繁忙繁重的工作之余,在夜深人静时写就的。近20万字,从驻村时写起,历经纷繁的过程,依然在写,笔锋愈健。这已经不是一种单纯的记录,不仅是对文字的热爱,这还是思想在开花,境界更澄澈,激情在燃烧。这亦是一件壮举。

而与此同时,她作为第一书记,对李腰村的发展变化起到巨大的引领作用,在她的手里落实下来的实体和举措,她与村民建立的浓厚的感情,她对农业、农村、农民的认识与思考,如果仅称作壮举,便有些小了。

这一切,都在《那年那月,我在乡村的日子》里。

我们先看第一篇《你好,李腰村》。

"知道我参加全市第八批下派帮扶工作的亲友们,无一例外地说出这样一句话:农村工作苦啊!工作起来没个周六周日,忙起来一天三顿饭都没正点吃。现在正值酷暑,乡下蚊虫还多,有你受罪的!我一一回应他们的关切:既然决定了,于公于私、于情于理,都不能退缩,只能大步向前走。"

于公于私、于情于理,都不能退缩。这句话已经说清楚了,余下的,是克服于私的困难,做好于公的一切。

之后的辛苦,有在我们想象中的,有出乎我们想象的。乡村工作,对于已经适应机关生活的人来说,是有所了解的,也是时而体验的,如走访调研,如秸秆禁烧,当然,还有诸多工作方面的来往,甚至儿时的记忆也可以算上。但是,一住三年,它在被接受的初期极可能成为另一种完全不同的生活,或者,是一团缠得紧紧的麻绳,需要在以后的日子里一点一点解开。没有人能够肯定,当三年后离开时,这麻绳团全部成了长长的直线。兰兰解开它的速度是快的,这从她的笔记里完全可以看出。她的初心中的毫不犹豫,说明了她没有或很少有来自自己的阻碍。于是她全心全意去访贫,去与乡亲们交朋友,去了解他们的生活和所盼,去调研,去走访,去思考,然后与村"两委"共同解决问题。既解决经济发展的,也解决村民精神和生活的,还解决她认为必须解决而别人没有意识到的。这些过程的完成,有的时候需冒着雨雪,有的时候需顶着酷暑,有的时候则是与狂风为伴。但是,这样艰难的过程,于她却是愉快的,经历每天都在刷新意识,知识每天都在增进,而思想每天都变得更深刻,方法也在进一步丰富。当我们眼里看到艰难的前行时,她感知的是乡亲们如阳光一样热烈而明媚的目光、淳朴的笑脸、宽阔的胸怀,以及她自己内心的温暖。

这些,都是成就这本书的基础。

在这些日子里,她需要克服的个人困难,自然是多的。比如,在农村夏日强烈的阳光下,对皮肤的保护几乎成为不可能,于是她被晒黑;在走访时要说很多话,嗓子经常哑,宿舍里常备胖大海;蚊虫的叮咬,就像窗外的蝉鸣一样,所有的防护都显得很脆弱。但是,兰兰在经受的同时,有自己的办法去抵消它们的伤害。比如,她在工作之余捧上一本喜爱的书,一直读到掌灯时分;她每天迎着朝阳去散步,呼吸乡村最新鲜的空气;她在黄昏时分沐着夕阳的余晖,拿着手机去拍金黄的麦子、吐出红蕊的玉米。她的工作和生活,已经全部融入了乡村,她有了一句口头禅:俺现在就是地地道道的李腰人。

让我们回过头来,关注她的散文文本。

浓郁的地域性,朴素的文学性,随时闪光的时代性,民俗、民间语言像微风一样,时不时把树叶吹动。她的这部集子,在文学上做的贡献,并不小于她在李腰村的贡献。她在有意识地完成一个完整的记录的同时,无意间在文学上完成了台阶的跨越,同时,探索到了独特的以文学抒写乡村振兴、抒写新农村生活的方法。虽然是用汗水换得的,但是,真值!

让我们来看这一段:五月底六月初,我们李腰村开镰收割。当金色的麦穗被乡亲们妥妥地收集完毕时,平躺在炙热大地上的秸秆就被陆续压成了或圆或方的秸秆捆。清理完秸秆后的田野看起来有些伤感,光秃秃的褐色土地上只留下手掌高的麦茬与它做伴。当我们巡逻禁烧时,一场及时雨彻底浇灭了隐患。乡亲们趁着甘霖接茬种上了夏季作物。然后,为了保护青苗,我们集全村河流、沟渠、机井之水全力抗旱浇灌,这时的田野在喷洒之下汩汩地冒着繁衍生息的热气,焕发了生机。直到七月初的那场大雨之后,田野里的绿色才逐渐覆盖了金黄的麦茬。那绿色生长得越来越繁盛,一个月左右的时间,就把全村的田野染成了翠绿的毛毡。

从中我们看到了她对土地的深情,对庄稼繁盛的期盼,对乡亲们美好生活的向往;我们看到了朴实的语言,它已经近乎乡亲们的口语;看到了在田野里像阳光一样不断闪亮的文学性,它把朴素的文字富有弹性地黏合起来,让它们成为一个和谐的整体,美丽地呈现在我们面前;我们还能看到她与李腰村的融入,那是她的乡村,乡亲们是她的亲邻,那里的一切,都与她息息相关。

这些散文,为我们呈现出一个立体的五彩的李腰村,呈现出前进的李腰村以及浓浓烟火气息的李腰村。从天空到田野,从村前到村后,从春季到冬季,从黎明到黄昏,李腰村,不再是原来的村,因为它的变化,更因为它已经生活在文学中。

兰兰兼着市作协秘书长,这是一个服务会员而没有任何个人报酬的岗位,是只有付出没有回报的岗位。如果说有,那就是源于热爱的心灵慰藉。在这个岗位上,她是称职的,然后是优秀的,是广为接受的。付出而不求回报,爱着自己担当的每一个角色,兢兢业业地完成担负的每一项任务——哪怕它们是完全不同的——已经成为兰兰的本色,成为她性格的一部分。

如果用"兰质蕙心"来形容她，自是恰当，但犹觉意未足。那么，就说她是李腰村的兰，李腰村的蕙风吧！

作者简介：孙志保，安徽省作家协会副主席，亳州市作家协会主席。著有中篇小说集《黑白道》（系中华文学基金会"21世纪文学之星丛书"1999—2000卷）、《温柔一刀》，长篇小说《黄花吟》《第一特支》。中篇小说《黑白道》获第三届安徽文学奖，中篇小说《温柔一刀》获第五届安徽文学奖一等奖。

千淘万漉虽辛苦，吹尽狂沙始到金

王国进

我本是一个无意之中闯入文学殿堂的愣头青。在我步入中年之前，从未想过自己也能写出文学作品，更不敢想象至今仍是作家协会圈外人的自己还有资格为一个持证的正牌作家作序。但几天前的一个早晨，张兰兰书记给我发来的微信，让我改变了对自己的认知。她说自己的"下派笔记"准备结集出版，希望我能帮忙作个序。我赶忙婉言谢绝，说自己不太合适，可她坚持认为我是合适的作序人选。我不好再推。一方面，人家找我作序那是抬举我；另一方面，在我最新出版的两部财经小说召开新书发布会时，她与亳州市妇联的两位领导一起或专程从亳州赶到上海，或专程从亳州赶到合肥。现在人家让我作个序，哪有推托之理呢？于是，我欣然接受这个任务，打开她发来的书稿。通读之后，我发现这本"下派笔记"的文字优美自不必说，更有几个词在我的脑际反复盘旋，这就是：苦、爱、责任、乐观、执着。

乡村的生活是劳累且清苦的。对于此，张兰兰不是感受不到，但是，她总能乐观地将其忽视。非但如此，她甚至能从中找到乐趣。比如,面对"那些嘤嘤嗡嗡的蚊子……接二连三地突袭围攻",她竟然能听到那个嗡嗡的声音拖着悦耳的旋律;看到令人作呕的苍蝇,她可以耐心观察,发现它们停在绿色葡萄上时"前后舞弄着几只小脚,仿佛在把玩着一块碧绿的美玉";为了与群众打成一片,她顾不得颈椎、腰椎不好的实际情况,亲自下地跟乡亲们学习栽红薯苗。尽管自己"脸上、后背、手臂等处早已汗水淋淋"的,但是一想到秋天时节"我们李腰村又会变成一幅蓝白色打底、黄绿色交错的'油画'了",她的内心不知有多么欣喜。

那么,是什么使张兰兰面对劳累和清苦时依然保持乐观心态呢?我想这首先就是爱,一个驻村干部对工作岗位的敬业之爱,对工作对象老百姓的真诚之爱!因为有爱,她总能无视工作中的苦;因为有爱,她总能发现生活中的美。比如,她对农村生活气息的描写就是那么令人向往——"凉风习习的傍晚,乡亲们便端着碗,主动聚集起来吃晚饭。他们也像这样蹲在墙根处,或者坐在树下有说有笑。你尝尝我家的红芋叶豆杂面,我尝尝你家包的韭菜馅儿饺子。那是多么温馨和谐的一幅乡村市井图啊!"

对于一个驻村干部来说,光吃苦还是不够的,实实在在挑起担子,负起责任,帮助农民解决生活中的实际困难才是更重要的。"一个春寒料峭的夜晚,大风呼啸着席卷了李腰村,从北窗挤进我的宿舍。雨点在大风的裹挟下,沉重地砸到北窗上,与风的呜咽声形成了一首响彻整夜的'风雨交响乐'。"那一夜,她几乎无眠。这对于一般人来说,肯定是非常糟糕的生活体验,然而她望着周遭的一片混沌,只是想想:"这样风雨交加的一个无眠春夜,家里的门窗有没有关闭好?母亲、孩子,都能安然入睡吗?"紧接着,她便思考起如何在艰苦的环境下带领乡亲们过上更好的生活——"乡村振兴规划的'20字方针'政策,让我们有了奋斗的方向。想来,只要是有利于带领村党总支班子稳步前进,只要是有利于发展村集体经济,只要是有利于提高群众收入,我们都要'撸起袖子加油干!'"

除了爱和责任,我还从这本厚厚的"下派笔记"里读到了始终如一的执着。这种执着不仅是对乡亲们的满满爱意,对工作岗位的虔诚坚守,还有整整100篇真诚的驻村文章。她在那么艰苦、繁忙的工作间隙还留下这些真实而有质感的文字,没有超凡的毅力是万万做不到的。不过,正是因为这种执着,她才赢得了乡亲们的信任与惦记;正是因为这种执着,她才赢得了上级组织的肯定和嘉奖;正是因为这种执着,她才为我们留下这本充满泥土气息和田园风光的"下派笔记"。当"郭大娘在自家菜园儿里为我割了半袋韭菜"时,当"李后兰大娘与包村'两委'周三锋和我说话的间隙,已经摘下了一些初熟的桑葚和一兜豌豆"时,当"张小庄村的周三臣拨开浓密翠绿的叶子,摘下黄澄澄的杏子递过来"时……我仿佛看到了张兰兰书记灿若桃花的笑靥!

作者简介:王国进,复旦大学经济学博士、上海市作家协会会员。